台灣言情小說浪潮中的性別政治

那些年，我們愛的步步驚心

楊若慈——著

推薦序　那些愛情教我們的事

　　去年我去聽了生命中第一場售票演唱會，李宗盛的「既然青春留不住」。被歸類為六年級的我，關於愛情的青春印記，總是跟隨著李宗盛的歌。

　　從九十年代最青春的時節走來，各種愛情的話語生產從未間歇，情詩、情歌、愛情電影、偶像劇，一首接著一首，一部接著一部，我們消費著這些愛情，也許無關信仰，也許因為等待。時代的寂寞依舊，當愛已成往事時，我們只剩一首給自己的歌。

　　但對於七年級的若慈來說，她有另一套關於愛情的記憶方式，那些被時間鎖在彼端的俊逸少爺與癡情千金，還有飛舞在總裁與秘書間翩翩彩蝶，由租書店系統創造出的本土言情小說系統。

　　這套愛情的工業生產線，曾經引領多少青春少女，墜入旖旎夢境，甚至讓她們願意投身這個產業，擔任言情小說出版社的編輯與作者，是她們與她們還有她們，構成了言情小說這個3F（Female）產業。

　　而若慈，正是她們中的其一，而可能跟她們有些不同的是，她從讀者、作者，一路到晉身為研究者。

我還記得在中興大學台灣文學與跨國文化研究所第一次遇見若慈時，她當時拿著一份令我驚喜的研究計畫來面試，鎮定卻又有些害羞的告訴在場的老師們，她曾經如何熱情地投身於這個產業。但她可能不知道的是，這個她其實有點膽怯的研究論題，對於當時的台灣文學研究來說，是異常珍貴的，若不是有過這樣的經歷，又如何能夠真正參透這個類型從文本內在到外在生產機制的玄機？又有多少研究生有這樣的條件跟機會，來為沈寂已久，彷彿九十年代以後就不存在的愛情小說研究，提供最新的一把野火？

　　當然，這個研究歷程是異常艱辛的，每個月至少數十本新發行的言情小說進入租書店，從九十年代迄今，那是多麼龐大的材料，需要多麼龐大的研究架構，才能處理它，更不要說它還牽涉到性別跟父權結構的複雜問題，以及與新興BL（Boy's Love）之間藕斷絲連的關係。然而，若慈仍然是靠著她的毅力完成了，而且在最後不僅得到教育部的獎助，更獲得這個出版面世的機會，為台灣的愛情小說研究，往前邁進了一大步。

　　身為她的指導教授，我為她高興，更為她驕傲。

　　在尚未遇見若慈與她的研究前，我曾疑惑九十年代以來那麼多種愛情的消費方式，但為何言情小說始終聲勢不墜，甚至到最近又因為電視劇的關係，野火燒不盡，春風吹又生。但因為這本著作，我所有的疑惑都得到了解答。

那些愛情教我們的事，如果妳／你始終不明白，那就讓若慈娓娓道來。

陳國偉

國立中興大學臺灣文學與跨國文化研究所副教授

二〇一四年六月・即將夏至

推薦序

　　故事前提：女主角工作表現優異，卻因公司重男輕女的態度，在升職時提拔了表現不如她的男生，女主角委屈難過，跑到洗手間痛哭。

　　一本言情小說往下寫的話，可能會是：某天她摔一跤，穿越到古代，因著超越當代的智慧和能力，成了一方女當家，每個男人都想愛她，最後她留在古代，與冷漠寡言實則深情的王爺相守一生。

　　也可能是：她繼續留在原職位，被迫服從能力差勁的男主管，卻在為公司共同奮鬥的過程中，逐漸消弭了兩人的誤會和成見，成了一對歡喜冤家。

　　此外，別忘了加進想盡辦法得到男主角的女配、暗戀女主角後來黯然放棄的男配、魔王上司、鬧場的父母、加油團好友、具有BL傾向的哥兒們，甚至武俠、科幻、奇幻的背景……言情小說裡充滿了無限的可能性，有大家熟悉的故事公式，也會有不一樣的創新概念，這是作者的挑戰，也是讀者看故事的趣味。

　　言情小說，言的就是「情」，以愛情為主軸，展開無盡想像的故事情節。身為作者，我認為寫小說不只是寫出故事，也是在字裡

行間傳達出某些意念，可以笑，可以哭，可以一起體驗人生百態，讀者能有所感觸，作者也得到了回饋，那麼，寫作便有了價值。

認識若慈超過十二年了。最早她是與我通信的讀者，漸漸地，她告訴我，她上大學了，她讀研究所了，她拿到碩士學位了，每個階段的來信都是一個驚喜。看她說著自己的生活和心情，我很高興能參與到她的成長過程，同時也看她從讀者變成了作者，再成了研究者，研究的正是言情小說，並將碩士論文改寫成這本《那些年，我們愛的步步驚心——台灣言情小說浪潮中的性別政治》。

此書梳理出台灣本土言情的脈絡，針對「穿越」和「BL」兩個子類型做探討，解析故事背後的初衷，反應出當下社會文化的背景；當然了，情色化浪潮也是本書的重要議題。您可以秉持嚴謹的學術態度來讀本書，也可以從引用的小說片段來驗證論述；順著讀、倒著讀、跳著讀、有興趣的先讀、找裡頭提到的小說來讀，您怎麼讀都可以，您將會發現，哇！言情小說也是一門大學問！

小說類型百百種，每個人都有他喜歡的文類，相信不管是否看過言情小說，透過本書，您將會更了解言情小說。而作為言情小說的作者，我仍是兢兢業業努力創作，也許在將來，還有機會讓若慈做研究喔。

杜默雨

推薦序

獻於殿堂中之世界名著，終究，也只是個故事。
緣於生活或幻想或高歌之小品，亦只是個故事。

故事，
從無優劣、無高低、無出身、無階級、無岐視。
思想，不拘於世俗囚牢，
小說亦是。

言情非枷鎖，
君不見，紅樓所書，只是言情，
西廂所著，亦是言情，
中外名書，大抵出於言情。

成見世俗，從來在於人心，卻不曾在於故事。

小說，實無品種、無界限、更無階級，
它，其實就只是個故事而已。
言情，乃言喜怒哀樂情慾，人生之六欲
如是而已。

　　若慈有心，提出言情小說研究的另一面相，希望藉此可以帶給
讀者另一個閱讀言情小說的思考方向。

綠痕

自序　開到荼蘼，或者柳暗花明？

「我能在最好的時候遇見你，是我的運氣，可惜我沒有時間了。」

這是王家衛電影《一代宗師》女主角宮二（章子怡飾）的著名台詞之一，曾經我數度反芻這句話，常常想起上個世紀九〇年代租書店深處，架上層層疊疊的言情小說。九〇年代繁花正茂的台灣本土言情小說，那正是我心目中、它最美好的時候。白雲蒼狗，廿年韶華，如今它的銷量驟減，市場萎縮，再回首二十一世紀初始，彷彿那時荼蘼已然花開，盛極正要轉衰。

——難道，台灣本土言情小說這個文類，已不再有往後更多的日子了嗎？

在它最好的時候，我是癡迷的閱讀者。數年後，我是嘗試與它交流的創作者。再然後，我竟成為它的研究者。前後十五年，後半段時期我自問無數次上面那個問題，台灣本土言情小說還有多長的日子？真的走到盡頭了嗎？

因無法以三言兩語道盡所思所想，本書正是我對這個問題的傾力答覆。

本書脫胎自我的碩士論文〈性別權力與情慾展演：台灣本土言情小說研究（一九九○～二○一一）〉，論文曾獲二○一三年「教育部獎助性別平等教育碩博士論文」獎助金，承蒙秀威出版社黃姣潔主任厚愛得以改寫出版，此際最感謝的果然是那些年陪我們一同走過美好時代的言情小說。

　　而要感謝的人太多了。謝謝指導過我的老師們，特別是陳國偉老師、楊翠老師、廖振富老師、朱惠足老師、林芳玫老師。謝謝我的研究夥伴們，莊怡文、莊雅惠、鄭心慧、林瓊琳、金儒農、夏愷均，以及長期的小夥伴郭如梅。謝謝我的家人與貴人，尤其是我的學生妹妹楊若暉，沒有她就不會有我。謝謝那些我如今無法歸類的行星，你們曾經航經我身邊。謝謝秀威出版社讓這本書得以面世。

　　我無法、也不願斷言台灣本土言情小說的未來，但我將一直注視著它的前行步伐，無論它原來竟是早已「開到荼蘼花事了」，或者其實正準備迎來「柳暗花明又一村」的遠景。

　　本書獻給本土言情小說的二十年歲月，以及曾經嗜讀、鑽研、愛以及恨過她的每個人。

楊若慈

二○一四年初夏，於台中

目　次

第一章

導論

第一節　台灣本土言情小說的性別化產業

一九八〇年代末期起始，以「希代書版集團」此一出版公司為首，開始有各大小出版社的投入，本土言情小說的文化工業化日臻成熟，至一九九〇年代中期，本土言情小說更成為台灣大眾小說最具市場規模、出版量龐大的一支文類，以二〇〇〇年至二〇一〇年為例，十四個出版公司的總出版數量，平均每年生產達二千六百本之譜（參見附錄一），遠勝本土生產的推理小說、武俠小說等文類。

商業價值取向、具備文化工業體制的「台灣本土言情小說」產業之形成，肇因於希代書版集團一九八〇年代中後期設立，並逐漸修正出版路線的「希代文叢」及「希代小說族」等書系：原先這兩個書系間或穿插出版純文學作品，而後卻明顯出現轉向[1]，生產仿自加拿大禾林出版公司羅曼史小說（Romance）產銷模式後的國人作品[2]，而這些小說在市場區隔化的設計下，如同西洋羅曼史小

---

[1] 林芳玫觀察到希代公司的商業路線轉變，同時明確點出言情小說系列作為大眾文類消費品的幾個特色，「『小說族』後來的發展以及『希代文叢』系列則完全有如國外的禾林小說一般，是言情小說系列，作者是真正不曾引起文藝界注意的無名小卒，寫作風格也非常公式化。」參見林芳玫，《解讀瓊瑤愛情王國》（台北：台灣商務，二〇〇六），頁一八三～一八四。

[2] 希代公司八〇年代即在無取得授權情況下出版西洋羅曼史小說，直到一九八〇年代末期、一九九〇年代初期美國對台進行著作權相關談判，且台灣於一九九二年新著作權法通過，促使希代轉而從國內作家尋求稿源，而這

說有其鮮明的市場定位與商品形象，成為台灣讀者可以輕易辨別特色進行消費的文化商品。同樣是先行引進西洋羅曼史，而後轉向本土言情小說出版市場的老牌出版社，林白出版社與希代堪稱當時雙璧。另一方面，萬盛出版公司也相當重要，一九八八年起設立的「感性系列」書系即以台灣本土作家的言情小說創作為主力，確立本土言情小說作家的地位，為日後本土言情小說市場的供稿來源奠定基礎。

希代、林白與萬盛開啟國人作家的言情小說版圖之後，這個產業的成形關鍵點在一九九○年代初期，此時出現了各大小出版社投入言情小說市場的盛況。已經打響名號的出版社中，希代公司一九九一年設立子公司龍吟出版社，刻意區隔路線以打造希代書版集團中的本土言情小說品牌；萬盛出版社的「感性系列」書系功成身退，在一九九四年開始經營新書系「荳蔻」，以全新改版的內頁排版和桃紅色書皮設計突顯與其他出版社的差異性，有意展現新品牌新氣象；林白的新書系「薔薇情話」亦在一九九四年推出，加入爭食這塊市場大餅的行列。

新成立的小出版社也頭角崢嶸，譬如二○○○年至二○一○年十年間出書量最為龐大的禾馬出版集團（參見附錄一），在一九九四年以風格年輕清新的形象出現，隔年即設立禾揚出版社，展現吃下市場的企圖心；緊接在禾馬集團的子公司禾揚成立之後，一九九

些國內作家的言情小說創作，因為希代的西洋羅曼史小說出版經驗，其生產與銷售模式都明顯取徑於西洋羅曼史小說產業。

那些年，我們愛的步步驚心

018

五年新月出版社以提供「浪漫情懷」為號召展露頭角，隨後一九九六年、一九九九年先後核准設立邀月出版社及花園出版社，新月出版集團旗下至此全員到齊；在台北地區以外，一九九六年設立於台中的飛象出版社大有角逐中原之勢，無獨有偶，同年耕林出版社於屏東成立（一九九九年遷址高雄），儼然是南部言情小說出版商代表；到了一九九七年，狗屋出版社脫離林白集團獨立成軍，待得一九九九年再設立果樹出版社，狗屋出版集團大致成形。二〇〇〇年以後仍有小型出版社陸續加入市場，不在話下。

　　一時之間，言情小說市場可謂百花齊放，終令一個明確的「台灣本土言情小說」大眾小說文類成形。這個文類特色鮮明，具備工業化產業的特質，各出版社在生產、包裝、行銷上具有高度相似性，令消費者能夠輕易辨別；內容皆為以愛情為主題展開的長篇敘事體，敘事模式公式化；流通通路以租書店為主，其次為便利商店及連鎖書店；由於創作者流動率高，出版社經常採取長期徵稿制。普遍而言，本土言情小說被認為是平價、淘汰率高、收藏價值低的文學商品。

　　林芳玫曾以「言情小說系列」（category romances，或稱romance series）為名指出西洋羅曼史小說的特色，並說明以希代公司為代表的台灣本土言情小說如何汲取這個特色：「系列」意指出版社創立某一品牌，定期出版內容與風格相似的小說，並強調品牌特色而非個別作家或作品的獨特性。品牌各有特色，也會隨社會變遷而將社會現象反映在系列小說中，發展出不同的次類型（subgenres），而熟識這些品牌的讀者能夠辨別各個品牌系列的特色來進行選購。而希代公司雖是台灣第一家本土言情小說系列的生產者，但也經過其他的出版嘗試，並非一開始就模仿國外不重視個別作者的言情小說系列。[3]

　　總的而言，本土言情小說產業的發展脈絡使得此文類本質有別於同時代的瓊瑤言情小說，但也不完全是西洋羅曼史的複製品：它向西洋羅曼史的產銷模式取經，類型小說的公式化訴求強化了產業中的品牌特色而非個人特色，這一點尤其展現在本土言情小說的高度規格化之中，譬如各出版社的小說及封面插圖徵稿啟事均標明具體的字數限制及風格需求，極少接受規格外的作品，因此出版品的外部包裝或內容結構皆與瓊瑤小說殊異；另一方面，本土言情小說作為因地制宜的文化商品，自然使其類型題材產生變化，令其更加貼近台灣當代讀者，譬如傳統家庭價值的強化，親情和愛情可能形成的衝突，都是西洋羅曼史小說中少見的東方家庭倫理論述。而本土言情小說與瓊瑤小說及西洋羅曼史二者相同的是，作為以女性愛情為核心主題的長篇敘事小說，這兩個文類同樣以浪漫愛觀念為核心，主要描繪男女的邂逅、相戀並共同迎戰困難、喜劇結局的愛情故事[4]，從而反映了作品書寫的當下女性的愛情與情慾想像。「台

---

[3]　林芳玫，《解讀瓊瑤愛情王國》，頁一八二～一八三。

[4]　林芳玫援引Regis的 *A Natural History of Romance Novel.* 一文說明公式化的西洋羅曼史情節步驟包含男女主角的相遇、戀愛、誤會、誤會解除、喜劇結局，並說明七〇年代以降瓊瑤作品已經有此公式的出現。參照林芳玫，〈百年言情小說中的國族書寫：斷裂與轉折〉，「第七屆台灣文化國際學

灣本土言情小說」更詳盡的定義與歷史脈絡爬梳，筆者將於第二章
專章處理，說明這個筆者名為「台灣本土言情小說」的大眾小說獨
立文類，如何受到上述西洋羅曼史小說以及瓊瑤一脈的國內言情小
說二者的發展所影響。

　　二者匯流並影響「台灣本土言情小說」這個文類的同時，一個
共同且關鍵的結果是令其成為女性作者創作、女性讀者消費的性
別化文類，尤有甚之，言情小說出版社的編輯者也絕大多數是女
性，終至令台灣本土言情小說成為一個作者、讀者、編者皆為女性
（female）的3F產業。這個女性產業的誕生，受益於台灣大環境背
景中的消費社會成形，女性消費能力及女性意識的雙雙抬頭，此時
女性的進入職場，獲取經濟獨立的機會，不但女性讀者成為商業市
場的目標客戶群，更促使女性得以從事寫作、編輯工作，充實了產
業的內部成員；如同上述瓊瑤及西洋羅曼史兩個文類的發展歷史脈
絡，一方面展現女性具備的創作能量，另一方面令商業市場開始看
重女性的消費能力，皆促使書寫之筆終於令女性作家可名正言順地
握於手中，創作領域不再如過往歷史中理所當然地為男性所獨占，
本土言情小說產業方能在九〇年代順利建制。

　　本土言情小說產業的性別化特色，令其與往昔男性中心的出版
產業相較之下，更能夠觀照女性讀者的需求。儘管這個「讀者需
求」仍然深受主流意識形態及資本主義中心的運作影響，譬如本土

術研討會暨第一屆東亞流行文化學會年會」會議論文（台北：台灣師範大
學，二〇一一年九月六日）。

言情小說明顯流露的異性戀霸權、中產階級論述等，但它確實比過往大眾讀物更明顯關切與展現小說中女性主角的切身生活議題：她們有各自的職業與夢想，存在各自迥異的工作態度與價值判斷，而她們的情慾觀點也經常包含在愛情觀之內，正視女性的愛情與情慾無法切割。女性的工作觀點與情慾觀點，都是過往男性中心作品中罕見觸及的議題，據此，本土言情小說不啻是由女性共同搭建的對話平台，是一個令女性得以藉此針對性別權力與自我情慾認同等種種議題進行摸索與交流的管道，也是在此，提供了女性主體意識成長與建立的空間。

　　本土言情小說產業的建制，一個重要的關鍵在於女性確實在大眾文學中取得了書寫與話語的權力。關於書寫的力量，如同許多女性主義者特別關注女性的自我書寫，羅莎琳・邁爾斯（Rosalind Miles）透過《女人的世界史》的歷史書寫實踐，直指女性無法發聲／書寫正是男人成功締造男尊女卑論述，以及女人何以讓男人得逞的關鍵。[5]同樣的，亞倫・強森（Allan G. Johnson）討論父權體制時，認為父權作為一個社會體系扣連的基本要素是男性支配、男性認同與男性中心，而它的核心則是透過符號與觀念組合而成的文化，具體而微呈現在人們的生活如文學與影像作品，以及日常對話的內容中，而語言／文字的重要性不容小覷。[6]

---

[5]　羅莎琳・邁爾斯（Rosalind Miles）著，刁筱華譯，《女人的世界史》（台北：麥田，二○○六），頁十三～二十。

[6]　強森舉例說明父權文化提供的象徵和觀念，如何可能透過語言／文字等符

強森和邁爾斯分別明確點出女性在父權社會／男性語言中被剝奪的主體性，以及女性自我書寫的力量，就此而言，當「台灣本土言情小說」不但是性別化文類、更是一個徹底的女性產業時，她們確實得以擺脫過往唯有男性擁有發聲／書寫權力的時代中，女性只能在男性作者想像與虛構下再現（representation），以及在男性讀者的凝視（gaze）下遭到父權意識形態禁錮的困境。然而，儘管本土言情小說不再是男性書寫、男性閱讀，在父權社會尚未完全遭到解構的當代台灣，女性的主體性如何真正可能透過這個文類建立？尤其本土言情小說是以愛情為主題展開的長篇敘事體，當浪漫愛情的圓滿成為女性自我實現的象徵時，這個文類在它明顯傳達異性戀／父權／典型家庭價值的刻板性別意識形態之餘，如何產生建構女性主體的能動性（agency）？

　　標準化、公式化的本土言情小說確實是一則又一則成人童話故事，更是台灣當代女性用以自我娛樂、自我慰藉的消遣讀物，然而在消費行為之外，它絕不僅止是純粹的文化商品。筆者閱讀本土言情小說始自一九九七年，二〇〇三年至二〇〇六年四年間正式投入

號建構「真實」：譬如「巫婆」（witch）、「母狗／蕩婦」（bitch）等字詞在當代指涉具有威脅性的、邪惡的意象，然而在前父權時代，witch指涉具有智慧的治療師、產婆以及能將身體、心靈與大地結為一體的人，bitch則是指狩獵女神，原本帶有女性的力量、尊嚴與獨立性等正面的文化形象，直到它們被轉化成為侮辱意涵的負面詞彙，最後無法保留原本的女性認同意涵。參照亞倫・強森（Allan G. Johnson）著，成令方、王秀雲、游美惠、邱大昕、吳嘉苓譯，《性別打結：拆除父權違建》（台北：群學，二〇〇八），頁一四四～一四六。

寫作行列，依序於萬盛公司及飛田公司（前身即萬盛）出版作品，停筆後轉向對本土言情小說的研究，而沒有改變的是，筆者始終是本土言情小說的閱讀者。筆者經歷的讀者→創作者→研究者三種階段，令筆者得以站在不同的立場對言情小說有更加深入且多面向的觀察，而長期閱讀者的身分，既是筆者研究動機的源頭，更成為本書主要問題意識產生的契機：一九九〇年以降長達二十年的發展歷程，令這個文類出現與時俱進的變化，尤其台灣外部社會環境有所轉變，而本土言情小說這個類型小說的內部亦不斷衍伸出新的子類型，當前行研究者多以批判視角檢視這個文類的保守觀點時，筆者實際透過文本細讀，發現本土言情小說在不斷生產的二十年間，確實表露了她們自覺與不自覺傳達的性政治（Sexual Politics）思維與態度，而這卻是很少被深入檢視與討論的議題。

第二節　台灣本土言情小說的性政治

　　本土言情小說作為一個文學類型（Genre），林芳玫認為類型小說使讀者在閱讀時便對其抱有預存的期待，包含對小說人物、情節與主題的預期與想像，「某個特定類型的成規及傳統並不是一開始就存在於文本之內，而是經由作者及讀者間的互動交涉，逐漸累積出關於某種文類的成規。類型因此可說是建構共識這個社會過程下的產物。」[7]在林芳玫提出作者與讀者之間的共識建構之餘，如同筆者前文自述的讀者到作者身分的轉變，以及雖身處作者行列乃至棄筆後仍然進行閱讀的讀者身分回返，事實上，台灣本土言情小說產業確實常見讀者與作者兩種身分的位移與互動——讀者往往是下一批創作的生力軍，而創作者亦經常是讀者——這促使本土言情小說得以更加充分地進行某種共識的建構。

　　以筆者為例，閱讀本土言情小說始自筆者國中時期，因同儕之間經常在校規禁止下交換或推薦各自喜歡的小說作品，從而有機會在未曾進出「漫畫小說租書店」的情形下接觸到本土言情小說，以此為契機，更促成筆者與幾位同學共同發願創作言情小說，而此類對言情小說的閱讀與嘗試書寫，已經可見女性社群所發揮的作用力。事實上，關於閱讀本土言情小說的「死黨文化」，許秀珮早已

---

[7]　林芳玫，《解讀瓊瑤愛情王國》，頁十六。

透過訪談方式提出，認為閱讀行為「具有同儕團體的特性，是一種集體性的行動，而不只是青少女個別的幻想建構」[8]，說明言情小說的「共識」建構，確實有一部分來自讀者之間真實的交流與對話。

另一方面，筆者在長期閱讀、嘗試寫作投稿到首次獲得錄取並出版作品的二〇〇三年之間，已累積約六年的讀者經驗，廣泛且勇於嘗試閱讀各種作品的結果是經常「踩雷」[9]，而這些踩雷的經驗也往往成為筆者創作時的對話對象。筆者曾以本土言情小說市場中極罕見的女同性戀主題書寫一部作品，並在這部作品的後記中表明故事背景多發生於夏天，目的是希望讓這對同性戀人的愛情故事相當「光亮」，而原因在於市面上的BL（Boy's Love，男男同性愛）小說令人感覺人生腐敗，「當我看見諸如：『那就沉淪吧』、『即使墮落也無所謂了』的詞句時，我很難克制自己的眉頭不像中國結一樣糾纏在一起。」[10]在這個比較顯著的例子以外，筆者多塑造性格堅強、追尋自我夢想或志業、不輕易受男主角撩撥起舞的女主角，正源自對言情小說中到處可見性格軟弱、天真到近乎愚蠢的女主角的不滿與反抗心理。

許多從讀者身分位移為作者身分的言情小說創作者，必然也存在她們（自覺或不自覺）與過往閱讀作品對話的可能，說明本土言

8　許秀珮，〈羅曼史小說：女人寫給女人的書〉（新竹：國立清華大學社會學研究所碩士論文，二〇〇二），頁五十～五一。

9　「踩雷」是台灣常見的網路用語之一，引申自「踩到地雷」的驚嚇感，意指冒險嘗試卻遭遇失望或傷害的情形。

10　若慈，《我要的幸福》（台北：萬盛，二〇〇四），頁二四二。

情小說產業如何因此提供一個空間，令它隨著新進讀者位移為新進作者，同時引入與容納與時俱進的當代觀點及議題。誠然，本土言情小說的高度規格化，顯示編輯審查制度在揀選與排除作品中存在絕對性的影響力，但以筆者自身的出版經驗為例，第一本作品《愛情大混戰》[11]是非常不典型、甚至破壞既定公式的言情小說——小說主軸是現代都會三女二男之間的五角關係，每個主角的感情對象皆超過一人，且三位女主角間有明確的同性戀關係——筆者接獲錄取通知時，編輯完全接受小說內容，毫無提及需要修改之處，就此而言，出版社的限制尺度顯然並沒有想像中那樣保守、狹隘。筆者作為新人的第一本書如此不典型，尚且可以得到出版社的採納，暢銷作家倘若企圖嘗試突破侷限，不難想見出版社可能賦予她們更多的彈性空間，呈現言情小說這個文類建構「共識」的過程，必然是在一定程度的多音交響之下展開的。

　　筆者已於前文提出本土言情小說產業的性別化特色，也說明這個文類在時代遞嬗而社會結構改變的情況下，如何反映投射台灣當代女性在二十年間切身相關的性別政治文化議題。而這些議題更具體的呈現，在於本土言情小說內容中的愛情／慾望想像如何被描繪與言說。綜合以上，筆者因而嘗試探問，言情小說作者與讀者（甚至包含編審言情小說的編者）之間，以本土言情小說整個產業及文本作為平台進行對話後，建構了什麼愛情／慾望想像的「共識」？

---

[11] 若慈，《愛情大混戰》（台北：萬盛，二〇〇三）。

而我們可以如何解讀「共識」在二十年間所產生的變化？這些「共識」的變化，又如何蘊藏足以進入學術研究的能量？

　　這些探問是本書的起點，而一個需要注意的問題是，片面的文本研究或者片面的讀者研究，都未能真正完整說明本土言情小說對台灣女性帶來的意義與能量。早在一九八七年，詹妮斯・拉德威（Janice Radway）便已立基於先行的羅曼史小說研究，依據她在史密斯敦（Smithton）執行的女性羅曼史讀者閱讀調查，完成了《解讀羅曼史》一書，並提出羅曼史研究的複雜性，她舉專門探討閱讀行為和專門探討文本敘事二者為例，不同的研究方向將會導致矛盾的答案：前者認為閱讀羅曼史可使女性暫時擺脫平日自我貶抑的社會角色，因此是有抗拒力量的，後者卻透過羅曼史的敘事結構意識到，父權體制與意識形態將因而偷渡入文本並受到強化，再次收編女性。[12]

　　拉德威對羅曼史研究中上述兩個近乎對立的面向相當警覺，使她的研究方法試圖在二者之間取得平衡。陳音頤分析通俗浪漫小說時梳理讀者的角色位置及快感來源，便尤其關注拉德威的研究方法，認為她「既對『垂直』運作的文本權力政治和統治架構有相當警覺……又能關注小說閱讀做為置於日常行為和脈絡之中、展現個人部份自主的『水平』層面」[13]，並說明拉德威的論點同時指出女

---

12 約翰・史都瑞（John Storey），李根芳、周素鳳譯，《文化理論與通俗文化導論》（台北：巨流，二〇〇五），頁二一五～二二一。

13 陳音頤，〈共謀、抵抗或是幻想：快感和通俗浪漫小說〉，《中外文學》

性閱讀浪漫小說的正面價值和負面意義：

> 以拉德薇的這種發現，確實可以想見，這種看似逃避現實矛盾的上癮般重復閱讀快感，雖然在一方面的確是大眾文化工業為實現資本最大利潤而全力行銷、調養讀者胃口的產物，但在另一方面，卻也不無女性讀者因對現實角色不滿而抵制抗拒的內涵，可見女性讀者對浪漫小說的使用，確實已超出甚至抵抗文化生產者所預定的範疇和定位。[14]

　　據此而言，儘管因為受到大眾文化工業乃至社會結構的掌控，讀者的主體性可能有所侷限，卻仍然展現部分的自主行為能力，並且絕不容忽視。

　　拉德威的論點，成為本書開展論述時的重要指引。台灣本土言情小說作為與西洋羅曼史小說相似的文類，進行研究時確實存在相似的研究難題，因此進行本土言情小說研究的時候，同樣勢必平衡地檢視兩個面向，亦即本土言情小說產業對讀者的收編，以及讀者如何可能在此展現的抵抗與反叛。從而，本書的問題意識試圖更加明確地收束在以下面向，亦即性別權力、女性情慾，以及權力和情慾之間的辯證，最後則是女性主體建立的可能性。筆者將用以詰問不再是男性執筆書寫的本土言情小說，「女性」在女性作家筆下如

第三十二卷第十二期（二○○四年五月），頁一六二。
[14] 陳音頤，〈共謀、抵抗或是幻想：快感和通俗浪漫小說〉，頁一六三。

何「再現」？「女性」如何可能不再是他者（other）？女性作者與讀者透過書寫與閱讀，又如何展現其主體認同的思考與實踐？讀者—作者—讀者的身分位移，對於本土言情小說中女性主體意識的建構如何帶來助益？而這些問題，都將在言情小說所展現的女性愛慾想像及性別權力的追尋中得到答覆。

　　當然，進行大眾類型小說之一的本土言情小說之女性研究，不可避免遭遇大眾文化研究對這個文類的批判與質問。尤其對於大眾文類的消費者／讀者是否可能具備能動性與批判性，以阿多諾（Theodor W. Adorno）與霍克海默（Max Horkheimer）為主要推手的法蘭克福學派，顯然是悲觀的。他們指出資本主義文化工業為消費者帶來的戕害，將會消解消費者對現實困境的批判力道，最終令其服膺於統治階級通過文化工業強加在大眾身上的意識形態。[15]不過，如同大眾文化的後起研究所指出，法蘭克福學派的論點無法說明：如果文化工業的力道如此強勁，為什麼消費者並不會對所有的文化商品買帳？[16]事實上，筆者同時具備長期讀者／短期作者／研究者的三種身分，僅僅透過實際的文本閱讀以及讀者社群田野的參

---

[15] 楊小濱，《否定的美學：法蘭克福學派的文藝理論與文化批評》（台北：麥田，二〇一〇），頁六三～六五。

[16] 史都瑞指出，阿多諾批判流行音樂單調一致、無法刺激想像力以促使人們追求更令人滿足的社會，反而麻痺與滿足了想要逃避工作壓力與現實壓迫的大眾消費者，二者最終形成惡性循環，乃大眾文化所帶來的弊端，然而這個論點光是從流行音樂的銷售數據即可攻破，因為百分之八〇以上的唱片是不為消費者接受而導致賠錢收場的。參見約翰・史都瑞，《文化理論與通俗文化導論》，頁一六三～一六五。

與，便能夠初步指出本土言情小說讀者的自主性，尤其展現於這些讀者在網路社群中對作品或作者所進行的辛辣嘲諷與嚴苛批判，而當她們有一次不愉快的閱讀經驗，往往下一次就不會再消費同一作者的作品。

同樣的，約翰·菲斯克（John Fiske）透過文化經濟的概念說明在資本主義文化工業介入的大眾文化（mass culture）中，人民如何可能在此生產出屬於他們自我的庶民文化／通俗文化（popular culture）：在文化經濟的概念下，經濟流通的並非貨幣而是意義與愉悅，菲斯克直指商品的價值並非純粹由製造者賦予，相反的，是由商品的消費者在使用後生產意義與愉悅。在這個論點中，不存在被動的消費者，只有傳播意義者。就此而言，儘管人民無法真正製造並流通屬於自己的商品，卻能夠透過創造性地、選擇性地使用資本主義所提供的資源，用以發展自我的日常生活文化。[17]這提示了我們本土言情小說讀者如何得以借力使力，而不只是被動的消費法蘭克福學派所稱之文化工業所生產出來的文化商品。

當菲斯克進一步闡釋「庶民文化是場鬥爭的歷程，是對社會經驗意義的鬥爭歷程，是個人（personhood）與社會秩序互動的鬥爭歷程；也是個人與社會秩序的文本及商品相抗鬥的過程。而閱讀這些文本、鬥爭關係也再生產、再反應了社會關係」[18]時，我們更應

---

[17] 約翰·菲斯克（John Fiske）著，陳正國譯，《瞭解庶民文化》（台北：萬象，一九九三），頁二八～二九。

[18] 約翰·菲斯克，《瞭解庶民文化》，頁三十。

該意識到台灣本土言情小說本身也是意識形態角力的場域，它展演著台灣女性與當代社會之間的多重互動，譬如協商、抗拒、收編，這正說明了此文類確實可能為當代女性的主體意識建構帶來平台與能量，但它也將是曲折坎坷之路，不斷地遭到資本主義／父權／主流意識形態的收編與掣肘，呈現在兩端之間的擺盪情況，而並非筆直開往女性主體認同、伸張性別權力與身體情慾的康莊大道。

回歸筆者前文所述，片面的文本研究或者片面的讀者研究，皆未能完整說明本土言情小說的意義與能量，因此本書在檢視本土言情小說如何建構女性主體意識時，將著眼此文類中筆者認為最適合考察台灣當代性別文化政治議題的三個主題，亦即言情小說子類型如「穿越小說」、「BL（Boy's Love）小說」，以及言情小說發展過程中出現過的情色化浪潮。

這不但是梳理本土言情小說中的性別權力思考、情慾想像、建構女性主體意識三個面向的有力管道，更能夠充分地看見本土言情小說此一場域如何進行意識形態的角力：「穿越小說」這個子類型中為什麼總是女主角們從「現代」跨越時空到「古代」與男主角們邂逅，現代的「身體」被「錯置」在古代的「空間」裡有什麼意義？言情小說的情色化浪潮帶來常民論述中對女性讀物「色情」與「情色」的辯證，意外突顯出其實情慾自主與性別權力之間的對話才是重點，究竟「女性情色讀物」所突顯的女性情慾需求，在當代社會如何被看待？「BL小說」除了呈現言情小說具有吸收日本原生BL文化的跨文類特色，突顯這個文類如何透過主動吸收外來文

類元素以尋覓新的逃逸出口，其中更值得一探究竟的，乃是這個言情小說性別化產業中，女性能夠從女性缺席的「BL小說」裡獲得什麼愛情、情慾與性別權力層面上的滿足？

聚焦於以上問題意識，本書試圖透過文本細讀，觀察本土言情小說中女性主體意識建立及情慾認同過程中的幽微變化，並對其中女性意識、情慾、權力之展演、受限與建構種種狀況的進行分析，說明愛情童話如言情小說者，如何能夠為當代台灣女性提供通往一個桃花源的甬道。

章節地圖

　　本書分為六個章節，第一章〈導論〉說明本書的主要問題意識
與研究方法。第二章〈台灣本土言情小說生成〉針對本土言情小說
進行文學史式的脈絡梳理。首先爬梳「台灣本土言情小說」這個類
型文學如何形成，並釐清這個文類在先行研究者論述中的歧異性，
其次考察九〇年代以降台灣社會結構的轉變以及言情小說產業的發
展情形，以探討言情小說如何與社會產生對話關係。

　　第三章〈「穿越小說」中的性別權力關係〉借「穿越小說」
——亦即以主角「穿越時空」抵達另一個時空與另一主角相戀相愛
為主題的言情小說——對「身體」被置放在不同的「時空」此一核
心主題拋出疑問：尤其這個「穿越時空愛上你」的公式，經常是現
代時空的女主角穿越到古代與古人男主角邂逅相戀，女性身體被安
置在不同的時空隱含了什麼樣的性別文化政治議題，又如何與性別
權力產生關聯。回到更根本處來說，筆者也要探問，這個子類型在
近二十年間不斷獲得書寫，其吸引力究竟其來何自，又如何展現它
與當代社會的對話。

　　第四章〈情色化浪潮中情慾與權力的辯證〉聚焦包含先行研究
者皆察覺的本土言情小說黃潮／情色化現象，探討九〇年代末期氣
焰愈發高張的情色化現象有什麼文化意義。透過文本分析一探情色
化浪潮小說中的情慾話語，筆者嘗試辨明其展現了什麼樣的性別意

識形態？常民論述與學術論述中出現的色情／情色辯證，又如何突顯出當代台灣關於女性情慾自主與性別權力的對話？本章將持續細讀迄今為止具有情慾書寫的本土言情小說，以觀察「情色化浪潮」潮起潮落，如何為本土言情小說同時帶來負面與正面的兩種能量。

第五章〈BL（Boy's Love）作為女性情慾的變形出口〉，本章首先梳理具有跨文類特性的本土言情小說，如何吸收日本原生BL文化而產生BL小說此一子類型；其次，「情色化浪潮」的同時期，BL小說也出現這種情色化現象，當女性讀者捨棄異性戀限制級書系小說與情色化浪潮小說而選擇情色化的BL書系小說來閱讀時，筆者試圖探問「女性缺席」的男男同性愛BL言情小說為何得以成為女性的情慾出口？並擬進一步提出BL小說中性別權力與情慾的「移形換位」，方能解釋閱讀BL小說的愉悅感來源。

第六章〈結論：愛情童話作為女性主體建立的甬道〉將綜合全書論點，說明台灣當代本土言情小說固然無法樂觀的視為女性主體建立的坦途，但仍能是一個反思性別政治後通向女性烏托邦／桃花源的甬道。

第二章

台灣本土
言情小說生成

台灣本土言情小說確立為大眾文學中的一個獨立文類，時間點約在八〇年代末、九〇年代初期。至九〇年代中後期，本土言情小說始進入學術論述的場域，成為學術探討的對象。其間二十餘年，言情小說內部的自體發展，以及外緣的學術論述都有其變化，一方面展現言情小說確實具備學術議題能量的事實，另一方面更說明言情小說作為文化研究之文本，適足以開展出更加多元且深化的議題。然而時至今日，針對「本土言情小說」進行文學史式脈絡梳理的嘗試卻仍未明確出現，導致以本土言情小說為主題的論述，往往缺乏具社會脈絡與歷史性的論述基礎。

　　過往以「本土言情小說」為主題的學術論述，概要式地建制了一套該文類如何生成的歷史脈絡：承繼中國的言情傳統，加以複製西方羅曼史小說（romance）的產銷模式，「台灣本土言情小說」於焉成形。然而，實際統縮文類形成的關鍵因素，我們將覺察「台灣本土言情小說」並非只是西方羅曼史小說之外殼，中國言情傳統之血肉的拼貼產物，而是唯有以台灣當代社會做為土壤，方能滋養而生的獨特文類。

　　本章亦將討論本土言情小說的文化工業化，如何使其成為遭主流意識形態收編以及試圖抗拒收編的角力場域，而該類型的子類型生成又如何可能成為兩股力量互相角力的最佳例證。此處談及的文化工業化主要取自林芳玫的觀點，而與法蘭克福學派的文化工業理論有所區別；林芳玫著墨強調的文化工業化（the industrialization of culture），「著重的是文化組織內的分工、科層體系、資本與利潤

的累積過程，以及文化勞動力的問題」，認為「所謂的文化工業，並非文化生產的工業化，而是文化產品行銷與傳送的工業化」，說明言情小說由於寫作者過多形成的生產過剩，勢必令編輯的選稿標準影響與制約創作者[1]。林芳玫確實指出本土言情小說在文化工業化體制下遭受編輯／資方所迎合之社會主流意識形態的操控，然而筆者亦要嘗試論證，言情小說的文化工業化卻同樣催生該文類的子類型，帶來與時俱進的新觀點，展現出鬆動主流觀點的可能性。

　　整體而言，本章試圖檢視本土言情小說形成的兩個面向，也就是外緣社會脈絡的演進以及文化工業化下的文類內在變化，藉此耙梳這個文類的發展過程中呈現了哪些性別文化政治議題，進一步說明台灣本土言情小說的獨特性，並透過此文類歷史脈絡的確立，為本書後續三個章節議題的開展奠定論述基礎。

---

[1]　林芳玫，《解讀瓊瑤愛情王國》（台北：台灣商務，二〇〇六），頁一七三～一七六。

第一節　「台灣本土言情小說」的血脈身世

　　台灣本土言情小說作為台灣大眾文學中的一個獨立文類，現在市面上所見的此一類型小說，其特色相當鮮明，具備工業化產業的特質：各大小出版社在生產、包裝、行銷上具有高度相似性，令消費者能夠輕易辨別；內容皆為以愛情為主題展開的長篇敘事體，敘事模式公式化，重視求愛過程且以完美結局收尾，題材廣泛取自各種類型文學及大眾流行文化，封面通常像是偶像明星風格的俊男美女半身圖片；流通通路以租書店為主，其次為便利商店及連鎖書店；由於稿源缺乏，創作者流動率高，出版社經常採取長期徵稿制。普遍而言，本土言情小說被認為是平價、淘汰率高、收藏價值低、故事公式化的文學商品。

　　本土言情小說自一九九〇年代日漸成為學術探討對象，迄今卻仍普遍混用多種詞彙以指稱此類出版品，譬如同樣指稱這個明確具備工業化體系的大眾小說文類作品，在「言情小說」之外，「羅曼史」（Romance）、「愛情小說」是常見通用的詞彙，甚至較老派的「文藝小說」、「愛情羅曼史」等詞彙也仍然偶見使用，然而同樣的詞彙，亦經常適用於並沒有一套極為相近的產銷機制、故事內容亦不具備公式化敘事模式，實際上比較接近林芳玫所稱之「個體

戶」[2]生產的作品如瓊瑤一脈的愛情小說。

　　綜觀以「台灣本土言情小說」此一大眾小說文類作為主題的學位論文，尤其可見詞彙被混用的情形：賴育琴、林佳樺、楊秀梅分別以言情小說／本土言情小說／台灣通俗言情小說指稱[3]，林英杰、許秀珮及李韶翎以台灣羅曼史小說／羅曼史小說／當代商業羅曼史名之[4]，溫子欣則稱其為愛情小說[5]，而當許哲銘以「言情小說」合併指稱瓊瑤小說及一九九〇年代後類型化的言情小說時[6]，更明確地突顯出「台灣本土言情小說」本身確實存在著如何界定內

---

[2]　林芳玫討論一九八〇年代台灣出版市場中的文化工業崛起現象時，將文化產銷模式分為三種，即藝術家、個體戶企業、文化工業。個體戶企業模式比藝術家模式重視市場導向，但仍是以生產為主，行銷為輔，而無文化工業模式的行銷工業化特色。詳見林芳玫，《解讀瓊瑤愛情王國》，頁一七一～一七七。

[3]　詳見賴育琴，〈台灣九〇年代言情小說研究〉（台北：淡江大學中國文學系碩士班碩士論文，二〇〇一）；林佳樺，〈性與真實：本土言情小說讀者之閱讀論述〉（台北：世新大學傳播研究所碩士論文，二〇〇一）；楊秀梅，〈台灣通俗言情小說的性愛觀分析〉（高雄：樹德科技大學人類性學研究所碩士論文，二〇〇五）。

[4]　詳見林英杰，〈製造浪漫　消費愛情──台灣羅曼史小說的產銷與閱讀文化〉（台北：國立台灣大學新聞研究所碩士論文，一九九八）；許秀珮，〈羅曼史小說：女人寫給女人的書〉（新竹：國立清華大學社會學研究所碩士論文，二〇〇二）；李韶翎，〈我們讀，我們寫，我們迷：當代商業羅曼史與線上社群研究〉（嘉義：國立中正大學電訊傳播研究所碩士論文，二〇〇七）。

[5]　溫子欣，〈青少女學生閱讀愛情小說之研究：以兩班高職女學生讀者為例〉（台北：國立台灣師範大學教育研究所碩士論文，二〇〇二）。

[6]　許哲銘，〈言情小說中的女性身體政治──瓊瑤小說與九〇年代後言情小說之比較〉（嘉義：南華大學教育社會學研究所碩士論文，二〇〇三）。

容與範疇的問題。

　　如同林芳玫稱瓊瑤為「華文羅曼史典範」的奠基者[7]，當代有關台灣言情小說的論述，確實將瓊瑤形塑成為台灣言情小說的標竿，使其在言情小說版圖中樹立著明確的座標，而此論述形成的同時，類型化的「本土言情小說」往往被視同為其後繼者。然而，果真如此嗎？林欣儀梳理六〇至九〇年代瓊瑤小說文本，所指出的書寫特色：瓊瑤受中國古典文學薰陶甚深，筆下角色的人物特質經常是對應古典傳統小說的才子佳人形象，從人物姓名到說話談吐，皆呈現夢幻而不寫實的安排，更幾乎不觸及當代台灣社會的現實面；這個古典文學的底子，也造就了瓊瑤的古典美學的寫作技巧，小說文本中經常使用古典詩詞或瓊瑤自行創作的詩詞，洋溢著對古典文學的稱頌，整體而言瓊瑤的寫作技巧即是相當詩化的[8]。

　　另一方面，「本土言情小說」作為文化工業化的類型文學，平均每月超過二百本言情小說進入市場，大量的稿源需求使得寫作門檻降低，以作者層面而言，絕大多數創作者的個別特殊性是遭到淡化且扁平化的，以作品內容層面而言，良莠不齊的狀況則相當常見，不若瓊瑤能夠為自己的作品品質與美學理念把關；相對的，大

---

[7]　參見林芳玫，〈百年言情小說中的國族書寫：斷裂與轉折〉，「第七屆台灣文化國際學術研討會暨第一屆東亞流行文化學會年會」會議論文（台北：台灣師範大學，二〇一一年九月六日）。

[8]　林欣儀，〈台灣戰後通俗言情小說之研究──以瓊瑤六〇～九〇年代作品為例〉（台中：中興大學中國文學系碩士論文，二〇〇二），頁一〇九～一二九。

量的稿源需求使出版社廣納創作者，連帶令小說作品經常迅速地吸收時下的流行文化元素，以及與時俱進的時代觀點。在這一點上，本土言情小說這個文類可能是「速食化」且粗糙的，故事背景、議題以及小說角色的形象設計與口語表達上卻相當貼近當代讀者，充滿台灣在地特色。

　　據此而言，夢幻而詩化的瓊瑤，與後起的類型化「本土言情小說」這個大眾小說文類之間，存有非常大的分歧。那麼，瓊瑤小說與「本土言情小說」之間的關連性是如何產生的？回顧本土言情小說進入學術領域後如何被論述的情形，將會發現常見的「本土言情小說概述」──發端六〇年代瓊瑤小說、吸收八〇年代禾林產銷機制、終於九〇年代成形茁壯的──其論點主要來自援引林芳玫及楊照，而非對本土言情小說的實際考察。可以這麼說，這個歷史脈絡的前半段確實由林芳玫[9]、楊照[10]等人所勾勒，後半段卻是後繼研究者混淆文類而沿襲前述二者的觀點，構築了目前常見而有誤的「本土言情小說發展簡史」。

　　以林芳玫為例，其《解讀瓊瑤愛情王國》此一重量級地位的

---

[9]　參見林芳玫，《解讀瓊瑤愛情王國》。《解讀瓊瑤愛情王國》時報版出版年為一九九四年。

[10]　參見楊照，〈跨越時代的愛情──台灣通俗羅曼史小說中的變與不變〉，《霧與畫──戰後台灣文學史散論》（台北：麥田，二〇一〇），頁四五七～四七二。〈跨越時代的愛情──台灣通俗羅曼史小說中的變與不變〉一文原收錄於聯合文學出版的《夢與灰燼──戰後文學史散論二集》（一九九八：二一二～二三〇）。

專書，全面性探討瓊瑤愛情小說所蘊藏的文學社會學議題，而在比較七〇年代瓊瑤及八〇年代女作家之間異同的時候，將藝術家、個體戶企業、文化工業三個不同的文化產銷模式並置討論，或可認為是無心插柳的文學史建制：林芳玫在此處將瓊瑤視為「文化個體戶」，而希代出版社的言情小說系列（category romances，又稱romance series）「希代文叢」則是文化工業化（the industrialization）後誕生的文化商品：「根據最嚴格的定義，這種作者沒沒無名，情節高度公式化，出版量大且固定，注重整體品牌形象的產品是**狹義的『言情小說』。**」[11]（引文中文字粗體為筆者所加）正是經由論述場域的並置，以及形似歷史編年體例式的書寫，自然地帶出某種一脈相承的意味，令人將台灣本土言情小說視為承繼傳統言情小說、而後因台灣消費社會到來而演變為文化工業所產製的文化商品。

要特別留意的是，林芳玫此時期對「言情小說」的探討，其實並未明確將「台灣本土言情小說」視為瓊瑤的延續，只是論述方法令瓊瑤一類的愛情小說與「廣義的台灣本土言情小說」產生混為一談的情形，而此同時，當她提出「從清末民初的鴛鴦蝴蝶派到瓊瑤，都或多或少的沿襲了《紅樓夢》的風格」[12]這樣的論述後，儘管並非將瓊瑤及本土言情小說視為鴛鴦蝴蝶派的系譜延續，卻同樣為二者帶出更長遠的中國言情傳統之血脈淵源。

---

[11] 林芳玫，《解讀瓊瑤愛情王國》，頁一八四。
[12] 林芳玫，《解讀瓊瑤愛情王國》，頁三。

而接續觀看楊照的例子，其以「戰後台灣文學史散論」形式闡述其所謂「台灣通俗羅曼史小說」的發展歷程，關注六〇年代起新興羅曼史小說家如瓊瑤、郭良蕙、華嚴、徐薏藍等人，視六〇年代為奠基期，「整體來看，她們成功地創建了一個羅曼史小說的傳統，到了七〇年代，台灣羅曼史小說基本上就依循著她們所訂定下來的一些習慣、規矩，擴大發展」[13]。至七〇年代，羅曼史小說透過租書店出現獨特的產製機制及消費管道，進而得以建制化，而八〇年代後期羅曼史文化工業成形，「出現了類似西方『禾林』（Harlequin）式的經營手法與經營規模，也就隨而出現了九〇年代的混亂局面」[14]，同時楊照進一步將各種如電視、電影、漫畫的「跨媒介呼應」，以及科幻、電腦、電玩多元時空的想像之介入羅曼史主題的現象，也同樣置放於此一歷史脈絡。此番論述強化了「本土言情小說」須回溯至六〇年代的系譜生成。

　　儘管楊照借林芳玫的論點進一步申論：「瓊瑤不能算是『鴛鴦蝴蝶派』的再生產，這點很重要。最大的差別在：第一，正如林芳玫指出的：瓊瑤的羅曼史小說，處理的不是單純現代式、西方式浪漫愛情舶來品，在一個傳統守舊社會所獲得的曲折待遇。」[15]將所

---

[13] 楊照，〈跨越時代的愛情——台灣通俗羅曼史小說中的變與不變〉，頁四六六。

[14] 楊照，〈跨越時代的愛情——台灣通俗羅曼史小說中的變與不變〉，頁四七一。

[15] 楊照，〈跨越時代的愛情——台灣通俗羅曼史小說中的變與不變〉，頁四六二。

謂的「台灣通俗羅曼史小說」徹底斷裂於中國鴛鴦蝴蝶派的言情傳統系譜，卻與林芳玫同樣未能直接地區別與界定羅曼史小說中有所差異的兩種類型，終於使楊照和林芳玫的論述「看似」導向了相同的文學史論：「本土言情小說」乃承繼瓊瑤一類愛情小說以後發展出來的類型文學。而後，林芳玫與楊照對言情小說發展所進行的梳理，成為後進學術論者沿用的言情小說簡史。

其實，檢視林芳玫與楊照的論述，前者的論文主題著力於探索言情小說與純文學在文化生產之場域（field）鬥爭的問題，且研究範疇止於八〇年代，從未對九〇年代後類型化的「本土言情小說」進行界定，可說未曾真正將瓊瑤與類型化的「本土言情小說」進行連結；後者的「台灣通俗羅曼史小說」研究雖觸及九〇年代初期的後現代面貌，主要論述卻止於八〇年代羅曼史文化工業的產生，可見楊照對瓊瑤小說與九〇年代以降本土言情小說文類之關聯性也缺乏深刻的連結。就此而言，後進學術論者延續襲用林楊二人的論述脈絡，或許是過於輕率且便宜行事。如同楊照認為瓊瑤不能視為鴛鴦蝴蝶派的再生產，本土言情小說也不能視為瓊瑤等人的再生產。因此，我們必須同樣觀照另一個切入角度，亦即台灣在八〇年代中期引進的西洋羅曼史小說，究竟又對本土言情小說造成何種影響。

許秀珮以九〇年代羅曼史，亦即本文所稱之本土言情小說為主題，對其出版風潮、讀者、作者及情色風潮與社會爭議進行考察，或許正因為明確聚焦，得以輕巧地跳脫上述由林芳玫、楊照等人勾勒且遭到後人誤用的既有輪廓：

羅曼史雖然是以描寫「愛情」為主的小說，但是，並非以所有以愛情為主的小說都是羅曼史。作為通俗類型文學的一支，羅曼史小說具有現代文化生產與文化消費的特殊性。現代羅曼史主要以描述愛情故事為主，一般常識性看法因此而把「羅曼史」與「古典言情小說」並列討論，將現代羅曼史小說視為古典言情小說的延續。然從外觀來看，現代羅曼史小說所具備的文化工業特質與古典言情小說並非一脈相承，現代羅曼史小說與古典言情小說如紅樓夢、中國民初鴛鴦蝴蝶派小說及張愛玲小說，甚至是近期文藝小說如瓊瑤、亦舒、張小嫻、張曼娟等作品均有生產方式上的差異。[16]

　　許秀珮認為現今所見的本土言情小說，「所採取『小說系列』的出版模式確立於早期的長篇翻譯羅曼史，最早開始引進國外羅曼史小說的是林白出版社及希代出版社」[17]。藉由對八〇年代中期翻譯羅曼史／西洋羅曼史之大量引進，以及八〇年代末期版權因素導致商品斷絕，須從國內作者尋求稿源、終令台灣羅曼史漸趨成熟的出版生態考察，許秀珮確實建制出本土言情小說另外一個文學系譜[18]。
　　確實，與許秀珮所列舉的《紅樓夢》、鴛鴦蝴蝶派與張愛玲等作品相比，台灣本土言情小說更明顯有來自西洋羅曼史的影響。台

---

[16] 許秀珮，〈羅曼史小說：女人寫給女人的書〉，頁七。
[17] 許秀珮，〈羅曼史小說：女人寫給女人的書〉，頁一。
[18] 許秀珮，〈羅曼史小說：女人寫給女人的書〉，頁一〜四。

灣本土言情小說對禾林小說為首之西洋羅曼史的吸收與消化，首先展現在生產與銷售模式等外部形式的模仿，如一九九三年禾林出版社台灣總經理林柳君曾明確提出禾林產銷特色與傳統書籍出版市場的差異，禾林藉著封面設計、尺寸、頁數的規格統一化，令其達到以量制價的經濟規模，而銷售通路則搶攻超級市場、便利商店、百貨公司等，並不限於書店。事實上，這個產銷特色在後來都為台灣本土言情小說所吸收挪用[19]。其次，更顯著可見的影響應為類型文學的敘事公式化特色，而這些都是令本土言情小說與過去廣義的言情小說產生明顯歧異的關鍵。

誠然，我們仍須留意從「瓊瑤小說」到「本土言情小說」之間，台灣八〇年代即有希代出版社的「小說族」現象及系列作品[20]。蔡詩萍曾援引呂正惠視「紅唇族文學」代表的「希代小說族」為八〇年代閨秀文學之頂峰的論點，進一步闡述「紅唇族文學」（希代小說族）較之閨秀文學，展現更具行銷傾向的特色，當閨秀文學仍是嚴肅文學與通俗文學之間的過渡作品時，希代小說族是徹底以市場行銷謀取出路的商品化作品。[21]

---

[19] 林柳君對禾林出版社的產銷特色說明，詳見盧玉文，〈專訪禾林小說總經理林柳君〉，《統領雜誌》九十七期（一九九三年八月），頁四六～四八；林柳君，〈禾林小說整合傳播戰略〉，《動腦》二一三期（一九九四年一月），頁三四～四七。

[20] 皇冠出版社六〇年代已有引進西洋羅曼史小說，然而此類西洋羅曼史小說並未得到系統性的引進與介紹，對於九〇年代本土言情小說產業形成與作家寫作風格的影響相當有限，故謹此提出不擬討論。

[21] 蔡詩萍，〈小說族與都市浪漫小說：「嚴肅」與「通俗」的相互顛覆〉，

然而，如林芳玫所稱，「根據最嚴格的定義，這種作者沒沒無名，情節高度公式化，出版量大且固定，注重整體品牌形象的產品是狹義的『言情小說』」[22]，就此而言，從品牌結構與文本內容來看，希代傾力打造如吳淡如、林黛嫚等人的小說族作家群，與九〇年代成形的「本土言情小說」明顯有所差異。希代擁有「希代文叢」與「小說族叢書」等書系，仍在一九九三年以子公司龍吟出版社推出新的言情小說書系「龍吟藝文小說」，便顯示希代試圖做出市場區隔的嘗試，而「龍吟藝文小說」毋寧才是與「本土言情小說」同一個脈絡的作品。

　　著眼小說敘事內容，西洋羅曼史小說有明確的敘事公式「男女邂逅→相愛→遭遇困難→克服困難→愛情圓滿」[23]，對此台灣早有觀察指出：「小說中常以女的為主角，她遇見一個男的，兩人一見鍾情，卻遭到一些阻礙或挫折，然後克服困難，獲得圓滿結局。」[24]儘管禾林小說一類的西洋羅曼史小說發展各種子類型，題

林燿德、孟樊編，《流行天下：當代台灣通俗文學論》（台北：時報，一九九二）。

[22] 林芳玫，《解讀瓊瑤愛情王國》，頁一八四。

[23] 林芳玫曾援引Regis的*A Natural History of Romance Novel.*一文說明公式化的西洋羅曼史情節步驟包含男女主角的相遇、戀愛、誤會、誤會解除、喜劇結局。詳見林芳玫，〈百年言情小說中的國族書寫：斷裂與轉折〉，「第七屆台灣文化國際學術研討會暨第一屆東亞流行文化學會年會」會議論文（台北：台灣師範大學，二〇一一年九月六日）。

[24] 王岫，〈美國羅曼史小說與麗塔獎〉，《出版界》五十七期（一九九九年九月），頁二四～二五。

材風格上出現差異，但公式卻是不變的，換句話說，滿足讀者在消費特定類型時的期望心理，正是整個產業的共識[25]。這個類型公式化的特色及內涵，可以明確地在台灣本土言情小說中看到，尤其展現於相似的故事邏輯與情節發展，亦即此類長篇敘事小說強調以愛情為主要軸線，焦點在於愛情發展的起伏過程，最終以美好結局收尾。相反的，在傳統廣義的言情小說中，甚至「希代文叢」的吳淡如、林黛嫚等人作品中，皆不存在故事內容如此固定且公式化的作品。

　　此外可供佐證的是，西洋羅曼史小說的領頭羊禾林出版公司因一九九二年台灣新版著作權法頒佈，小說商品不再受盜版翻譯的損失與威脅，故於一九九三年正式進軍台灣。這正銜接了筆者在第一章梳理的台灣本土言情小說產業發展時間點，亦即一九九四年起各大小出版社紛紛推出各自的專屬言情小說品牌：老字號的出版社如萬盛與林白都在此年推出全新書系，而禾馬出版社亦以言情小說為主要商品在此年正式設立，成為完全屬於台灣的「本土言情小說」產業起步時至為關鍵的一年。顯然的，西洋羅曼史小說產業提供了台灣本土言情小說產業興起的契機，因為昔日台灣出版社的西洋羅曼史稿源多出自盜版翻譯，如今已遭斷絕，勢必令原先出版此類小說商品的出版社另覓稿源，也就是直接挖掘尋找本土的言情小說創作者；另一方面，禾林出版社正式進軍台灣，無疑是直接引進一套行之有年、完備成熟的產銷機制，而這也是過往台灣出版業界所尚

---

[25] 阮本美，〈愛情機器：禾林出版公司〉，《精湛》二十三期（一九九四年九月），頁八九～一○二。

未建立的大眾文學商業邏輯。

　　從盜譯時代對西洋羅曼史小說內容的公式化特色的吸納，到版權時代的文本外部結構的仿效，尤其是一九九三年以後商品通路的拓展與行銷策略的開發[26]，禾林為首的西洋羅曼史小說產業，明顯為台灣本土言情小說產業提供了商業範本。九〇年代中期以降，本土言情小說以平均每月二百本以上的出版量湧入市場，顯示其文化工業化的產銷機制已經截然有別於傳統廣義言情小說出版品，事實上，相較於小說文本的內容差異，高度規格化的商品包裝如封面插圖、封底文案與小說系列識別設計，更加強化了類型化的本土言情小說與傳統廣義言情小說出版品的斷裂。然而，儘管許秀珮採用台灣羅曼史／本土羅曼史指稱此一類型文學，得以讓本土言情小說本身的羅曼史系譜更加立體明確，這個詞彙卻容易令人忽略此文類的本土特質及其在地性，也脫離了讀者口語中稱之為「言情小說」的常識與習慣。

　　同時，固然台灣本土言情小說從敘事模式到產銷機制都與瓊瑤一類的愛情小說有相當大的區別，卻不可迴避八〇年代末期、九〇年代初期的本土言情小說在形成之初，仍然有向瓊瑤取材以及吸收

---

[26] 關於行銷策略的開發，台灣禾林出版社曾在零售點提供海報和星座書卡，甚至推出「封底截角連環大抽獎」的促銷活動，這些活動在此前皆不曾出現於正統文壇或廣義言情小說的出版市場，此後也仍相當罕見，不過台灣本土言情小說出版社卻採用了許多相似的促銷活動，如小說摺頁可剪下當書卡、書籤，亦有蒐集截角兌換贈品或抽獎的活動等。關於禾林的行銷策略如何尋求突破，詳見林柳君，〈禾林小說整合傳播戰略〉，頁三四～三七。

養分的痕跡與事實——男女主角經常擁有夢幻唯美乃至詰屈聱牙的姓名，與現實情形脫鉤；小說中不分古今的點綴式引述古典詩詞以表達情意，充滿文藝氣息；兩人的愛情關係往往涉及家庭架構與家庭價值，甚至家長雙親對這個愛情關係是具備影響力的——而這些，顯然不是由西洋羅曼史所帶來的影響。

統整並回應以上幾位論者的觀點後，筆者認為關於這個文類的形成，一個更可能的論點是，台灣本土言情小說本身就是一個「雜種」文類，乃借由台灣這塊土地作為子宮方能孕育而生的獨特文類。如同范銘如討論武俠言情小說時已經關注到言情小說與其他文類的「雜交」現象：「九〇年代的言情小說似乎已朝著跨文類的趨勢發展，吸收傳統武俠、推理偵探、歷史，甚至科幻的要素」[27]，台灣本土言情小說確實具備跨文類的特色，而當它明顯展現西洋翻譯羅曼史形式與風格的同時，讀者社群口語普遍仍稱之為「言情小說」，便突顯本土言情小說的雜種／混血系譜其實需要溯回原點。

台灣本土言情小說首先應該是西洋翻譯羅曼史的土著化，這展現在它的文化工業特質以及公式化的敘事模式，叫說是根植的第一步，而同時以瓊瑤一脈傳統言情小說作為養分與摹本，從而令它綻放能夠表現出台灣風土條件的花朵，若非二者的結合必不能產生今日名為台灣本土言情小說的果實。就這點來說，我們便無法武斷地指出本土言情小說究竟受兩方何者影響更鉅，而能確定的是，這

---

[27] 范銘如，〈九〇年代女性通俗小說的文類再造〉，《眾裏尋她——台灣女性小說縱論》（台北：麥田，二〇〇二），頁一九七。

個文類並非中國傳統言情小說或西洋翻譯羅曼史任何一方的一脈相傳，而應當看作是兩個文類歷史脈絡混血後的初步脫胎，且隨後不斷向外雜交血脈而成的有機產物——諸如武俠、科幻、推理、歷史等大眾小說文類在內，甚至日本漫畫、好萊塢電影、歐美電視影集、香港影集等，任何當時暢銷且流行的文類與文本，都成為它的雜交對象——若非透過台灣這塊土地，必無法真正生成其今日的血肉全貌，這也是筆者主張採用較能辨識其特色之「台灣本土言情小說」一詞的主因。

第二節 言情小說的外部社會結構與對話對象

上一節筆者對本土言情小說的血脈身世進行梳理，已略有論及本土言情小說的生產與傳銷機制，說明西洋羅曼史產銷機制引進對台灣廣義言情小說市場的影響，如何同樣影響到本土言情小說產業，譬如林芳玫提及言情小說系列的出版量大且固定、注重整體品牌形象，楊照關注到租書店所帶來的獨特產製機制與消費管道等。在這當中，本土言情小說產業的生產機制，無疑是出版品呈現什麼樣內容的關鍵：系列小說作品的高度規格化確立故事公式，令投入生產的作者知道如何迎合出版方向，然而在大量的稿源需求中出版社的選稿仍存在彈性空間，導致小說作品經常挾帶當下的時代觀點，甚至偶見前衛論述。

根據筆者實際投入本土言情小說寫作的經驗，以及對小說作者序言、後記以及網路的長期觀察，本土言情小說的讀者與作者確實如同普遍認知般絕大多數皆為女性，事實上包含編輯者也多半都是以女性為主，也就是說，本土言情小說其實是包括讀者、作者乃至編者在內皆為女性（female）的3F產業。儘管在大眾小說文類中明顯存在資本主義中心的運作能量，小說的主題揀選與敘事模式皆是商業考量下的結果，然而當本土言情小說作為明確的性別化產業，這一點上便能確知本土言情小說至少是嘗試捕捉女性讀者需求的產物，而女性作者與編輯參與小說作品的創作與產製過程，相較於過

往男性中心的出版業與出版品，也更加強化女性專屬讀物的訴求，提供女性認同及女性主體意識可能生成的空間。

　　對九〇年代已臻成熟的本土言情小說產業之生產機制有上述理解後，我們或許應該回過頭來看這個產業的成形過程。許秀珮考察台灣本土言情小說出版社及出版數量，試圖梳理九〇年代的「羅曼史風潮」是如何奠基於八〇年代西洋翻譯羅曼史，而在九〇年代中後期產量迅速攀升，並以數據明證其確實大幅成長，指出一九九〇～二〇〇〇間出版社從林白、希代、萬盛三家出版社暴增為十二個出版集團、二十三家出版社競逐的盛況。至二〇〇一年出現反彈現象，許多並非專門經營言情小說書系的「外行」出版社退出市場。究其出版量，則從一九九〇年單年出版八十一本，迄二〇〇〇年為二千六百一十八本，遽增三十倍。[28]筆者統計二〇〇〇年至二〇一〇年十四個出版公司總出版數量，亦仍在平均每年二千六百本之譜（細目參見附錄一），可見九〇年代是本土言情小說明顯成長的開端，儘管後續有「外行」出版社退出，前仆後繼的情形也未見終止，支撐此龐大本土言情小說產業的作者及讀者在這個時期湧現的關鍵是什麼？這個現象又顯示什麼？

　　探討本土言情小說的風行現象，忽略外緣的整體社會脈動，將無法觀照其全貌。假設本土言情小說的閱讀真如法蘭克福學派文化工業（the culture industry）理論所稱的，文化商品純粹是強化消費

---

[28] 許秀珮，〈羅曼史小說：女人寫給女人的書〉，頁三～四。

者對資本主義所驅動的假需求慾望，將鞏固主流意識形態及麻木大眾的抗拒力量[29]，那麼我們則無法解釋言情小說內部不斷有子類型生成所突顯的兩個事實，亦即一方面它與整體社會明顯有對話關係，另一方面，它也展現出讀者部份自主的能動性（agency）：畢竟，子類型的出現與衰退，即使存在全球化資本主義所帶來的流行風潮影響（譬如前述日本漫畫、好萊塢電影等），卻也顯示讀者對既有文類現狀的「不滿足」，才令本土言情小說出現可供某些特定元素介入的縫隙，最終經由言情小說讀者選擇及集中的消費而促成。因此，本節擬透過對本土言情小說此一大眾文學類型的外部社會結構及對話對象的檢視，試著回答上述問題所聚焦的核心議題：誰在閱讀本土言情小說？在文化工業化的生產機制中，讀者佔據著什麼樣的位置？並進一步申論，本土言情小說的讀者們基於什麼原因／目的閱讀？而閱讀本身，如何可能帶來與整體社會進行對話的能量？

一、百花齊放的後現代情境：外部社會結構的影響

　　莊雅惠爬梳一九九〇年代到二〇〇〇年前後的社會型態及文化思維，說明台灣大眾流行文化如何因應社會結構性變化而有所轉變。她首先提出一九八七年戒嚴解除後的傳媒變革，諸如一九九三年有線電視合法化，以及九〇年代中後期的網際網路興起，令台灣

---

[29] Dominic Strinati，袁千雯、張茵惠、林育如、陳宗盈譯，《通俗文化理論》（台北：韋伯，二〇〇五），頁五五～六一。

從而走入資訊化、快速化、商品化的後現代社會型態；其次提出政治與法令的開放，如二〇〇〇年以後政黨輪替與性別人權相關法令的通過，皆更強力促成台灣多元論述的社會型態；其三關注性別解放，尤其「女性」與「同志」兩項議題的檯面化，得以鬆動主流性別意識形態，傳統觀點中的弱勢與禁忌得到了某種程度的解禁與自由。據此種種，都是使台灣大眾流行文化出現百花齊放現象的主要背景。[30]

無獨有偶，賴育琴探討本土言情小說此一文類的形成，同樣留意八〇年代台灣經濟發展促使整體社會進入大量生產大量消費的後現代情境，以及九〇年代的政治改革令多元價值取代傳統一言堂，並從而檢視言情小說的「後現代轉向」，試圖說明後現代主義的無深度性與去中心性，如何令言情小說可能蘊含著顛覆的潛力。[31]更進一步說，當許秀珮注意到一九九八年本土言情小說的「情色轉向」，認為這個風潮「與其說是作者的『墮落』或是出版社『唯利是圖』，倒不如將其視為社會價值變遷的展現」[32]，此論點也未曾脫離外緣的歷史脈絡。

上述的幾個觀點皆說明了外部社會結構作為發展脈絡的背景，如何促成流行文化內涵的構成與轉變。事實上，楊照觀察六

---

[30] 莊雅惠，〈性別圖像與迷群思維——以霹靂布袋戲為研究對象（二〇〇〇～二〇〇九）〉（台中：國立中興大學台灣文學與跨國文化研究所碩士論文，二〇一一），頁二一～二七。

[31] 賴育琴，〈台灣九〇年代言情小說研究〉，頁八七～八八。

[32] 許秀珮，〈羅曼史小說：女人寫給女人的書〉，頁八五。

○年代女性的瓊瑤小說閱讀行為，提出「女性團結意識」（female solidarity）的論點，便已展現異曲同工的視角：

> 現代經驗裡，學校，尤其是女子學校的日益普遍，是「女性團結意識」的重要培養溫床。女性在學校的共同課程、共同生活裡找到了不以其他男人為參考座標的共同節奏。《窗外》以女校為背景，不是純粹偶然。六○年代，正是台灣女子中學開始普及的時代。愈來愈多女性透過女校經驗，意識到自己與別的女生之間的經驗連鎖、經驗呼應。而且受到相當教育的女生，可以在口傳轉述之外，利用文字做為這種經驗連鎖的媒介。[33]

楊照同樣指出外部社會結構對一個文類內部的影響力，而文本亦確實能夠反映出當時的社會背景。另一方面，楊照也點出女性族群作為大眾文學消費者，在此時期已經成形的事實，因她們的教育程度令她們足以閱讀與消費這些小說，並且可以進一步藉此連結彼此的共同經驗，促成團結意識的產生，而這同時說明了台灣消費社會的出現，在相當早期即對大眾小說文類的發展產生作用。

正是在此，與楊照所討論的瓊瑤小說相當雷同，本土言情小說的女性讀者因共同消費一個文類而得以凝聚為一個可被看見的消費

---

[33] 楊照，〈跨越時代的愛情──台灣通俗羅曼史小說中的變與不變〉，頁四六三。

族群，並同樣以共同讀物為媒介，培養出連結彼此生活經驗的團結意識。就此而言，外部社會結構對一個文類確實影響甚鉅，更進一步說，縱觀台灣本土言情小說的發展，其蓬勃成長的開端確實是當代社會正在多聲交響的九〇年代，而本土言情小說也在九〇年代以來，一方面產生結合其他文類出現的子類型，一方面出現社會輿論中稱其為「黃潮氾濫」的情色化浪潮（即許秀珮所謂「情色轉向」），儘管負面評價與社會爭議所在多有，百花齊放的現象卻是不爭的事實。誠如上述論者所梳理當代台灣社會型態轉變對大眾流行文化的影響，本土言情小說的子類型產生及情色化浪潮出現之兩項發展，實際上皆是言情小說與整體社會結構與氛圍對話後的產物。

　　回返觀看本土言情小說的發展關鍵時間點，如九〇年代初期本土言情小說出版社以及本土言情小說書系的大量出現，西洋翻譯羅曼史開始索取版權費用導致稿源缺乏只能說是主因之一，不可忽略台灣整體社會進入八〇年代後女性的消費能力提昇、女性意識抬頭，九〇年代多元論述社會型態創造了女性更明確掌握話語權等等的現實條件，也就是說經濟環境的蓬勃發展與傳統一言堂的瓦解等社會結構的轉變，才是本土言情小說日益茁壯的基石——儘管禾林出版社一九九三年起試圖攻入台灣市場，西洋翻譯羅曼史小說卻日漸減少，繼之而起的本土言情小說明顯有後來居上之勢，尤其九〇年代中期以後，西洋羅曼史小說幾乎退出言情小說／羅曼史小說版圖，顯示台灣女性消費族群對更符合並貼近台灣本土生活情境的作品有所追求；而同時期大眾文學其他文類如武俠小說、科幻小說、

推理小說等消遣娛樂性讀物，皆未能觀照女性需求，女性族群普遍消費言情小說此類以愛情烏托邦想像為主題的女性讀物，亦成為造就女性消費、女性生產的本土言情小說產業興盛成形的資本能量來源。

發展關鍵時間點又如情色化浪潮出現的九〇年代後期，以及本土言情小說子類型BL（Boy's Love男男同性愛）小說確立成形的二〇〇〇年，二者能蓄積能量持續到二〇〇〇年後開展其相關議題，皆緊密扣連台灣當代女性的情慾論述：本土言情小說市場的情色化浪潮引發爭議，然而言情小說中性愛書寫的色情／情色辯證議題化，明確促成台灣女性情慾得以搬上檯面，成為受到正視及討論的議題（參見本書第四章）；女性創作、女性閱讀的本土言情小說，BL小說此一子類型乃是「女性消失」的男男同性愛作品，竟仍然可以曲折滿足女性讀者的愛慾想像，成為情色言情小說以外的另一個情慾出口（參見本書第五章）。如果不是在莊雅惠及賴育琴所謂的消費取向後現代社會型態，此類女性的情慾論述與展演，必不能順利地開展與呈現。

二、社會與社群：言情小說的對話對象

本土言情小說與當代社會二者其實是互相作用的。整體社會環境是大眾流行文化場域得以發展與拋擲出多元議題的土壤，而大眾流行文化如言情小說中當代女性展演的愛情、情慾乃至事業觀，則

反過來刺激與強化社會對多元議題的接受度，成為社會這塊土壤中的肥料養分。在梳理本土言情小說與整體社會進行對話的同時，本土言情小說主要的流通場域──連鎖租書店──作為一個管道，可以提供我們進一步觀察的切入點，一探女性讀者與讀者之間，以及女性讀者與女性作者之間，其內部成員又如何可能進行對話。

　　賴育琴援引埃斯卡皮（Robert Escarpit）的文學社會學論點，指出租書店、讀者、出版社三者之間利益共享的共生關係：租書店機制令隱藏讀者明確現形，並且扮演「傳播」角色，形成促銷效果；出版商原應負擔的風險與成本由此轉嫁租書店，並得以掌握讀者的喜好而不斷出版相同類型作品；讀者因租書金額低廉，對此類文學商品有較大容忍度，令小說品質無法提昇。此循環加速文化工業發展，卻令言情小說內容扭曲惡化。[34]儘管賴育琴的論點有過於簡化之嫌，無法解釋讀者如何可能真的對每況愈下的俗爛作品持續買帳，卻點出租書店作為平台，搭建了讀者與出版社的對話空間。而賴育琴也未曾提及，出版社業者固然掌控言情小說商業運作的整體方向，然而租書店此一平台所提供的對話空間，拉入的對話者卻同樣包含言情小說的創作者，如此一來便忽略讀者過渡成為作者時，可能因為對小說既有俗套情節進行反動所提供的創新能量。

　　本章梳理本土言情小說發展，曾提及本土言情小說作者的出現肇因出版社的稿源不足，促使本土言情小說必須經常性的對外徵

---

[34] 賴育琴，〈台灣九〇年代言情小說研究〉，頁二七～三一。

稿。本土言情小說出版社長期徵稿的習慣顯然由此奠基，也是因此，多數出版社並未設有長期稿約制度，而作者們評估後也未必樂意選擇長期簽約[35]。迄今小說廣告頁中仍常見徵稿啟事，顯示作者族群有長江後浪之勢，進行世代交替式的汰換，這也是出版社始終有徵稿需求的原因。許秀珮更直接根據考察指出「和其他文類相較，羅曼史作者與讀者之間的位置是很容易變動的，因為許多投稿人原先都是讀者，在看了許多作品後自己也想嘗試寫作」[36]。就此而言，本土言情小說產業確實存在更多的機會，得以在作者進行世代交替時不斷地注入名符其實的「新血」。

根據上述，本土言情小說作者的基本輪廓至此可大致勾勒：她們出自言情小說原有的女性讀者群，通常是資深讀者，熟知言情小說敘事模式，多半依據對各出版社風格的理解與認知而投其所好。資深創作者是她們之中的相對少數，大多數作者流動率高，也不乏只出版一本書來「圓夢」的「一本作者」。當然，言情小說作者仍需服膺掌握大方向的出版社商業操作，卻也因為本身的複雜組成，從而可能在書寫中無意流露或反映當代女性的切身議題，甚或嘗試

---

[35] 本土言情小說創作者對合約的實際評估，「沉默的力量」論壇曾有詳細資料刊載。該論壇成立於二〇〇五年，對台灣本土言情小說出版社之合作情形、出版資訊的整理相當詳盡，並提供作家交流空間，論壇於二〇一三年關閉，現（二〇一四年四月）以留言板形式運作。詳見沉默的力量，（來源：http://www.tovery.net/guestbook.asp?user=silence&page=1，瀏覽日期：二〇一四年四月十日）。

[36] 許秀珮，〈羅曼史小說：女人寫給女人的書〉，頁五十九。

偷渡新觀點以反抗既有論述。

　　也是因此，本土言情小說才可能扣合著社會的時代脈動與其進行對話，從而生成新的子類型作品，伸張／聲張著女性自身的需求：女性的工作成就與情慾需求，在過往的大眾小說文類中皆極少獲得正視，尤其男性中心的文類如武俠小說、歷史小說中，女性角色皆遭到「消音」或「隱形」，成為陽剛男性主角的附庸或鞏固父權中心家國論述的陰性客體──譬如范銘如曾以女性武俠作家獲宜的《雙珠記》（一九九三）為例，指出武俠傳統的「男性論述」影響下，儘管作品以女性作為主角，也同樣無法逃脫武俠世界中的陽具理體中心論述[37]──而此類描繪，不啻剝奪了女性個體對自我認同的需要與建立，相對的，以筆者提出的本土言情小說兩個子類型及情色化浪潮為例，即使仍然存在侷限，卻皆可見女性對性別權力與情慾自主的追求。

　　其中，除一九九三年起日漸凝聚為子類型的「穿越小說」並未獨立以專門書系方式出版，而無法明確呈現趨勢消長外，一九九八年的情色化浪潮及二〇〇〇年的「BL小說」子類型，皆可窺見風潮的興起。一九九八年底起始，言情小說市場出現許多標榜限制級的情色書系，如希代集團推出「紅唇情話」（一九九八）、「麻辣SHOP」（一九九九）、「蜜桃GIRL」（二〇〇〇）、禾馬集團「水叮噹」（二〇〇〇）、耕林集團「貪歡」（二〇〇〇）、「貪

---

[37] 范銘如，〈九〇年代女性通俗小說的文類再造〉，頁一九一～一九六。

歡限情」（二○○一）等；二○○○年起兩年內，BL專門書系也開始集中投入市場，如飛象集團的「紫藤集」（二○○○）、「花間集」（二○○○）、松菓屋「耽美館」（二○○一）、狗屋集團的「采花」黑色版型（二○○一），並有將BL小說當做主力商品的出版社在此時設立，如荷鳴出版社（二○○一）、威向有限公司（二○○二）、龍馬文化（二○○三）等。在商業邏輯的運作下，專門書系與出版社的成立必然與消費需求扣連，從上述例子觀看，不難想見此時期出版社如何認知與想像讀者／消費者的需求，並從而理解整體社會風氣的轉變。

更進一步說，本土言情小說的性別化產業特色使然，透過主要流通通路租書店所為本土言情小說讀者、作者與出版者所搭建的平台，毋寧視之為女性與女性之間透過言情小說的書寫與閱讀，得以針對愛情觀、情慾觀乃至事業觀等性別議題，在自覺與不自覺間進行對話的空間，也從而提供了女性介入其中、透過權力平等與情慾自主等訴求以追尋主體建立的縫隙。

根據上述整理，本土言情小說的對話對象，可說是外緣社會與內部成員兩個層面，但二者又是互為表裡：外部是整體社會結構與氛圍對言情小說的影響，向內則是更為聚焦的內部成員交流，得以凝聚能量，反過來再度與社會進行對話。而促使這個對話可能成立的，筆者認為樞紐並非一般常態觀點中掌握資金與出版方向的出版社，而是讀者的閱讀行為，以及新一代的讀者位移為新一代的作者之後，所可能帶來的新觀點與反抗能量。

第三節　文化工業化下言情小說產業的對話機制

　　觀察本土言情小說的發展情形，其確已展現出台灣女性與時俱
進的消費需求與能力，以及對解禁後自然浮現之天性慾望的肯定，
也是由此，本土言情小說的閱讀行為與台灣當代女性的主體建構，
從而出現一線連結。然而如同許多論者所關注到，本土言情小說仍
然存在需要質疑的面向，尤其是鞏固了父權／異性戀／性別的主流
意識形態：深化性別刻板印象的貞節觀如處女情結[38]，將女性身體
性慾化與客體化的美貌政治[39]，保守觀點塑建男強／女弱對比的性
別角色[40]等。

　　誠然，正如同法蘭克福學派提醒我們應當注意資本主義文化工
業的陷阱：文化工業與現實合謀，將會消解批判的能量，令消費大
眾透過幻想的滿足，忘卻並犧牲現實中真實的需求與慾望[41]。在本
土言情小說中，女性角色可以批判傳統社會的性別論述，從愛情
觀、情慾觀、事業觀各方面伸張自己的需求，從而將自己置入主體

---

[38] 賴育琴，〈台灣九〇年代言情小說研究〉，頁四八；林佳樺，〈性與真
　　實：本土言情小說讀者之閱讀論述〉，頁七六～七八。
[39] 許哲銘，〈言情小說中的女性身體政治——瓊瑤小說與九〇年代後言情小
　　說之比較〉，頁一〇四～一〇六。
[40] 楊照，〈跨越時代的愛情——台灣通俗羅曼史小說中的變與不變〉，頁四
　　七一～四七二。
[41] 楊小濱，《否定的美學：法蘭克福學派的文藝理論與文化批評》（台北：
　　麥田，二〇一〇），頁六三～六五。

的位置；男性角色則因為「真愛」而化百鍊鋼為繞指柔，即使起初被描繪為大男人主義的強硬派沙豬，最後也將臣服於愛情魔咒之下，接受與女伴平起平坐的地位，聽此描述，儼然是個兩性平權、互相尊重的世界。言情小說顯然提供一個烏托邦想像，透過收編與麻醉，可能弱化女性讀者對現實情形不滿而生成的衝撞能量。可是，本土言情小說產業中讀者到作者的身分位移，令廣義定義下的讀者得以透過對此文類的積極介入與詮釋策略展現主體性，這個層面上讀者為產業帶來的改變力道，確實也不能夠輕易一筆勾銷。以下筆者將考察文化工業化下本土言情小說的內在變化，說明本土言情小說產業作為平台為讀者─作者─編者建立的對話機制，讀者如何可能因此展現顛覆與抗拒的能動性。

　　筆者曾在前文中引述林芳玫的論點，她指出文化工業體系下的文化生產者將越來越受制約，「出版社編輯有如守門人，根據他們對市場及讀者口味的了解來挑選稿件。創作者要想在眾多稿件中脫穎而出，就必須要熟悉出版社篩選的標準。」[42]當然，林芳玫指出本土言情小說產業的產銷鏈，正是操控左右其全貌的那隻「看不見的手」，但筆者也嘗試透過讀者成為作者的「位移」以及作者的世代性「汰舊換新」現象，說明其中可能由新讀者／新作者挾帶而入的時代新觀點。同時，本土言情小說作者中屬於相對少數的資深創作者，長期創作之餘通常也是言情小說的長期閱讀者，她們大多理

---

[42] 林芳玫，《解讀瓊瑤愛情王國》，頁一七六。

第二章　台灣本土言情小說生成

067

解市場風向、熟知何種題材已成為俗套，因而比起試圖躋身進入業界的新人，這些老牌作家或者當家花旦的長期創作者，往往更有機會與空間嘗試新的題材和敘事模式，帶來意想不到的創新與突破。

譬如飛田（前身萬盛）出版社的首席作家席絹，便曾表示自己不斷嘗試創造令人耳目一新的作品：

> 我很無聊，常會把常見的劇情模式列表出來。比如說古代的未婚夫妻逃婚、通常彼此不明身分進而相戀；嬌刁蠻女巧遇城主堡主，帶來滿堡的歡笑。以現代來說多是麻雀變鳳凰的處理模式。這些都相當經典，雖被沿用多次，仍可回收再生創造出耳目一新的安排。老套不是不好，能夠一再被使用，表示了它歷久不衰的被鍾愛著。……所以「紅袖招」是我的嘗試，希望它看起來頗具新意。[43]

而禾馬出版集團的暢銷作家綠痕，誠如其自覺並非每一次的實驗與嘗試都能獲得出版社認同，卻又屢次興起挑戰的念頭：

> 這套（「眾神遊記」）系列真的能在〈禾馬〉寫嗎？其實要寫，當然也是可以啦，只是，一定又會有很多條件排在前面要我遵守不准犯規。果然，一通電話搖過去，某人馬上在我

---

[43] 席絹，〈老套新意〉，《紅袖招》（台北：萬盛，一九九九），頁二～三。

頭頂倒了一大堆附加條件……但在聽完那些條件後,我開始
往另一個方向想。**有限制就有挑戰嘛,有挑戰就有腦力激盪
嘛,有規矩,難道就沒有漏洞可以鑽嗎?**根據經驗,漏洞鑽
久了,也是會鑽出一條讓出版社吐血的康莊大道的。這不,
想想當年〈九龍策〉(被出版社要求)一個都不能死,〈陰
陽〉不就以牙還牙死了一大堆?[44](引文中括號及文字粗體
為筆者所加)

　　就其結果而論,綠痕一九九八年出道至今出版數部長達九本、
十本以上的長篇系列作品,如以宮廷鬥爭為主題的「九龍策」系
列、架空神話式奇幻色彩濃厚的「陰陽」系列與「眾神遊記」系
列、歷史戰爭小說風格的「百年江山」系列等,確實是言情小說市
場少見的故事架構龐大、主線連貫、角色眾多的大部頭作品。席絹
和綠痕作為具有市場可見度以及兩大出版社的代表性作家,皆呈現
部份資深作者的求新求變心態,並且顯然有其「上有政策下有對
策」之勢,不容輕易忽視其作用與意義。

　　另一方面,過去的先行研究未必留意到讀者的自主性,但從許
多讀者對文本的解讀與回應來看,本土言情小說的讀者並非一概皆
是文化工業化觀點下對文化商品來者不拒的無知消費者。九〇年代
後期台灣社會進入網路世代,社群網站如早期的Yahoo!奇摩家族、

---

[44] 綠痕,〈後記〉,《南風之諭》(台北:禾馬,二〇〇四),頁二四八。

BBS電子佈告欄系統，乃至各類網站、論壇以及個人部落格，皆常見讀者對俗爛、離譜的言情小說作品有所批評及嘲謔。諸如「言情小說的必殺原則」、「從滾滾樂看市場趨勢」、「言情小說七大不可思議」等文章[45]，標題即充滿嘲諷語氣。

　　當然，即使「邊罵邊看」幾乎是本土言情小說讀者的常態，卻未必形成真正的顛覆能量。林佳樺進行訪談時留意到讀者會對文本的真實性產生質疑，「然而研究者以為，即使受訪者口口聲聲否認、或是企圖以口頭減輕對於這些言情小說情節的期待與遐想程度，但是她們正是因為這種美好戀情的強烈渴望，才會一再地消費這種文類」[46]，點出讀者即使口頭反駁，也未必真正能夠抗拒收編。不過，我們同樣要注意到，上述例子確實展現出讀者內部存在歧異的聲音，使我們無法將讀者一概而論地視作口頭批判卻實際沉迷、「口是心非」且不由自主的消費者。更進一步說，葛蘭西（Antonio Gramsic）的「文化霸權」（hegemony）論點，也提示

<hr>

[45] 此類文章族繁不及備載，本書參見特麗莎，〈言情小說的必殺原則～～！〉，（來源：http://blog.udn.com/a90932/1606300，二〇〇八年二月十日，瀏覽日期：二〇一四年四月十日）；珊，〈從滾滾樂看市場趨勢〉，（來源：http://memory3.my-life02.com/romances/talks/sex_market.html，二〇〇七年一月二十二日，瀏覽日期：二〇一四年四月十日）。〈言情小說七大不可思議〉為網路轉載文章，可參見饅頭，網路轉載，〈言情小說七大不可思議〉，（來源：http://sadtown.pixnet.net/blog/post/6658901-%E8%A8%80%E6%83%85%E5%B0%8F%E8%AA%AA%E4%B8%83%E5%A4%A7%E4%B8%8D%E6%80%9D%E8%AD%B0，二〇〇七年七月二十四日，瀏覽日期：二〇一四年四月十日），此文流傳甚廣，難以查找原作者及原出處，尤其可見一斑。

[46] 林佳樺，〈性與真實：本土言情小說讀者之閱讀論述〉，頁七八。

我們抗拒與顛覆不一定只有一種形態和方向。

如同薩依德（Edward W. Said）曾借葛蘭西的論點說明「霸權」不一定是直接的宰制[47]，文化運作的複雜性不能純粹以上下兩極的對立視之，新葛蘭西學派的文化研究挪用葛蘭西論點，亦指出法蘭克福學派式「上對下的收編」論點，以及文化民粹主義者的「下對上的顛覆與利用」論點，都不能充分說明一個文化形成過程中的複雜內涵，事實上它是矛盾與衝突協商後的混合結果，是暫時性的平衡與穩定：

> 霸權理論使我們可以把通俗文化看做是意圖與反意圖「協商」的混合結果：兩者既是「從上」也是「從下」衍生，既是「商業的」也是「真實的」；在抗拒與合併的力量之間取得暫時的平衡……從這個觀點來看，通俗文化是互相競爭的利益和價值之間矛盾的組合。[48]

---

[47] 「文化是在市民社會中運作的，理念、制度和其他個人性的運作都不是透過宰制而是透過葛蘭西所說的共識（Consent）。在任何的一個非集權社會中，某些文化形式一定會壓過並支配其他的文化形式，就如同某些想法會比其他的理念更具影響力一般，而這種文化上的領導統御（Cultural Leadership）便是葛蘭西所言的霸權（Hegemony）。」愛德華‧薩依德（Edward W. Said），王志弘、王淑燕、郭菀玲、莊雅仲、游美惠、游常山譯，《東方主義》（台北：立緒，一九九九），頁九。

[48] 約翰‧史都瑞（John Storey），李根芳、周素鳳譯，《文化理論與通俗文化導論》（台北：巨流，二〇〇五），頁一八五。

誠如新葛蘭西學派所稱，通俗文化乃「由上收編」與「由下抗拒」的雙向衍生，台灣本土言情小說作為一個文化場域，亦確實展演著收編與抗拒兩股力道的爭霸過程。

以九〇年代中後期出現的情色化浪潮為例，在本土言情小說出現此類情色書寫、甚至形成明確的限制級書系之前，台灣女性讀者並未真正擁有專屬的情色讀物——市面上具有情色書寫的文類若非是以男性為主要讀者的黃色小說，就屬西洋羅曼史小說尚能稱為女性的情色讀物，前者無法觀照女性需求，後者因時空背景差異，未必能夠引起台灣女性的切身共鳴——過往的台灣傳統社會對女性情慾諱莫如深，情色化浪潮的掀起卻令社會不得不正視女性確實具有情慾需求、同樣對情色讀物擁有閱讀慾望及快感，本土言情小說限制級書系的閱讀與書寫，從而提供了女性對身體慾望伸張／聲張的一個管道。

固然情色化浪潮中的許多言情小說，其男強女弱、男性本位的性愛論述不但強化傳統觀點中女性的客體位置，更明顯是男性情慾模式的複製，顯示言情小說作者無法輕易跳脫既有觀點，女性情慾再次被收編回以男性為主導的傳統模式之中。不過，資深作者的嘗試突破以及新生代作者的進入，仍然帶來對言情小說產業自身的反省與檢視。情色化浪潮最興盛時期，有許多對情慾書寫避之唯恐不及的資深作者，如衛小游、杜默雨、鏡水[49]等人，卻在情色化浪潮

---

[49] 三位作者皆出身飛田（萬盛）出版社，出道時間依序為衛小游一九九八年，杜默雨二〇〇一年，鏡水二〇〇一年，迄今仍有創作出版。飛田（萬

退潮之後，逐漸摸索出以女性為主體的情慾模式，尤其近年作品中可見自然而貼近女性觀點的情慾書寫，顯示收編的能量也未必綿密且不容瓦解。（詳見本書第四章）

事實上，情色化浪潮之外，本書將在第三章及第五章分別討論的兩個子類型，亦即「穿越小說」及「BL小說」二者，同樣存在著這種收編與抗拒收編的擺盪情形，顯示本土言情小說產業以讀者為樞紐，透過其主動的介入如讀者的閱讀與網路社群討論、以及讀者位移為作者後的反省與創新等行為，終致本土言情小說出現情色化浪潮中女性追求情慾與身體自主權的情色書寫，以及兩個子類型中關於此類性別政治議題上的突破。換言之，二十年來本土言情小說產業的對話機制確實發揮了作用，得以展現其內部成員包含讀者及作者在內之逃逸與抗拒的能動性。

盛）出版社在情色化浪潮巔峰時期以排斥「情色」著名，迄今網路徵稿訊息也特別標明「只要以言情為主軸，社會寫實、玄幻修真、武俠歷史、恐怖懸疑、情慾纏綿、搞笑顛覆……等題材皆不限，任您天馬行空盡情發揮。但請勿刻意的腥膻色，且禁止亂倫情節和SM場景唷！（註：若是故事發展需要，盡量技巧地點到為止，預留美妙的想像空間）」參見飛田文化，〈徵文特區〉，（來源：http://www.fineteam888.com/writing，瀏覽日期：二〇一四年四月十日）。

第三章

「穿越小說」中的
性別權力關係

台灣本土言情小說在八〇年代末、九〇年代初期確立為獨立文類，日漸蓬勃發展而衍生出許多子類型，故事時空跨越古今中外，並結合其他大眾文學的類型敘事，發展出以愛情為敘事主幹而跨向武俠、科幻、推理文類題材的作品。「穿越小說」在一九九三年以席絹《交錯時光的愛戀》揭開序幕，使此一子類型於九〇年代中期正式成形，展現言情小說在開發題材上多元而有力的特色。

　　「穿越小說」係指以「穿越時空」作為主題的敘事體作品，並不限於言情小說，亦常見於武俠小說或歷史小說等文類。包含小說在內，當今台灣大眾流行文化場域如電影、電視劇集，「穿越時空」皆是並不陌生的故事主題，其套路公式已形成一種類型的共識[1]：「穿越」作為一種類型題材有幾個特點，亦即公式化的故事主軸通常是由現代時空的主角回到前現代世界，使主角因時空錯置獲得在原先時空所沒有的優勢，得以成為該時空社會遊戲規則的改變者。事實上，主人公因穿越時空而獲致優勢的情節公式，便已點出「穿越小說」具備討論權力議題的內涵。

---

[1]　網路上集體合作式的百科全書「維基百科」對〈穿越小說〉的條目整理，或能比較適切地呈現大眾認知：「穿越小說，是主線是講述主人公由於某種原因（或機緣巧合、或特意為之），穿越時空，來到某個特定時空（既可以是歷史上的某個朝代，又可以是虛擬出的某個環境），繼而發生的一系列事件，內容可以包含武俠、言情、奇幻等內容。常出現的橋段有回到古代，利用現代思想和技術謀取權位、改造歷史等。」（來源：http://zh.wikipedia.org/wiki/%E7%A9%BF%E8%B6%8A%E5%B0%8F%E8%AF%B4，瀏覽日期：二〇一四年四月十日）

儘管普遍認為「穿越」題材來自科幻作品的啟發，但以本土言情小說發展情形觀察，同以租書店作為流通通路的日本漫畫，更可能是言情小說在跨文類發展時取經的對象：日本經典少女漫畫《王家的紋章》[2]（早期盜版翻譯為《尼羅河女兒》）即是穿越時空主題的作品，而它同時是八〇年代租書店讀者心目中的重要作品。流通管道有限的時代，重量級作品經常是整個世代讀者的共同讀物，對於九〇年代初期言情小說創作者的影響不難想像。知名暢銷作家席絹（《喜言是非》）、于晴（《追月》）等作者不約而同皆於其穿越小說作品序言、後記中提及此作[3]，尤其可見一斑。

　　觀察文類的形成脈絡，言情小說與少女漫畫同樣以愛情為主題，或許是二者能夠順利連結的原因之一，而這個本土言情小說對日本漫畫取材的嘗試顯然相當成功。席絹出道作《交錯時光的愛戀》一九九三年於萬盛出版社發行，成為言情小說穿越類型之濫觴，隨後不分大小新舊的出版社都有作家投入寫作穿越小說，譬如當時成立不久的禾馬出版社，在此出道的作家朱蕾是如此[4]，而老字號希代出版社旗下作家的林芷薇亦如是[5]。「穿越時空」的風靡

---

[2]　細川智榮子，《王家的紋章》（台北：長鴻出版社），二〇〇七年起取得版權發行中文版，迄今出版至第五十五集未完結。在日本於一九七六年首次刊載，至今連載中，是日本少女漫畫界最長壽的作品之一。

[3]　詳見席絹，《喜言是非》（台北：萬盛，二〇〇二），頁五；于晴，《追月》（台北：飛田，二〇〇四），頁二五五。

[4]　詳見朱蕾，《錯墜時空的星子》（台北：禾馬，一九九五）；朱蕾，《尋荷小築》（台北：禾馬，一九九六）。

[5]　詳見林芷薇，《穿越時空妙女郎》（台北：希代，一九九五）；林芷薇，

市場，顯示讀者的樂於買帳。《交錯時光的愛戀》出版近十年過後，萬盛於二〇〇二年初設立新書系「動情精靈」，為新書系揭開招牌的即是以穿越時空為共同主題的「七出」套書[6]。當一個具指標性的出版社隆重以套書形式回應書市中已浮濫至被視為老套的「穿越」題材[7]，便顯現此一子類型在言情小說文類中自有其特殊性。

　　十數年來的發展，固然有作者與出版社試圖在穿越類型中力求改變、推陳出新，其公式和情節核心並無太大變化，本章著眼於此，首先拋出的疑問是為什麼「穿越小說」這個類型屢次受到召

　《古墓生死戀》（台北：希代，一九九六）。

[6] 「套書」亦是萬盛出版社的首創之舉。一九九七年萬盛集結旗下四位知名作家沈亞、于晴、林如是、席絹以共同的故事主題寫作一套四本的系列作品，這個套書意念的產生，肇因於發行人「項姊」項幗英意識到「我們的作家筆法各有風格、對愛情觀的詮釋也迥異，而所擁有的讀者群也不同。但從信件中往往感覺出——擁護自己的偶像，排斥不喜好作家的情形很嚴重」，於是促成以四個作家書寫共同主題的「套書」面世，讓讀者可以透過套書接觸過往不曾接觸的作家創作。詳見項姊，〈心裡的話〉，沈亞，《俠龍戲鳳》（台北：萬盛，一九九七），頁二。「套書」很快地成為言情小說業界常見的行銷策略，從套書的起點來看，知名作家及其迥異的筆調風格是套書系列主要的賣點，尤其套書多半以套裝不零售的方式上市，使得讀者若非在租書店消費，勢必在成套購買後會閱讀其他套書小說。出版社可以透過套書推銷更多作家，但套書若本數太多且作者號召力不足，也可能令套書乏人問津，因此「套書」成為言情小說出版社相當看重的行銷手段，有時一年僅傾注心力推出一套，透過特製設計的書本版型與封面插圖，同時提供書籤、海報等贈品，增加套書的收藏價值。

[7] 萬盛出版社的「動情精靈」揭牌套書，七名作者中僅有沈亞《食色性也》一書不屬「穿越時空」而屬於「前世今生」類型，而壓軸者正是萬盛招牌作家暨言情小說穿越類型開啟者席絹。

喚？其次檢視文本，探問「穿越小說」子類型總是女主角們從「現代」跨越時空到「古代」與男主角們邂逅相戀，使這個敘事模式公式化的關鍵為何？並進一步思考，古今時空改變，女主角現代的「身體」被「錯置」在古代的「空間」裡有什麼意義？以此作為問題意識的起點，筆者認為言情小說的子類型「穿越小說」尤能管窺本土言情小說中的性別權力展演，因此將藉此考察與探問台灣女性如何回應當代的性別文化政治議題，以及在此可能遭遇到什麼樣的限制與困難。

第一節　現代性女性V.S前現代男性：
穿越小說公式的形成與意義

一、穿越小說的典型確立

　　言情小說的子類型穿越小說經二十年發展迄今，期間不斷有創作者與之進行對話。長期創作的飛田（萬盛）出版社招牌作家于晴，便在「這種題材至少縱橫沙場十年」以後，曾於作品《追月》（二〇〇四）後記中自稱該作書寫「穿越時空」這個類型題材乃是「走回頭路」，而以個人觀點出發，她將關切重點放在「現代人的職業以及『降落』的地點」，視之為整體故事走向的關鍵[8]。二〇〇四年于晴對「穿越時空」的回顧，突顯言情小說內部對此「流俗」之類型題材早已存有既定想像，另一方面，儘管于晴關切的重點如「現代人的職業」和「降落的地點」不一定同樣受到所有言情小說創作者的關注，但這個觀點確實指出穿越子類型的公式共識，亦即「從現代到古代」穿越模式已經成為這個子類型的典型；同時也展現出長期創作者對寫作穿越小說這件事，明顯抱持檢視與思考的實驗精神，才會在既有公式中開發與尋求新的突破方向，試圖從「流俗」中生出新意。

---

[8]　于晴，《追月》，頁二五三～二五四。

自一九九三年《交錯時光的愛戀》揭開穿越子類型的序幕，嘗試書寫穿越小說的言情小說創作者為數眾多，為求故事別出心裁，我們當不意外「穿越」作為主題，乃存在著不同排列組合的可能性。以一個男主角搭配一個女主角的常態組合而言，有四種可能的組合：（一）現代女主角V.S古代男主角（二）古代女主角V.S現代男主角（三）現代男主角V.S古代女主角（四）古代男主角V.S現代女主角（見表一）。

（表一：言情小說穿越子類型四種可能的「穿越」模式）

組合模式	穿越時空的主體	另一時空被邂逅者
（一）現代女主角V.S古代男主角	現代女主角	古代男主角
（二）古代女主角V.S現代男主角	古代女主角	現代男主角
（三）現代男主角V.S古代女主角	現代男主角	古代女主角
（四）古代男主角V.S現代女主角	古代男主角	現代女主角

　　四種組合當中，由於本土言情小說多以女主角為故事主角，較常見的自然屬於（一）現代女主角V.S古代男主角、（二）古代女主角V.S現代男主角，此兩種為主，而前者數量遠勝後者，在類型化的過程中成為穿越小說這個子類型的基本公式；（四）古代男主角V.S現代女主角相較前述二者，數量之少已不可相提並論，（三）現代男主角V.S古代女主角則更可謂絕跡於言情小說市場。饒富趣味的是，本土言情小說中最稀少的第三種模式作品，以武俠小說、歷史小說的穿越子類型而言，卻正是最經典的模式，暢銷作

品如香港作家黃易的《尋秦記》[9]、中國作家月關的《回到明朝當王爺》[10]尤其具代表性。

　　台灣本土言情小說女主角從現代穿越到古代後，很少興起對大時代歷史制度懷抱改革和扭轉的抱負，普遍可見的狀況是，儘管她們是處於合法多妻制的古代社會，卻絕對堅持一夫一妻制的愛情結局；相反的，武俠小說多半著墨於男主角如何造就其特殊的歷史與社會地位，愛情的部份則大享齊人之福，甚至往往坐擁其粉黛美人宛如皇帝後宮。究其原因，女性讀物的言情小說及男性讀物的武俠小說二者都具備性別化閱讀的特色，必然使其作品的主角以各自讀者群的性別為準，發展各自性別的成就與愛情想像。因此言情小說極少以男主角為穿越主體，而武俠小說、歷史小說等類型的穿越作品，女主角作為穿越主體的情形亦十分罕見。

　　實際檢視文本，開此類型濫觴之作的席絹《交錯時光的愛戀》[11]，

---

[9]　黃易《尋秦記》，原為香港黃易出版社出版，台灣的萬象出版社於一九九六年至一九九七年出版全二十五卷完結，時報出版社則於二〇〇一年出版全七冊完結的修訂珍藏版。故事描述二十一世紀的香港特種部隊精英出身的項少龍因一次機密公務被迫搭上時光機器，穿越回戰國時代，憑藉著特種部隊的身手和二十一世紀的知識在戰國時代闖出一番名號，不但備受美女與豪傑的歡迎與重視，更成為當代舉足輕重的人物。

[10]　月關《回到明朝當王爺》，高寶國際出版社於二〇〇八年至二〇〇九年出版全二十四冊完結。故事描述現代男主角鄭少鵬在牛頭馬面誤拘魂魄後為了彌補錯誤，讓其以楊凌的身分復生於明朝時空，隨後楊凌透過對明朝歷史的理解大展拳腳，不但與當朝皇帝正德皇情同兄弟、權傾一時，並坐擁嬌妻美眷十二人。

[11]　席絹，《交錯時光的愛戀》（台北：萬盛，一九九三）。

即是第一種模式的「現代女主角V.S古代男主角」作品。該書敘述在二十世紀意外身故的女子楊意柳，因母親朱麗容透過異能令其魂魄回返宋朝的「前身」——因恐懼婚後際遇而自殺的蘇幻兒——藉此復生。楊意柳借蘇幻兒之身，以二十世紀女性的思想在宋朝開展新人生，雖不由自主捲入蘇家與北六省第一巨富石家的聯姻與商業鬥爭，卻以智慧扭轉身處險境的局勢，不但因其「特立獨行」獲得眾人的另眼相看，更化解自身遭蘇家利用所帶來的危機，並與商業聯姻的丈夫石家大當家石無忌相知相惜。而後，楊意柳的魂魄一度為母親朱麗容召喚回二十世紀，卻因深愛石無忌而透過石家傳家之寶八卦石返回宋朝，再次藉由蘇幻兒之身復甦，最終以美滿結局收場。

　　文本中的故事轉折與情節推展關鍵，經常繫於女主角穿越時空導致的「不合時宜」。宋朝閨秀蘇幻兒性格軟弱，不敢正面忤逆父命訂下的婚嫁，卻又害怕素有「北方修羅」之稱的未來丈夫，終而自縊尋死，然而二十世紀的成長背景令楊意柳不受宋代禮教倫常所規範，得以擺脫原本身體主人蘇幻兒的思想枷鎖，不必承擔父親蘇光平的家父長命令與威嚇，也不認為女人必須以夫為天、視丈夫為不可侵犯的倫常主體，而是將丈夫視為對等關係的伴侶，從而在展現自我獨立思想的同時，打開北方商業霸主石無忌的心扉，得以與其相戀相守。此情節安排構成女主角「穿越時空」的必要性：若不是一個不合時宜的女子，這個愛情故事不可能開始，故事也不可能走向美好結局。

細讀《交錯時光的愛戀》的敘事結構，蘇幻兒／楊意柳藉由二十世紀時空成長背景所取得的優勢，諸如她所接受的現代教育、社會歷練與獨立思考的能力等，令她得以不受宋朝家父長制父權社會的思想束縛，擺脫宋朝女人服膺的社會制度與規範，進而藉由她的現代思想改變父權／男性中心社會的遊戲規則——這個改變與扭轉經常展現在眾多男性不再小覷她的能耐，並從而意識到女性也能夠有其不凡之處——她因此令象徵父權社會核心份子的石無忌（甚至是身旁的任何人）敞開心防，反受她的現代兩性平等觀點的馴服，接受她與宋朝格格不入的性格，以及「一夫一妻制」的觀念。最後，蘇幻兒／楊意柳與石無忌迎來有情人終成眷屬的結局，而這正是愛情羅曼史敘事中象徵人生圓滿的結局。可以這麼說，這部作品展現了日後「穿越小說」這個類型明確成形時的基本套路公式：穿越時空的主體，因原有時空背景所取得的優勢，可以扭轉與改變抵達之時空的遊戲規則，迎來人生的圓滿結局。

　　言情小說穿越子類型的典型模式自此奠基，日後提起言情小說中的穿越小說作品，不但首要聯想到的是「現代的女主角穿越時空到古代，與古代的男主角相戀」，實際上確實許多穿越作品皆採用此種模式。以各個出版社較為著名的作家為例，禾馬作家宛宛《不戀今人愛古人》（一九九七）[12]書名便已破題，飛象作家星葶出道之初的「時空寄情」系列（二〇〇〇）[13]，以及狗屋作家典心號稱

---

[12] 宛宛，《不戀今人愛古人》（台北：禾馬，一九九七）。
[13] 星葶「時空寄情」合共四本，都在二〇〇〇年出版，分別為星葶，《情

其穿越代表作的《傾國》（二〇〇九）[14]，也都是「現代女主角V.S古代男主角」的模式；而以出版社套書為例，耕林出版社亦規劃「穿越時空愛上你」系列（二〇〇四）[15]，由不同作家執筆書寫各個現代女戀上古代男的故事，凡此種種，不一而足，尤其可見此套路公式如何歷久彌新地獲得青睞與演繹。

二、穿越小說的實驗遊戲

　　「穿越時空」這個題材因席絹《交錯時光的愛戀》掀起風潮，經過大量摹寫複製的作品而形成本土言情小說的子類型之一，敘事公式也大致底定。誠然，開山之作樹立公式典型，或許說明「現代女主角V.S古代男主角」模式為何是穿越小說的經典組合，然而細讀其他穿越小說文本，則能夠更進一步理解箇中原因。因第三種、第四種模式的作品在言情小說中極罕見，此處僅擇第二種模式的作品進行文本分析，合併討論第三種與第四種模式的出現時間點，試圖檢視穿越子類型形成過程，其中對於「穿越時空」這個主題的各

誘冷酷郎君》（台中：飛象，二〇〇〇）；星葶，《心陷風流郎君》（台中：飛象，二〇〇〇）；星葶，《代嫁暴庚郎君》（台中：飛象，二〇〇〇）；星葶，《獨傾無情郎君》（台中：飛象，二〇〇〇）。

[14] 典心，《傾國》（台北：狗屋，二〇〇九）。

[15] 「穿越時空愛上你」系列分別由四位耕林作家執筆，分別為月凌情，《在皇朝談戀愛》（高雄：耕林，二〇〇四）；林月色，《到清朝尋真愛》（高雄：耕林，二〇〇四）；夏夜，《到秦朝找老公》（高雄：耕林，二〇〇四）；緩緩，《在大遼撞冤家》（高雄：耕林，二〇〇四）。

種實驗與想像。

　　前文已提及，同樣是以女主角為穿越時空的主體，第一種模式的「現代女主角V.S古代男主角」遠比第二種模式的「古代女主角V.S現代男主角」作品來得要更多且更為人所知。儘管如此，第二種模式的數量仍然勝過以男主角為穿越主體的第三種、第四種模式。穿越小說這個子類型，即使到今日也偶見言情小說作者進行第二種模式的創作，整體數量仍然較少；以萬盛的「七出」套書為例——「七出」既是古代女子才可能出現的際遇，套書作品當然多是「古代女主角V.S現代男主角」的故事——以「穿越時空」作為一個新書系之揭牌套書的主題，正展現開創新意的企圖。就此而言，萬盛的行動不啻已說明穿越小說子類型中，這種模式的創作在此前是較不為人所注目與重視的。以下，筆者檢選較早期的作品，觀察穿越子類型形成之初，言情小說作家如何處理「古代女主角V.S現代男主角」模式的故事情節。

　　以蔡小雀的《浪漫比佛利》（一九九六）[16]為例，本書描述唐朝天寶年間一代任俠的孫女任水藍，跟隨祖父隱居嵩山，襲得一身武藝及胡語（英語），一次意外墜谷而穿越至二十世紀末的美國洛杉磯比佛利山，邂逅國際商業大亨雷諾・嘉伍德。冷漠沉著的雷諾，接受任水藍因一幅「嵩山奇峯圖」穿越時空的事實，並允諾協助她返回唐朝。尋找返回唐朝之路的過程中，雷諾和任水藍互相吸

---

[16] 蔡小雀，《浪漫比佛利》（台北：禾馬，一九九六）。

引，直到任水藍誤會雷諾情繫他人，決心藉由結識於洛杉磯的友人東方靈之異能（一生只能使用一次的時空挪移能力）回返唐朝。雷諾專注於擊敗商場敵手摩斯，而後才驚覺任水藍已離去，幸而東方靈的祖父擁有同樣異能，方使兩人得以解開誤會、再次團聚。

從故事的推展來看，女主角任水藍受到男主角雷諾的青睞，其身世背景所帶來的能耐（如武藝、唐代思想）並非關鍵，令雷諾卸下心防並且讓愛情開始的契機，乃是任水藍的純真性格：「因為她的真，他相信她是走錯時空年代的小女子，除非她是演技可得奧斯卡金像獎的演員，否則不可能裝得這麼像一個落入塵世的精靈」[17]。「落入塵世的精靈」固然是唐朝與現代社會對照下所召喚而出的前現代純潔美好、失落理想的想像，但任水藍早為作者形塑為一個遺世獨立世界中長成的女子，其身世背景更接近架空世界，無法真正呈現男女主角所象徵的兩個時代迥異思維正面遭遇後所出現的對話與碰撞火花。

任水藍之所以需要來自古代，扣連的意義其實在於她的純真，由此更進一步說，任水藍的二十世紀洛杉磯愛情大冒險，即使將其身分背景更改為任何一個來自與世隔絕所在的鄉下丫頭，都可能成立，終致令女主角穿越時空的必要性減弱。檢視穿越時空所為任水藍帶來的「優勢」，也主要連結到傳統而保守的性別觀點，尤其是真摯善良、清純脫俗等想像成份較高的前現代特徵，竟令她比其他

---

[17] 蔡小雀，《浪漫比佛利》，頁二一。

的現代女人更具魅力。從而，《浪漫比佛利》的任水藍成為一種對前現代女性的召喚，穿越時空並未真正讓她獲得增強主體性的「優勢」，更枉論可能透過這種「優勢」來改變抵達時空的社會遊戲規則。

《浪漫比佛利》呈現的幾個問題，也經常出現在此後許多的第二種模式作品中。其中的少數當屬萬盛「七出」套書的嘗試突破與顛覆，而突破的途徑則是在這些古代女子身上賦予相對背離傳統的性格與特徵——「七出」即古代中國男性合理休妻的七個名目，套書七本依序為淫佚、妒忌、不孝、惡疾、無子、盜竊、口舌——令這些古代女主角既是傳統的，又是與傳統產生距離的，然而，即使是「七出」套書也無法迴避，這些古代女主角受限時空的落差，使她們在原有時空所獲得的教育養成，終究無法為她們帶來可在二十一世紀大展身手的「優勢」。

另一方面，以男主角為穿越主體的第三種模式「現代男主角V.S古代女主角」及第四種模式「古代男主角V.S現代女主角」而言，數量之稀少，往往只出現在「穿越小說」逐漸類型化的初期。譬如萬盛作家凌飛揚，一九九五年出道後連續四本的系列作便是以穿越時空為主題，她對各種組合模式進行的書寫嘗試，尤其呈現穿越時空題材此時正處於多方實驗的階段：《大滿皇朝金格格》（一九九五）[18]是第一種模式和第二種模式的雙主線發展；《百分

---

[18] 凌飛揚，《大滿皇朝金格格》（台北：萬盛：一九九五）。

之百星格格》（一九九六）[19]是第三種模式作品；《超時空保鏢》
（一九九六）[20]為第四種模式作品；《二一○○古靈精怪》（一九
九六）[21]則是描寫西元二一○○年未來時空的女主角穿越回中古世
紀與古代男主角相遇的第一種模式變體。當這些實驗與嘗試告一段
落，「穿越小說」子類型的公式確立以後，以男主角作為穿越主體
的組合模式便宣告功成身退，絕跡本土言情小說之江湖。

　　據此而言，自一九九三年席絹《交錯時光的愛戀》開啟此子類
型，多種模式的實驗性作品百花齊放，而後日漸趨向以第一種模式
「現代女主角V.S古代男主角」為主流，顯然它畢竟其來有自，揭
示著女性作者、女性讀者閱讀這個子類型的心理需求。檢視第一種
模式以外的三種模式作品，第二種模式中從古代穿越回現代的女主
角，多半因時代知識的落差必須處處仰賴男主角，減低這個子類型
為女性讀者所帶來的閱讀快感；以男主角為穿越主體的最後兩種模
式，一方面可能著墨穿越主體（男主角）的冒險與體驗，令女性讀
來頗有隔靴搔癢的距離感，一方面若不著墨穿越主體（男主角）的
經驗，穿越時空的意義則蕩然無存，無須藉由這個子類型來發揮。
換句話說，當代女性讀者對穿越子類型的閱讀期待，正在於「現代
女性穿越到古代得以有一番闖蕩與作為」的敘事模式。

　　穿越子類型形成過程中的嘗試與實驗，正可說是言情小說作者

---

[19]　凌飛揚，《百分之百星格格》（台北：萬盛：一九九六）。
[20]　凌飛揚，《超時空保鏢》（台北：萬盛：一九九六）。
[21]　凌飛揚，《二一○○古靈精怪》（台北：萬盛：一九九六）。

與讀者透過作品，在一拋一接的過程中去蕪存菁，越發令穿越子類型的核心要素突顯出來。若以今天後設的觀點回返觀看這段實驗時期的作品，有些顯然是跟隨流行，並沒有掌握到關鍵要素，穿越時空作為題材核心卻只是點到為止，對故事進展沒有推動力；有些試圖玩出新花樣，在各種模式的書寫實踐中提供讀者驚喜，或者嘗試捕捉讀者的喜好，有時成功有時失敗。然而，穿越小說如同本土言情小說這個文類本身，是一個複雜且有機的產物，儘管它日趨穩定於「現代女主角V.S古代男主角」的第一種模式，但特別值得關注的是，穿越小說這個子類型二十年的發展過程中，有一部分長期創作者不斷回返書寫這個主題，隨著時代脈動展現出對這個題材的反思與對話。

知名作家如席絹、于晴及古靈，可謂其中代表性人物，她們明顯對穿越小說內部題材的開發興致勃勃，有意顛覆。事實上，穿越小說這個子類型的重要性由此可見，否則作家無須經常回返與其對話。而當作家不斷地投入書寫，投注著書寫當下的思索與嘗試，這個子類型的生命便不斷得到延續，並隨之再次地篩選與凝聚言情小說作者與讀者對穿越小說核心元素的共識，令其與時俱進地符合眾人的閱讀期待，而後，它在言情小說中的重要性便又一次地得到增強。這個循環可能終結於穿越小說不再符合當代讀者的需求，然而就現狀觀察，進入廿一世紀的穿越小說顯然方興未艾。以上述三位作家為例，便能管窺其中情勢。

席絹以《交錯時光的愛戀》（一九九三）為穿越小說奠基後，

其後《喜言是非》（二〇〇二）[22]書寫唐朝已婚少婦范喜言穿越至二十一世紀台北，邂逅在當代審美標準中的肥胖男人楊敦日，書寫第二種模式「古代女主角V.S現代男主角」的故事。《墨蓮》（二〇〇六）[23]則《鏡花緣》式的讓台灣現代女性花靈穿越到一個男女權力翻轉的架空前現代國度，遭遇「種姓」位階低下的男主角李格非。到了《大齡宮女》（二〇一〇）[24]，席絹甚至安排現代台灣富家公子金守恆，穿越時空進入架空朝代的宮女身上，成為女主角金寶生，與相貌肖似自己前妻趙飛青的古代男人趙守恆「再續前緣」，展現出對於穿越之各種排列組合的想像力。

于晴《沒心沒妒》（二〇〇二）[25]一書，採取自己擅長的神怪奇幻風格，已試圖結合所長另闢蹊徑來開展穿越時空的故事，將「前世今生」這個類型的敘事公式鎔鑄一爐，終寫就一篇不相當典型的穿越作品，至《追月》（二〇〇四）進一步讓台灣言情小說作家魚半月穿越時空到明代與書肆老闆殷戒相戀，流露出戲耍與實驗的態度[26]。

古靈早在龍吟出版社的「紅唇情話」限制級書系寫過《天使之翼》（二〇〇七）[27]、《鐵漢追密碼（上）》[28]、《鐵漢追密碼

---

22 席絹，《喜言是非》（台北：萬盛，二〇〇二）。
23 席絹，《墨蓮》（台北：飛田，二〇〇六）。
24 席絹，《大齡宮女》（台北：飛田，二〇一〇）。
25 于晴，《沒心沒妒》（台北：萬盛，二〇〇二）。
26 魚半月的姓名乃是對于晴暱稱／自稱「于小胖」的諧仿，兼以言情小說作家職業的設定，尤其可見一斑。
27 古靈，《天使之翼》（台北：龍吟，二〇〇七）。
28 古靈，《鐵漢追密碼（上）》（台北：龍吟，二〇〇七）。

（下）》（二〇〇七）[29]及《上天下海守著妳》（二〇〇三）[30]等穿越作品，而後在龍吟新主力書系「玫瑰吻」中更以「今天過後」系列徹底展現她的知識考古癖，《征服者的饗宴》（二〇〇四）[31]令女主角南絲穿越至十一世紀的英格蘭，《替身》（二〇〇五）[32]女主角韓芊卉來到十六世紀的朝鮮，《沙漠蒼鷹的慾望》（二〇〇五）[33]女主角歐陽萱莎抵達十八世紀的阿拉伯半島伊斯蘭國度，相較於多數穿越小說令女主角穿越至中國古代或仿古中國的架空朝代，古靈透過對各國真實歷史的細節爬梳，提供令人意外的題材新方向[34]。

　　綜觀發展，雖然並無精確數據說明最高比例者為「現代女主角 V.S古代男主角」模式，然而這卻是普遍讀者在提及本土言情小說「穿越時空」題材時的首要聯想，歷來被視為經典的作品更幾乎皆是如此。倘若我們更進一步聚焦於觀看其中的性別權力問題，將可以從「現代女主角 V.S古代男主角」所意味的現代性女性遭遇前現

---

[29] 古靈，《鐵漢追密碼（下）》（台北：龍吟，二〇〇七）。

[30] 古靈，《上天下海守著妳》（台北：龍吟，二〇〇三）。

[31] 古靈，《征服者的饗宴》（台北：龍吟，二〇〇四）。

[32] 古靈，《替身》（台北：龍吟，二〇〇五）。

[33] 古靈，《沙漠蒼鷹的慾望》（台北：龍吟，二〇〇五）。

[34] 古靈為合理化女主角們穿越到古代異國度的安排，令女主角們皆是中國／台灣和該國血統（英國、韓國、中東）的混血兒，在其血緣與穿越時空所抵達地點的聯繫之間，使穿越小說所存有的國族想像議題更加明確地成形，意外點出「現代台灣人」穿越到「古代中國」模式的弔詭之處，以及國族想像議題開展的可能，然而此非本文主要所欲／所能處理的議題，故謹此提出，略而不論。

代男性之設計，思索其背後隱含了什麼樣的性別文化政治議題，藉
此一探穿越小說「現代女主角V.S古代男主角」模式的深層結構。

第二節　時空位移＝權力位移：
穿越小說的愉悅來源及其外

一、「現代性」的力量

　　「穿越時空」的主題令兩個「時空」並置，古今座落時間軸線的兩端，不但指出時空與時空之間必然存在的落差，通常還呈現「現代時空」比「古代時空」更具備「優勢」的觀點。如同筆者前文中檢視第一種模式和第二種模式，相比之下，無論是愛情或事業，來自現代的女主角都經常比來自古代的女主角來得更活躍。試看以下兩個例子：

　　　　冷如風怪異的瞧著冬月，不懂得她為何好好的少奶奶不當，
　　　　竟想找事做。不過在杜念秋的「威脅」下，他只得隨便拿了
　　　　些去年的帳冊給她核對，心想她大概沒多久就會放棄了。沒
　　　　想到冬月抱著那些帳冊回到房裏，不到一天就核對完了，而
　　　　且還找出了不少錯誤。這下可讓他另眼相看了，想去年可
　　　　是東西南北四個管事辛辛苦苦算了三天三夜才弄完了，結
　　　　果她一個人三兩下就解決了。[35]（黑潔明，《我愛你，最重

---

[35] 黑潔明，《我愛你，最重要！》（台北：禾揚，一九九八），頁一六九～

要！》，一九九八）

「又來了，別又搬出那套你為所欲為的王者論。」她沒好氣
的瞪他一眼。「敢光著身子跟我這樣瞪眼說話的，妳是第一
人。」他若有所思的冷笑一聲。這話聽似取笑又似讚美。
「我說的沒錯啊，如果自認為是王者，就可以為所欲為的
話，那麼你就大錯特錯了。由古自今，獨裁霸王所領導的暴
政，都會被人民所唾棄和推翻，因為人民所需要的，是和平
和繁榮，並非戰亂和不安定。這一點，身為王者的你，應該
明白才是。」梁薰說得義正詞嚴。嵐鷹酷臉忽然一沉，「這
些話是誰告訴妳的？」他猛地抓起她的手質問。他治理國家
多年，還無法領略出一個適當的治國之道，而這個看似天真
無知的公主，竟然可以隨口說出一番大道理？[36]（易小虹，
《古董霸主現代妻》，二〇〇四）

「現代女主角V.S古代男主角」模式的穿越小說中，前文引述
黑潔明及易小虹的兩個例子呈現出一個相同的典型：黑潔明《我愛
你，最重要！》的女主角秦冬月原本是普通的辦公室上班族，易小
虹《古董霸主現代妻》的女主角梁薰更是一個剛屆成年的女學生，

一七〇。

[36] 易小虹，《古董霸主現代妻》（台北：浪漫星球，二〇〇四），頁一三
五～一三六。

她們與許多穿越小說的女主角擁有相似的背景與身份，也就是說，這些女主角們通常跟讀者一樣平凡無奇，但當她們穿越時空，所遭遇到的古代／前現代男主角卻經常是位極人臣的將軍、高官，富甲一方的霸主、商賈，甚或是親王、皇帝。有趣的是乍看下社會地位差異懸殊的男女主角，總是無違和、無困難地在雙方間建立起一個可以溝通、對談的平等關係。

　　這些身在現代時空中的女主角們，職業、性格或年齡上「平凡」一如讀者，因普及教育、社會文化使然，普遍性地擁有相似程度的知識，使她們在當代社會顯得扁平化而沒有獨特之處，但這些平凡如常識的現代性知識，卻在穿越時空以後產生翻轉，在前現代世界中顯得「不凡」。也是由此，現實中可能因為地位與身份懸殊所帶來的位階鴻溝得以輕易遭到消弭，平凡普通的女主角順利與高高在上的男主角平起平坐，有時甚至成為上至皇帝貴族下至平民百姓之眾人眼中氣質特殊、能力非凡的能人異士。

　　前述兩例中，兩名女主角分別展現出現代的記帳能力及歷史觀點，放在現代來看，無異於上班族的普通技能及學生的歷史常識——秦冬月所習得的會計學複式記帳法，相較古代逐一條列且缺乏分類的記帳法來得更簡易且縝密，令她可以一個人勝過四個管事；梁薰的暴政必亡論，其實是當代常見的歷史論調，並非她透過經歷而領略的深刻道理——但這些能力與觀點對古代人而言卻是令他們不得不「另眼相看」的異能。

此類例子不勝枚舉，郝述《錯亂姻緣》（一九九八）[37]女主角杜紫嫣是十八芳華的少女，穿越時空後非但令商場一代霸主的男主角雷霆馳打破冷酷形象，更是雷霆馳的商場勁敵；蔡小雀《情挑姻緣》（一九九八）[38]讓僅有高中學歷的麵包師傅女主角傅雪盈邂逅宋代大理國位高權重的男主角司空商康，雖寄人籬下卻得到皇帝在內的大理國權力階層眾人的看重與垂青；惜之《大周寵妃傳》（二〇一〇）[39]中自稱「平凡到不行」的女主角吳嘉儀，穿越到大周國不但讓最有可能成為太子的男主角權朔王鏞朔另眼相看，並且獲得多位皇子及鄰國皇帝的傾心與厚待，成為左右國家局勢的關鍵人物。這幾個例子同樣呈現平凡或年輕女子與位高權重菁英男子的組合。

　　深究上述女主角們獲得置身於與男主角同等位階的關鍵，不得不察覺其中女主角從現代時空所挾帶而去之現代性（modernity）所發揮的作用。杜紫嫣以企業集團經營手法設立客棧酒家為主的「新時代聯合經營」，一出手便技驚四座，傅雪盈以性別平權觀念和西點技藝博得眾人激賞，吳嘉儀仰賴現代知識「發明」泡麵、思樂冰，甚至提供各種戰爭謀略，令兩個國家的皇室驚奇驚豔。凡此種種，皆是「穿越時空」導致現代與前現代的遭遇，使時空位移帶來了權力位移的契機與空間，促成平凡女主角得以挾帶現代性獲得

---

[37] 郝述，《錯亂姻緣》（台北：禾馬，一九九八）。
[38] 蔡小雀，《情挑姻緣》（台北：禾馬，一九九八）。
[39] 惜之，《大周寵妃傳（全三冊）》（高雄：耕林，二〇一〇）。

更高的權力位置，進而能與高位階的尊貴男主角之間形成足以分庭抗禮的平等關係。

進一步說，女主角們的「現代性」無疑與知識產生關聯。知識與權力之間的連結，正如同德勒茲（Gilles Deleuze）對傅柯（Michel Foucault）知識權力的闡釋，二者以幽微而複雜的形式存在著：「如果權力不單純是一種暴力，那不只因為它本身通過的是表達力量與力量關係之範疇（煽動、誘使、生產有用效果等），而且也因為**對知識而言，它生產真理。**」[40]（引文中粗體為筆者所加）知識和權力之間是一種相互形構以及相互加強的關係，權力加冕知識為真理，知識提供權力施行的後盾，相輔相成。

穿越小說透過女主角現代性身體的移動，藉此一完全不同時代的知識系統，帶來解構既有知識權力的可能性。現代性知識首先挑戰了前現代的知識權力系統，鬆動、瓦解前現代男性／父權社會的遊戲規則，進而以現代性知識反過來建構新的知識權力系統。惜之的《大周寵妃傳》女主角吳嘉儀／章幼沂和男主角鏞朔對於國家領導人的討論，便提供典型的範例：

> 「我來自一個很遙遠的地方，那個地方不是皇帝說了算，不
> 管是皇帝大臣或老百姓都要聽律法的。我們的皇帝每四年換
> 一個，都是由老百姓選出來的，做得好就再做四年，如果做

---

[40] 德勒茲（Gilles Deleuze），《德勒茲論傅柯》（台北：麥田，二○○○），頁一五四。

得不好，就會讓人民用選票把他趕下台。」

「聽起來，你們那裡的皇帝不好當。」

「是不好當啊，不過我們同意皇帝只是普通人，他的能力有限，我們不會賦予過高的、不合理的期待，我們給他責任也給權利，如何掌握，就要看他的態度了。」

「什麼叫做過高的、不合理的期待？」

「比方老天爺不下雨就跟皇帝沒關係，我們不會期待他上達天聽，為百姓求雨。比方地牛翻身、死傷無數，我們認為那是大自然反應，和皇帝的德性無關。」

「你們的百姓聽起來比較理性。」

「當然，我們那裡男男女女都要受教育，因此我們聰明，不容易受擺弄，皇帝想愚弄百姓，可沒那麼容易。」

「只當四年皇帝這回事兒，聽起來比我父皇輕鬆得多。」

「可不，人都會老，為國奉獻四年、八年已經夠了，怎能拿一輩子去投資？古代的皇帝很辛苦，從一出生成為龍子那刻，就被放入過多的責任與期待，他們被統一教育成為統治者，卻忽略了每個人的專長性情。要知道，並不是每個人都有雄心壯志想當皇帝的，對不？」[41]（引文中文字粗體為筆者所加）

---

[41] 惜之，《大周寵妃傳一、清沂公主》（高雄，耕林，二○一○），頁一四二～一四三。

吳嘉儀／章幼沂提出的現代民主國家總統選舉制，與鏞朔所認知的王朝封建體制並置，不但在對話中形成一種對稱平衡的位置，鏞朔的評語更流露他判斷對方的制度略勝一籌。隨後吳嘉儀／章幼沂提及教育，「皇帝想愚弄百姓，可沒那麼容易」一語，甚至成為一種隱喻，取消了上對下的優位性——而這個上／下的位階關係，不僅止是皇帝／百姓的，而是鏞朔／吳嘉儀、乃至男性／女性的組合。

　　鏞朔深沉精明，戰功彪炳，是歷經風浪、見過大場面的權朔王，也是大周國最被看好繼承帝位的皇四子，吳嘉儀／章幼沂則原是因金融風暴失業潮而延遲就業的碩士研究生，並自稱是奉明哲保身為圭臬的平凡人，二者能夠成為地位相當的伴侶，畢竟是繫於吳嘉儀／章幼沂現代性身體對前現代時空的介入，方有拉近二人關係的契機。吳嘉儀／章幼沂在一次皇宮舉辦的花賞節中對孤癖的鏞朔一見鍾情，立刻花費百般心思以植物的板根、沙漠中的龍捲風、海市蜃樓出現的原理等「知性話題」吸引鏞朔注意力，顯示吳嘉儀／章幼沂的優勢與特殊性早在起始就繫於現代性知識系統。也是因此，原先關於一個國家領導人誕生的嚴肅、危險議題，本不可能出現在鏞朔與任何其他女子的對話中，而吳嘉儀／章幼沂儘管自稱是現代社會中最平凡無奇的女人，卻仍然可以消弭兩人之間從男性到女性、從皇子到臣子之女的社會位階距離，從而建構兩人之間的對位關係，造就對等交流與對話的可能性。

　　綜觀以上，穿越小說確實在女性主體的展現上有別於過往大眾小說：以往女性讀者很難在通俗文本中讀到女性角色的工作職場成

就，畢竟男性讀物的武俠小說、歷史小說中，女性往往都是附屬角色，而儘管是女性讀物的言情小說，聚焦女主角的愛情圓滿之際，其愛情成就的強調便勝過對個體而言同樣重要的自我實現。自我實現涉及個體與現實社會的互動，具體而言可能展現在工作成就、追求夢想、實踐信念，以及藉此獲得的自我認同等，然而相當大比例的言情小說並不重視女主角的這些需求，相對的，穿越小說這個子類型至少是少數讓女性讀者可以從大眾小說中讀到女性公領域專業表現的文類，譬如秦冬月的財務能力、梁薰的政論思辨、杜紫嫣的經商長才、傅雪盈的人權論調、吳嘉儀介入國家政策謀略等。在市場缺乏其他開展這些議題與需求且專屬女性的文本時，穿越小說無異為女性角色創造了一個情境，令她們得以取得過往遭到剝奪的主體位置，更進一步說，亦從而提供讀者一個可能的管道，令女性讀者藉由投射其中享有愉悅與成就感。

當然不可諱言的是，當穿越小說令現代女性回到古代、取消古代男性的優位性時，一個貴今薄古的二元對立架構明顯成形，隱含的是「現代」比「前現代」完美的現代性觀點。事實上，透過這些女主角所挾帶而去的「現代性」仍存在一種隱匿的、幽微的父系社會知識霸權，只是藉由女性身體的時空錯置，巧妙的將這樣的思維與知識架構隱藏起來，令女性得以受「現代性」所武裝，形成如今眼前所見在古代時空中的「平等」局面。此番論述帶來的危機，便是過於美化現代時空的種種，並消解了對當代性別權力不平等的批判能量。我們因而必須警覺，儘管穿越小說賦予女性角色恢復主體

位置的空間，卻也存在侷限與陷阱，不容輕易地樂觀看待。

二、回返「前現代」的必要

　　細讀穿越小說文本，我們或能發現為什麼穿越小說中的女主角相較於其他類型作品，她們的表現往往顯得更具有自信，亦可以透過其專業大展拳腳，揚眉吐氣。正如同言情小說穿越時空題材的開山作《交錯時光的愛戀》即以女主角蘇幻兒在對照古今文明後油然而生的一句評價：「天！古代的男人都是這樣的嗎？」[42]徹底展現出現代人對前現代世界的價值判斷。一旦將古代人視為文明程度較低、有待教育開發並且有所缺憾的「人種」時，現代性便已促使現代文明（女）人提升至更高位階，使現代女主角可以輕易翻轉權力位置：她們能夠迎戰大場面（現代社會比古代複雜得多），強調自我主體性而不輕易自我貶低（現代文明帶來優越感和自我肯定），她們可以比男主角們更強甚至拯救他們於險境（在現代所習得之歷史、醫療、科學等知識成為有利武器）。

　　「今天過後」系列是暢銷作家古靈嘗試書寫過數篇穿越小說後的作品，《征服者的饗宴》（二〇〇四）、《替身》（二〇〇五）、《沙漠蒼鷹的慾望》（二〇〇五），分別書寫台灣讀者極少接觸與認識的三個時空：十一世紀的英格蘭、十六世紀的朝鮮、十

---

[42] 席絹，《交錯時光的愛戀》，頁十四。

八世紀的馬斯喀特蘇丹國（阿曼蘇丹國的前身），三位女主角年齡雖只有十七至十八歲，卻出身自同一個時光機器研究所的天才團隊，除了天生的高智商，「由於是要回到過去，大家都很有先見之明地預留長髮、注射預防針、K歷史、學語言，以及學習基本醫療護理等知識以備不時之需。」[43]

誠然，這些女主角相較其他意外穿越時空的女主角們，事前準備更加充足且周到，或有舉證偏頗之嫌（她們早已不「平凡」），然而，過往的穿越小說中，儘管她們的「平凡」經常受到強調，卻也不時出現不合常理的優勢安排，譬如前文所舉的《大周寵妃傳》吳嘉儀，雖無實際說明她碩士學位的專業領域，但她至少熟稔自然科學（龍捲風、植物板根、海市蜃樓）、物理化學（製作思樂冰）以及社會人文領域（歷史故事中的兵法戰略），甚至可以背誦《紅樓夢》裡的詩文。

另一方面，在言情小說這個文類中，本身也發展出總裁豪門、黑道江湖等，令年輕的男女主角擁有過於常人能耐的子類型作品，因發展時程與穿越小說有所重疊，少部分穿越小說也融入相同元素，導致年輕的女主角有時也可能是豪門總裁或黑道核心份子[44]，值得留意的是，總裁小說與黑道小說中位居總裁地位或黑道核心份

---

[43] 古靈，《征服者的饗宴》，頁十八。

[44] 這種作品並不多，集中在言情小說各種子類型蓬勃發展的九〇年代末期。前文舉例的郝述《錯亂姻緣》（一九九八），年方十八的女主角杜紫嫣即是跨國集團的總裁，此外寄秋一九九八年起創作的「龍門三妹」系列，本傳原是書寫黑道龍門一族的故事，外傳則有多本作品令龍門女子穿越回古代。

子者，通常都是男主角，反而是在穿越小說中，女主角們才得以「躍居」要職。這個細微的差異，傳遞的訊息毋寧是多數子類型中不受重視／正視的女性需求，譬如專業能力獲得肯定、職場上的核心職位等，唯有穿越小說子類型在既定敘事公式下，女主角們才被允許／容許追求她們的工作成就以及公領域中的可見度。

就此而言，「今天過後」系列毋寧該視之一種強化，呈現穿越小說的另外一個切面，突顯言情小說創作者已有自覺地認知到穿越小說的關鍵，並藉由這樣的設計，令她們更加明顯地展演穿越小說女主角們的優勢特點，以及她們如何可能具備翻轉既定性別權力位置的知識利器。進一步說，她們不服膺與遵循前現代時空的社會規範與潛規則，正奠基於她們對該時空的「落伍」、「不文明」之歷史文化的深刻認識，從而可對前現代時空保持一種若即若離的距離，更加忠於自我意志。

關於對古代時空歷史文化的熟稔程度，如何改變穿越時空女主角對該時空社會規則的服膺程度，可從《征服者的饗宴》中窺見端倪。《征服者的饗宴》女主角南絲憑藉歷史知識，自視為歷史發展的觀看者，並非當事人，因而毫無心理負擔地周旋於英格蘭開國前重要戰爭的兩方首領威廉與哈羅德之間。當男主角威廉認定南絲將會為這場戰爭帶來威脅並有意追捕她時，南絲特地在戰場中派駿馬並以馬鞍夾帶信件寄送給威廉，信件的行文語氣，尤其顯示南絲的位置更超然於二者之上：

請別分心，公爵大人，你的對手並不是我，我只是把你的預定計畫、戰策和作戰習慣告訴哈羅德，其他的都是他自己決定要如何利用這些消息，我並沒有參與任何戰略計畫的研討或擬定。至於我為什麼要扯你的後腿，這也很簡單，我只是想看看你在條件低劣於哈羅德的情況之下，是否依然能取得最後的勝利，即使我相信你應該會贏，但還是希望能親眼看到事實。當然，這種解釋你不一定能接受，但我確實只抱持這種單純的念頭而已。**所以請你專注於哈羅德，而不是我，否則失敗的會是你，要知道，我不過是在這裡等待結果罷了。**但老實說，我真的很期待能看到你得到最後的勝利，**希望你不會讓我失望**。[45]（引文中文字粗體為筆者所加）

在這裡，南絲並不受兩位戰爭首領分別的利誘與威嚇，這並不僅是因為南絲認為自己隨時可以抽離現場，更因為南絲對歷史細節的掌握。

而穿越時空的女主角如何透過她的現代性知識，竟能鬆動與瓦解既有的知識系統，《替身》中一個關於救治重症的橋段尤為明顯。故事中男主角樸孝寧服入不知名的毒藥，女主角韓芊卉雖是生物學家而非醫生，卻能夠立刻進行診療判斷為鉛中毒，「血液和軟組織中的可溶性鉛的半排期約為三十五天到三個月，但進入人體內

---

[45] 古靈，《征服者的饗宴》，頁四四～四五。

的鉛只要數週後，約百分之九十五的鉛就會以不溶性形式儲存到骨骼、牙齒、毛髮、指甲等硬組織中，而骨骼中鉛的半排期則長達十年以上，釋放極為緩慢，所以僅靠人體自身的代謝機能是絕對不夠的……」[46]，並就地取材採用克難的解決方法，而這件事是包含禁衛營提調（二品武官）樸孝寧的師父——擁有一半中國漢人血統、擁有漢人武功和醫學長才，並且官銜高過樸孝寧的具大人——都無法解決的艱難任務：

> 當具大人趕來的時候，韓芊卉正在吩咐河永敬準備食物。她終於想起那份醫療紀錄了，問題是，這時代沒有可用的針劑和點滴，所以她只能就現有的食物來設法排除樸孝寧體內的鉛。
>
> 「多飲茶有利於加快體內鉛的排泄，此外，多吃富含鈣、鐵等礦物質的食物也可減少鉛在體內的含量……」
>
> 「嘎？」河永敬一臉茫然。
>
> 韓芊卉嘆氣。「濃茶、蝦、豆漿、牛奶、花生、雞蛋、生大蒜和骨頭湯。」
>
> 「哦！」
>
> 「還有甘草水和綠豆水，記住，甘草水越濃越好，綠豆水越綠越好。」

---

[46] 古靈，《替身》，頁一六三～一六四。

……（中略）

可是她一離開，樸孝寧又抱著肚子蜷起來了。

具大人立刻伸指搭上他的腕脈，只一會兒變懊惱地脫口怒咒，「該死，毒已入內腑，我也沒辦法了！」[47]（引文中文字粗體為筆者所加）

朝鮮屬漢字文化圈，對中國明王朝進行朝貢，從這個角度來看，具大人的漢人血緣與文化位階，乃至於他作為樸孝寧的師父暨上司，象徵的乃是先進文明與家父長制（「一日為師、終身為父」）社會的雙重威權，然而，鉛毒危機時將具大人和韓芊卉的處理方法並置觀看，顯然高下立分。具大人懊惱的一句「我也沒辦法了」，既是對鉛毒的繳械投降，落居下風的同時又是對韓芊卉所象徵的新的知識權力系統的心服口服、毫無抵抗之力。

《沙漠蒼鷹的慾望》則讓我們看到女主角歐陽萱莎在十八世紀的阿拉伯半島，面對高度父權體制的伊斯蘭世界時，如何因為她的「穿越」導致她與當時主流的社會規制「若即若離」，使她既可以借《可蘭經》教義作為武器，反將男主角卡布斯一軍，實際上又毫不受伊斯蘭思想所綁架。譬如一次卡布斯和歐陽萱莎兩人持相反意見，歐陽萱莎暗自腹謗卡布斯而遭對方質疑，歐陽萱莎的反應相當迅速：

---

[47] 古靈，《替身》，頁一六五～一七○。

歐陽萱莎嚇一跳，回過頭來，見卡布斯眉頭蹙成一團亂線，忙垂首作乖小孩狀，「沒幹嘛！丈夫大人，我正在背誦穆斯林聖訓。」然後開始呢喃：「有信仰的男子不要認為妻子無一是處，如果你看她某一點不順眼，她一定還有許多優點會討你的喜歡……」

後面（意指正在偷聽夫妻談話的卡布斯好友沙勒米）又開始悶笑。

「……你們中最優秀的男子是善待妻子者，我就是一個善待妻子的男人……」頓了頓，「穆聖，願真主賜他平安，說的真是至理啊！」抬起天真的眸子，歐陽萱莎用最無辜的眼神瞅住卡布斯。「您說對不對，丈夫大人？」

後面放聲狂笑，卡布斯一臉古怪的表情。

「我背誦錯了嗎？」歐陽萱莎歪著腦袋。

卡布斯咳了咳。「呃……沒錯。」

「真是至理對不對？」

「……對。」

「『**我們**』應該遵從，對不對？」

「……**對**。」[48]（引文中文字斜體為原文區別經文所用，括號與粗體為筆者所加）

---

[48] 古靈，《沙漠蒼鷹的慾望》，頁九二～九三。

歐陽萱莎善用了「以子之矛、攻子之盾」的能耐，讓卡布斯臣服、遵從其所處之伊斯蘭世界的規範，然而，下一次兩人產生爭執而卡布斯如法炮製時，卻出現完全不同的局面：

> 「*最好的女人是當你看到她的時候，你會覺得喜悅；當你指引她的時候，她會服從的女人。*」卡布斯很嚴肅地把她說過的聖訓原封不動還給她。「*穆聖的真言，妳要順從；丈夫的意旨，妳要遵從。*」
>
> 「我偏偏要做最爛的女人，怎樣？」歐陽萱莎冒火地大叫。[49]
>
> （引文中文字斜體為原文區別經文所用）

　　卡布斯用來訓斥歐陽萱莎的經文，曾是歐陽萱莎對一位性格任性又有意討好卡布斯的部族酋長之女烏蘇妲的語言反制，然而當同樣的話用來指責歐陽萱莎之際，「我偏偏要做最爛的女人，怎樣？」一語，立刻顯示出歐陽萱莎對經文並非真正抱有遵從之意，也象徵著一個明顯的事實：歐陽萱莎根本不受這個時代伊斯蘭經典所象徵之知識權力的規制。

　　穿越主體如何得以逸離與逃脫社會規範的宰制，艾莉斯・瑪利雍・楊（Iris Marion Young）對社會結構與個人主體性之間關連的觀察，提供一個論述的切入點。楊認為社會結構本身，經過對社會

---

[49] 古靈，《沙漠蒼鷹的慾望》，頁一〇八。

群體的界定，便決定了結構不平等的軸線，譬如種姓（caste）、階級、種族、年齡、族群與性別，都在被界定與命名的同時分配到各自的結構位置：

> 它們（筆者按：即社會群體）也命名了結構位置，而這些位置的占有者較他人優越或不利，端賴行動者對制度規則與規範的遵循程度，及其在制度內對利益與目標的追求而定。[50]

換句話說，個體並非無法逃脫社會既定的主流觀點與制度規範，反而是行動者個人如何選擇與接受對社會規範的高度遵循。然而，「穿越時空」的現代女主角，往往視古代時空為較低文明、落後的所在，使她們在優越心理上可以堅持原有時空的那一套作風，不完全投入古代社會的遊戲規則——這尤其展現在她們對古代社會制度中「利益」與「目標」的毫無追求興趣，譬如古代女子應該三從四德，以便令自己覓得良人，並將相夫教子當作人生成就等——也是因此，她們在某種程度上不受到歸類，亦不受到古代社會的價值觀所左右。

事實上，關於時／空位置的改變，促使個人獲得跳脫既定社會規範宰制的契機，並非僅見穿越小說，日常生活中就有不少例子。尤以空間的改變來說，一個人在他原本所生活成長的國度中必定存

---

[50] 艾莉斯・馬利雍・楊（Iris Marion Young）著，何定照譯，《像女孩那樣丟球：論女性身體經驗》（台北：商周，二〇〇七），頁三二。

有相當高度的遵循程度，但當他旅行於異國時，卻未必會高度遵循該國度的社會規範，甚至無從意識到社會潛規則並實踐它：譬如楊所提及的「種姓」，以印度為例，這是一個相當嚴謹的社會體系，將印度各族群層層劃分出明確的社會地位，形成階級森嚴的階序體系，起居、職業、人際互動都深受影響，外國人進入印度卻不受這套體系影響，價值觀也不受其左右，可隨意與任何種姓階序的印度人進行接觸對談。就此而言，「穿越時空」則是在空間的改變之外，將時間也拉入改變的座標之中，尤其是視其為較為落後的前文明世界時，也令人在產生文明優越感之餘，拋卻對該文明的認同感[51]，從而，穿越時空的主體便更能夠逃脫古代既有社會結構的束縛。

耙梳至此，穿越小說「現代女主角V.S古代男主角」模式的深層結構意涵已隱約浮現，從而我們得以回返面對這個重要的問題：來自現代的女主角「身體」[52]被安置在古代的「空間」裡有什麼意義？

---

[51] 文明的位階化經常也導致個人服膺與認同該文明體制的程度，一個簡單的例子可供佐證：同樣出國旅行，一般人多會更留意歐美國家的起居禮儀，置身東南亞國家時卻未必如此擔憂自己的行為是否失禮。這便是繫於一般人將歐美國家視為現代與先進文明的代表，而東南亞國家卻是文明程度相對落後的象徵。

[52] 穿越的主體經常以兩種形式進行時空穿越，一為肉體穿越，二為靈魂穿越，前者可能因為異象引發的時空交錯（黑潔明《我愛你，最重要！》、于晴《追月》）或時光機器的使用（古靈「今天過後」系列）等管道，令主角以原有的肉體抵達另外一個時空，後者則比較常見透過異能使靈魂回返前世之軀體（席絹《交錯時光的愛戀》），或者是借屍還魂等。此處所謂「身體」實乃包含此二者的穿越主體而言，並非僅限於「肉體」。以席

這些「空降」的女主角們因時空錯置，部分人對該社會既定的傳統觀念，或者所謂的社會遊戲規則往往陌生無知，而一部分人即使熟知，也不受其知識權力系統所形構的封建父權社會規制，這一方面導致價值觀碰撞導致的反思（「古代的男人都是這樣的嗎？」之流的抗議與不滿現狀），另一方面，亦即正因為陌生無知與不受規制，方能帶來打破既有框架的動力和可能性，成為鬆動傳統／主流價值的契機：「平凡」的她們和「尊貴」的他們採用不同的標準與座標來進行價值判斷，導致他們擁有權勢也無法約束／掌握不吃這一套的她們，相反地頻頻遭受到她們以現代文明為靠山的步步進逼，使他們必須接受現代化的兩性平等／平權觀點。

　　時空位移與權力位移的連結，突顯本土言情小說「穿越」類型題材核心正是性別權力的辯證。透過穿越小說，彰顯的實乃對於男強女弱模式所象徵之傳統性別意識形態的抗拒與反思，言情小說作家們自覺或不自覺地回應著現代女性意欲獲得在事業上伸展手腳、愛情上權力平等的渴望與期待。因而此同時，我們亦不可迴避地意識到，藉由穿越小說書寫所突顯出來的反叛意識，恰恰反映出現代

絹《交錯時光的愛戀》為例，楊意柳「靈魂穿越」到蘇幻兒之身，其行動卻無疑仍是「現代性身體」的展演，到了續作《戲點鴛鴦》中，透過一個不明就裡的「外人」梁玉石的目光來看蘇幻兒／楊意柳，「她有著怪異的性格，作風驚世駭俗……她一點也不顧世俗禮教而直對丈夫撒嬌、與兒子鬥嘴、與眾人抬槓，口齒既犀利又風趣」，顯示古代社會中的一般人對蘇幻兒舉止行動是感到驚奇的，也充分說明「身體」的概念並非只是單向指涉肉體，而是包含著行動實踐與社會的關係。引文見席絹，《戲點鴛鴦》（台北：萬盛，一九九四），頁六六～六七。

女性所身處的社會其性別權力仍然是不平等的事實。古代／前現代時空成為一種召喚，女性們唯有挾帶現代性以為武器，方能獲得（在現代不可得的）與男性們平起平坐的關鍵力量，終於我們理解，原來穿越小說所幽微偷渡的，乃是現代女性仍生存在性別權力保守禁錮之時空的不平之鳴。

三、愛情命題下「穿越」的突圍與限制

穿越小說作為本土言情小說的子類型，探討穿越小說如何呈現當代女性對於性別權力的思考與回應之後，最終仍需回歸於言情小說這個文類上來，檢視二者之間又如何進行內部的對話。畢竟，「穿越時空」本身也是一個小說類型，當它作為言情小說的子類型時，如何有別於其他文類中的穿越子類型？相對的，作為言情小說眾多的子類型之一，穿越小說又如何在言情小說這個文類中展現它的特殊性？前文已透過文本分析說明穿越子類型如何為讀者帶來愉悅來源，以下將試圖回返原點，思索「穿越時空」這個主題與言情小說的「愛情」命題進行了什麼樣的對話與交流，並以此為基礎，進一步觀察當代女性藉由對「穿越時空」的馳想，如何展現出建立自我主體性的嘗試，又如何遭遇到限制與困境。

筆者曾於本章第一節比較武俠小說與言情小說穿越子類型的內容差異，並說明差異來自二者都存在性別化閱讀的特色，導致小說內容展現的是兩性各自的愛情與成就想像：相較於武俠小說常見穿

越時空的現代男主角如何改造歷史，或者藉由他現代知識來獲取較高的身分地位，言情小說中從現代時空穿越到古代的女主角，通常不會抱有改變歷史的慾望，也極少進行改變歷史的嘗試，她們從現代挾帶而去的優勢，經常展現在令周圍的人接受她「新穎」且「獨特」的女性觀點，眾人將認同她的智慧足以與男性平起平坐，甚或超越常人，當然必不可缺少的是她將令位高權重的男主角接受她「一夫一妻制」的現代愛情觀，而這將被描繪為她（以及她所象徵的現代性）的勝利。

　　然而，文類性別化閱讀特色只是原因之一，導致敘事內容差異更關鍵的因素，在於兩個文類敘事公式的共識，這令武俠小說的男主角必須走闖江湖、功成名就，而言情小說的女主角終究要以愛情圓滿、擁有一個伴侶的幸福人生作為她最美好的結局。敘事公式令故事主軸明確成形，也就是由此，言情小說中的「穿越時空」固然令現代女性得以在古代一展身手，卻也因愛情的框架產生侷限：以小說敘事結構而論，她們從現代世界挾帶而來的任何優勢與武器，在古代終只為贏得一個圓滿的愛情。

　　另一方面，前文中筆者亦曾提及，從現代穿越時空抵達古代的女主角們，憑藉著她們的現代性知識介入前現代既有的高度父權中心知識權力系統，能夠鬆動與瓦解後者的社會遊戲規則，但不可忽視的是，她們所憑依的、令她們得以存在文明優越感的、以及她們所認同的「現代性」，都仍然深受現代社會的性別結構之影響。她們透過現代性知識利器，令古代男人（通常是男主角）接受她們

那一套現代觀點，可是事實上，她們所秉持的女性自主、經濟獨立、工作權力、兩性平等、自由民主等觀點，在現代時空中也未必已全面到位，譬如女性經常在職場遭遇「玻璃天花板」（glass ceiling），令其無法順利進入決策階層，便顯示兩性平等／平權的社會從未真正到來，也展現現代社會同樣存在父權中心知識權力結構的事實。

　　凡此種種，可見穿越小說仍然充滿侷限。若以法蘭克福學派的文化工業觀點出發，這個侷限無疑是最有力的証明，可供指稱言情小說只是提供令女性馳騁幻想的文化商品，讓消費者在幻想中得到滿足，是包裹著糖衣的麻醉藥。如同阿多諾（Theodor W. Adorno）對文化工業產品的抨擊，「大眾文化的產品就是這樣把欺騙混在白日夢裡，拋出永遠無法兌現的幸福諾言，使個體在這種虛假的安全感中喪失了任何清醒的、批判的理智。」[53]據此而言，言情小說讀者在閱讀過程中將因幻想層面獲得滿足，導致不滿與抗爭的心態遭到消解，將促使讀者／消費者對現實層面的困境不再存有批判性，尤有甚之，讀者／消費者會繼續接受白日夢的召喚，並且接受穿越小說敘事結構下所隱含的「女性成就必須存在於愛情框架之下」的論述。同樣的，讀者／消費者也會接受「現代」比「前現代」優越的論述，從而強化對現代社會以及其隱藏之父權中心的認同。

---

[53] 此處論點主要出自楊小濱對阿多諾（Theodor W. Adorno）對文化工業批評的闡釋。詳見楊小濱，《否定的美學：法蘭克福學派的文藝理論與文化批評》（台北：麥田，二〇一〇），頁一二二～一二三。

不過，這樣的論述乍看言之成理，卻無法解釋穿越小說作為言情小說的子類型，為何十數年間不斷遭到改寫的真實情勢。這個子類型受到言情小說作家的重視而不斷改寫，無異說明當代女性在言情小說中直接拋出或者偷渡了她們所關注的性別文化政治議題，而且同樣得到回應與反饋。言情小說作為大眾文學性別化閱讀的一個文類，它呈現女性幻想性質的烏托邦想像，以及她們企圖在幻想中改變的現實困境，而這本身就是有意義的。進一步說，儘管當代女性並沒有改變現實困境的力量，卻仍有部分人透過閱讀作為行動實踐，展現她們對改變現況的渴望，以及透露出她們渴望改變的是什麼樣的現實困境。就此而言，我們一定程度上必須肯定穿越子類型的出現，因它的出現便顯示著當代女性存在自我聲張／伸張的企圖，以及當代女性對於自我主體建立（她要與他平起平坐、關係對等、自我實現）的嘗試。

　　總的來說，言情小說確實無可迴避它作為大眾文學文類所存在的資本主義傾向，這導致它必須符合主流大眾的期待，也形成它以主流意識形態運作的深層結構，因此處女情結、傳統家庭價值的強調[54]等，仍在言情小說中處處可見，但卻也是在相同的商業考量

---

[54] 言情小說的處女情結已有許多研究者指出，言情小說讀者也經常挖苦言情小說中遍地皆處女的不合常理。關於言情小說中傳統家庭價值的魅影，賴育琴也曾為文討論，指出現代女性其實不一定皆樂以家庭為歸宿，但言情小說的論述則令愛情成為婚姻制度最完美的保證，最終傳統父權家長制／家庭價值仍收編了個人主體性。詳見賴育琴，〈台灣九○年代言情小說研究〉（台北：淡江大學中國文學系碩士班碩士論文，二○○一），頁五六～六四。

下，言情小說必須接受一代又一代的新進作家為該產業挹注新血，令當代女性有此機會，自覺或不自覺地將其當下所關注的議題帶入言情小說之中——可以這麼說，穿越子類型正是在這種情況下一方面受其侷限，一方面卻又獲得對話空間與契機，方令它迄今仍未走到終點，而是在前進的路途中不斷地在不同的端點間擺盪。

穿越子類型的出現從而是一個例證，可以視作當代女性對言情小說主流性別意識形態進行突圍的嘗試：在言情小說其他的許多子類型之中，女性仍然沒有伸展手腳的舞台[55]，「穿越時空」這個題材的出現，便至少令當代女性找到一個可以晉升優勢位置的世界。這未必直接扣連或提供當代女性對現實困境正面突圍的力量，卻明白地呈現一個事實，即使在看似收編力道十分強悍的大眾文化場域中，仍然可以看見不同的思維在其中的衝撞、拉扯與交流，令其展現出複雜內涵與意識形態辯證。它並非單純的遭受一言堂霸權所主導，也不是非黑即白的二元對立，而是不斷的對話。延伸至現實社會層面上來說，本土言情小說尚且能夠體現出多元思維與眾聲喧嘩，便可知道當代現實社會中仍存在著改變能量的伏流，並非完全不容鬆動與挑戰。

---

[55] 一個例外的子類型是「女扮男裝」，女扮男裝子類型的故事背景經常是古代／前現代，亦即女子無法進入公領域的時空，女主角們幾乎皆以男裝獲得較高的社經地位，考取功名位居堂廟重臣、進入軍隊獲得戰功，或者行走江湖名聲顯赫，與穿越小說同樣迂迴地發出女性渴求自我實現之舞台的聲音。唯女扮男裝子類型議題龐大，非本書結構下所能處理，故謹此提出，不擬討論。

本章經由本土言情小說子類型「穿越小說」，一窺台灣當代女性如何回應、又回應了什麼當代社會中存在的性別文化政治議題。對於穿越小說文本的檢視，令我們意識到當代台灣女性無論自覺或不自覺，皆感知到當代性別權力關係的不平等。言情小說中女主角們穿越時空後一展長才、自我實現所帶給女性讀者的閱讀愉悅，可能正是穿越時空題材歷久彌新的關鍵，其中所寄託的烏托邦想像，尤其展現在時空轉換後女主角權力位階的上升。據此而言，「穿越時空」此一超現實事件所提供的，實是令女性獲得改變權力位置的契機和空間，而透過古今時空的交會與碰撞，亦展現出對於前現代傳統性別思維的反省——有趣的是，這些對於前現代傳統性別思維的反省，往往在現代仍然通用，揭破當代社會在性別觀點上仍然十分「前現代」的真相[56]。

　　然而，「穿越時空」作為一種流行的題材，我們也在十數年來的穿越小說作品中發現，有些女主角們即使擁有現代性為其展現特殊之處的利器，卻流於吸引男主角們最初的青睞所用，她們被另眼

---

[56] 本章主要聚焦於典型「現代女主角V.S古代男主角」的穿越小說以進行論述，其實相對少數的古代女主角穿越到現代之「古代女主角V.S現代男主角」模式的作品，也展現出同樣的性別權力反思，譬如席絹《喜言是非》女主角范喜言即以唐代女人的目光來欣賞在當代台灣審美標準中會被歸類為「胖子」的男主角楊敦日，並肯定自己唐代美人的豐腴身材，正是對當代「瘦即美」病態審美觀點的批判；冷玥《欲加之罪》借女配角邱逸萍之口對來自唐朝的女主角梅映雪「諄諄教誨」，直接批判台灣當代女子在為人妻、人母、人媳的既有認知上，仍然存有許多傳統的性別迷思。詳見席絹，《喜言是非》（台北：萬盛，二〇〇二）；冷玥，《欲加之罪》（台北：萬盛，二〇〇二）。

相看，只因她們乃是來自異界的特殊珍玩，並無力真正改變／翻轉性別權力位置，再度為既有的性別意識形態所收編，令人意外察覺，穿越小說中女性透過曲折手段才能獲得平等的地位，竟可以輕易遭到取消與瓦解。不致令人失望的是，正因為穿越時空題材類型出現大量這種流於膚淺的書寫，才又促使懷抱實驗精神與抗拒收編態度的創作者不斷出現，進行改寫。就此而言，本土言情小說的子類型穿越小說，確實是一個斷面，經過檢視與耙梳，乃向我們展現出台灣大眾小說場域中女性意識在建構上的變化與受限情形，同時更使我們意識到，言情小說正是在這種收編與抗拒收編的過程中，形構出內部豐沛的對話狀態，成為一個台灣當代女性在辯證與建構主體性上的可能管道。

第四章

情色化浪潮中
情慾與權力的辯證

第三章以穿越小說為討論對象，著眼本土言情小說的子類型發展如何展現文類內部的自我對話，以及它如何因應外部社會結構變化而不斷產生自我改寫的契機，從而呈現當代女性對性別權力的思考與回應。承接上述的討論，本章首先試圖透過本土言情小說頗富爭議的「情色化浪潮」以及當時的小說文本，檢視日後形成言情小說子類型的情慾小說，發展期間如何呈現當代女性的愛情想像已包括情慾在內的事實，而言情小說與當代社會之間又存在著什麼樣的女性情慾與性別權力的辯證。

　　廣義的言情小說經常碰觸到台灣社會「色情」議題的敏感神經。一九五三年頒布的《台灣省戒嚴期間新聞紙雜誌圖書管制辦法》及一九六〇年改制的《台灣地區戒嚴時期出版物管制辦法》，此類管制各類出版品發行的法令，直到戒嚴時期晚期仍將言情小說置於查禁之列[1]，原因是將其視同為色情書刊。就此而言，言情小說不時觸動社會的色情敏感神經，可說有其歷史淵源，久之形成社會的潛規則。當廣義的台灣言情小說從六〇年代的瓊瑤小說開始蓬勃發展，女性讀者更因而成為可見的族群，其中尤以青少女對言情小說的閱讀行為最明顯「為人詬病」，而言情小說在校園中則是師長公開禁止、學生私下流傳的課外讀物。

---

[1] 從一九七〇年代的新聞即可看出廣義的言情小說仍然被視同為色情書刊，並因此遭到查緝。詳見梅瓊安，〈色情書刊改頭換面　當作言情小說出售〉，《聯合報》，一九七七年三月十日，第六版；民生報，〈色情書刊防不勝防〉，一九七八年九月二十一日，第五版。

本土言情小說產業在九〇年代明確成形以後，遭禁止攜入校園的廣義言情小說日漸由本土言情小說取代，沒有改變的是青少女仍然不被公開允許閱讀言情小說。青少女閱讀言情小說的讀者研究，不但是許多學位論文的討論主題，也不約而同地關注青少女讀者如何看待言情小說中的情慾書寫[2]，顯示言情小說中的「色情」議題往往被置放於公共場域檢視與批評。台灣戒嚴時期乃至網際網路未普及以前，主流傳媒明確掌握話語權，言情小說產業尤其讀者無從發聲，然而，二〇〇一年中華民國出版品評議基金會主動抽查並抨擊言情小說為色情小說，爭議性引發軒然大波。其時本土言情小說遭批評為「黃潮氾濫」，隨後各方人士加入論爭，形成一場眾聲喧嘩的「情色化浪潮論戰」。

　　本章以二十一世紀初的這場「情色化浪潮論戰」為起點，梳理言情小說情色化浪潮的產生原因及內涵，藉此對「情色化浪潮」進行操作型的定義，並以情色化浪潮現象的出現與消退，討論「情

---

[2]　相較於其他大眾文類的讀者研究，言情小說的讀者研究幾乎都以青少女為研究對象。譬如溫子欣，〈青少女學生閱讀愛情小說之研究：以兩班高職女學生讀者為例〉（台北：國立台灣師範大學教育研究所碩士論文，二〇〇二）；周代玲，〈愛情的海市蜃樓——羅曼史小說對國中女學生影響之研究〉（台北：國立政治大學學校行政碩士班碩士論文，二〇〇四）；張凱育，〈青少女閱讀羅曼史小說之研究—以台中市三位高中女學生為例〉（台北：國立台灣大學國家發展研究所碩士論文，二〇〇五）；陳榮英，〈高校女學生閱讀羅曼史小說之性／別學習經驗之探究〉（高雄：樹德科技大學人類性學研究所碩士論文，二〇〇九）。

色化浪潮」在常民論述[3]與學術論述中出現的色情／情色辯證，如何呈現當代台灣關於女性情慾自主與性別權力的對話？其次聚焦文本，一探情色化浪潮小說中的情慾話語，分析其中究竟展現了什麼樣的性別意識形態？從這兩個問題出發，本章節最重要的課題將是檢視本土言情小說中的女性情慾展演，思考女性讀者如何透過情慾／身體的自我正視與摸索，從而在肯定情慾自主的同時建立女性主體意識。最後，當我們以為言情小說的情慾書寫是具備正向能量的時候，大眾小說的文化工業特質如何以主流意識形態收編，令其持續鞏固性別刻板印象，而「色情」又如何可能帶來危害，也將是本章需要面對的議題。

---

[3] 此處「常民」一語指涉一個社會的公民乃至普羅大眾，這個詞彙較常見於社會學研究，如林芳玫以A片為材料進行色情研究，梳理來自學院及一般社會的論點時，分別稱為學術論述及常民論述，筆者在此處為便於論述，亦借用此一詞彙，將相對於學術界的一般社會公民觀點與發言稱為「常民論述」。關於林芳玫對色情的討論，詳見林芳玫，《色情研究》（台北：台灣商務，二〇〇六）。

第一節　台灣女性情慾的檯面化

　　本土言情小說約莫在九〇年代末期出現情慾小說／情色小說子類型，相較穿越小說子類型散見各出版社的不同書系，情慾小說子類型明確以獨立書系的形式上市，尤其突顯言情小說產業對「情色書系」商機的肯定與競逐。以希代書版集團兩個子公司為例，龍吟出版社在一九九八年十二月設立「紅唇情話」書系，上崎國際（後更名為夢工場）出版社在一九九九年十二月設立「麻辣SHOP」書系，很早就意識到當代女性讀者對此類作品的需求。而後希代書版集團亦數度設立新的情色書系，成為二十一世紀初期情色書系具代表性的出版社之一。

　　以情色書系來觀察情慾小說子類型的發展，關鍵年度當屬二〇〇〇年。這一年，可視作市場風向球的禾馬文化事業公司，其子公司禾揚出版社成立「水叮噹」書系；核心出版集團子公司毅霖出版社成立「貪歡」書系；一九九八年出道並以描寫情色風格迅速成名的「情色天后」鄭媛，也在同年登記成立松菓屋出版社，其主力書系「純愛」的扛鼎作家仍為鄭媛。儘管二〇〇〇年以後仍陸續有出版社投入，但日後擁有較著名情色書系的出版社，都在此時展現他們捕捉市場風向的靈敏精準度。當情色書系開始攻佔市場，帶來明顯商機之際，連帶促使許多出版社未標註限制級的一般書系也進行情慾書寫的嘗試，奠下「情色化浪潮論戰」的主要近因。

二〇〇一年春天，台灣本土言情小說產業明確成形以後首度遭到以「色情」為指陳的社會全面抨擊。中華民國出版品評議基金會及立法委員組成的批評陣線，直指具有露骨性愛描寫的言情小說實為「色情小說」、「黃色小說」[4]，正式引發以言情小說情色化浪潮現象為主的論戰[5]。論戰的產生，必定一個巴掌打不響，兩股以上勢均力敵的聲音與力量，正方與反方迥異意見的一來一往，方能促成一個被拋出的議題終於形成論戰。確實，這場論戰的參與者包括中華民國出版品評議基金會、立法委員、出版業者、小說創作者、讀者乃至法律、社會學甚至心理衛生領域的學者專家，當中有批評者，有維護者，亦有立場中立者。論戰的零星火苗不斷，主要集中於二〇〇一年三月份。論戰中對立方的炮火猛烈顯然出乎保守批評陣線的意料，最初抨擊言情小說「黃潮」化的立法委員李慶安，一週內便發表新聞稿表示「言情小說並非盡為黃色小說」[6]。

　　時隔三年，二〇〇四年底出現以言情小說創作者為主要成員的連署書「言情小說　文字工作者聯合聲明」[7]，聲明旨在抗議保守

---

[4]　黃福其，〈性愛露骨　言情小說逾九成真色情〉，《聯合晚報》，二〇〇一年三月七日，第四版。

[5]　此場情色化浪潮論戰的文章尚無專書與學術論文整理，僅有「黃色言情小說專題」網頁整理部分論點。請參見：http://intermargins.net/Forum/2001%20Jan-June/Erotic%20Romance%20Novels/index.htm，瀏覽日期：二〇一四年四月十日。

[6]　李慶安，〈書刊分級制度　刻不容緩〉，《聯合報》，二〇〇一年三月十二日，第十五版。

[7]　此為網路連署聲明，起草書可窺見言情小說工作者的自我定位與期許，同

團體出自敵意而假借圖書分級制度將言情小說編派入色情圖書之列，無視女性讀者追求情慾自主以及閱讀自由的權利。這個事件一方面呈現社會對言情小說內容如何書寫的關注，另一方面展現言情小說作家陣營的自我檢視與身份宣示。二〇〇五年部分言情小說創作者與「反對假分級制度聯盟」站同一陣線向新聞局等政府單位抗爭則是後話，但就社會輿論現象而言，此後言情小說漸少「色情小說」之批評。

　　相較於抨擊情色化浪潮為青少女與年輕女性帶來色情危害的批評陣線，論戰中的維護者未必完全贊同性愛場景描寫過於露骨與篇幅過鉅的作品，卻不反對言情小說中出現性愛細節的描寫，並且認同這正是女性情慾自主的彰顯以及其對女性掌握自身性權與身體的肯定。言情小說情色化浪潮帶來常民論述中對女性讀物「色情」與「情色」的辯證，突顯出情慾自主與性別權力之間的關聯。就此而言，情色化浪潮論戰為世人揭示的，並不是純粹回答女性「可否」閱讀情色讀物的問題，而是女性「如何」閱讀情色讀物。也是因此，進入文本分析之前，首先需著眼情色化浪潮現象與論戰，探討論戰的表徵與本質，用以觀察當代社會如何看待與回應女性對情慾話語權的追求，而當代女性又如何與之對話。

時對社會批評聲浪表達了堅定書寫實踐的態度。請參見李葳，〈言情小說文字工作者聯合聲明〉，（來源：http://anti-censorship.twfriend.org/liwei.htm，瀏覽日期：二〇一四年四月十日）。

一、情色化浪潮與論戰的緣起

本章節以情色化浪潮作為主要論述核心，理應釐清言情小說的「情色化浪潮」起於何時，如何定義。本土言情小說迄今仍無明確詳實的圖書分級制度，可確定的是一九九八年起始，各家出版社即已投入心力打造各自的「情色書系」。這些「情色書系」早期未必確實地全面標註「限制級」，卻展現明顯的情慾書寫傾向，小說封面有時會標註「限」或「十八禁」字樣，或者出版後黏貼「限」字貼紙，不過事實上，出版社不需要加註說明，僅透過出版品的版型設計、書系名稱以及書名的風格，讀者憑藉閱讀經驗即可分辨「哪些是比較色的書系」，並選擇消費或不消費。

這一波限制級情色書系浪潮湧現的時候，許多出版社選擇跟進，並採取保留原有主力書系、另將「情色書系」獨立出來的策略，頗有區隔風格與路線的用意[8]，然而如同前述，在刻意打造的「情色書系」誕生並風行之際，情慾書寫的浪潮顯然波及了整個言情小說市場。根據筆者長期的網路觀察及實際閱讀經驗，一九九五

---

[8] 如禾馬文化事業公司以子公司禾揚出版社打造「水叮噹」書系，與禾馬出版社原有的主力書系「珍愛」在版型上有極大差異：珍愛的主要識別顏色展現於書脊，依序以紅色標示書系名稱、綠色標示書號、白色標示書名及作者名、黃色標示出版社，並採用言情小說市場最常見的尺寸大小二十一公分X十三公分，而水叮噹則以橘色做為書脊主色調，尺寸為十八點五公分X十一點五公分，充分提供辨識性。

年前後，一般書系如當時言情小說主流出版社希代「龍吟藝文」、禾馬「珍愛」、新月「浪漫情懷」等出版品，稍有床戲或肢體接觸的描寫就會被認知為有點「色」，兩、三年時間卻發展至巔峰期，一九九八年底各出版社陸續成立限制級情色書系，上述一般書系亦開始出現具有一定比例情色描寫的作品。

先行研究者許秀珮亦很早關注到本土言情小說的「情色轉向」，其留意到的關鍵時間點同樣是一九九八年：

> 台灣羅曼史小說（筆者按：即筆者所稱「台灣本土言情小說」）的情色轉向實屬近三年的現象。在此之前，本土羅曼史和翻譯羅曼史的最大差異之一，便是對於性愛的寫作尺度不同──本土羅曼史對書中男女主角之間的性描寫甚少，常是一筆帶過，而翻譯羅曼史則對男女主角之間的性吸引力十分強調，讓讀者擁有情慾想像空間。但是這樣的差異現已不存在：從一九九八年起，本土羅曼史開始詳實描寫男女主角的性關係，甚至連性交過程都要鉅細靡遺的描寫；網路上的讀者稱之為「黃潮」，以諷刺本土羅曼史的情色轉向。[9]

許秀珮觀察「情色轉向」，認為情色風潮肇因於多位言情小說作家如鄭媛、夙雲、蓮花席、淡霞集中在此時書寫「更多、更詳細

---

[9] 許秀珮，〈羅曼史小說：女人寫給女人的書〉（新竹：國立清華大學社會學研究所碩士論文，二〇〇二），頁八一。

的性愛交歡場景」[10]。這個考察一定程度地說明在限制級書系形成以前，本土言情小說的一般書系如何醞釀出情慾書寫的風潮，最終促成限制級書系的誕生。然而，林秀珮所稱的幾位作家儘管一九九八年確實出版了性愛描寫較為明確的作品，卻仍屬零星少數，真正帶動「情色化浪潮」爆發的，毋寧還是限制級情色書系的設立。

（表二：本土言情小說限制級情色書系統計表）

出版社名稱	書系名稱	出版編號起訖	出版時間	出版數量	備註
禾馬集團	水叮噹	T0001-T1015	2000-2010	1015	
禾馬集團	紅櫻桃	RC0001-RC0730	2004-2010	730	
希代集團	紅唇情話	RM001-RM462	1998-2004	462	
希代集團	麻辣SHOP	001-120	1999-2002	120	
希代集團	想愛	LC001-LC137	1999-2002	137	
希代集團	親親物語	LE001-LE086	1999-2001	86	
希代集團	蜜桃GIRL	1-141	2000-2003	141	
希代集團	龍吟PINK	LL001-LL180	2000-2001	180	
希代集團	咪咪	MI001-MI044	2000-2001	44	
希代集團	銀子家族	MF001-MF132	2001-2003	132	
希代集團	花嫁	LH001-LH114	2001-2002	114	
希代集團	紅唇情	RL001-RL043	2004-2004	43	
核心集團	貪歡	1-507	2000-2005	507	
核心集團	貪歡限情	TA001-TA355	2001-2004	355	

---

[10] 許秀珮，〈羅曼史小說：女人寫給女人的書〉，頁八二。

核心集團	棉花糖	TA356-TA681	2004-2008	326	接續「貪歡限情」書系編碼
喵喵屋工作坊	臉紅紅	001-326	2007-2010	326	
總計16個書系		合共4718本			

（資料來源：筆者整理）

　　表二列舉本土言情小說九〇年代以降至二〇一〇年間設立的限制級情色書系，可以明確看出限制級書系集中在一九九八年至二〇〇一年間出現，其中二〇〇四年進入市場的僅有三個限制級書系即「紅唇情」、「紅櫻桃」及「棉花糖」，而實際上「棉花糖」是接續原有書系「貪歡限情」而來。至於二〇〇四年以後，全新設立的限制級書系更僅餘喵喵屋工作坊旗下藍襪子出版社二〇〇七年起規劃的「臉紅紅」書系。參考筆者整理二〇〇〇年至二〇一〇年的出書統計表（參見附錄一），本土言情小說產業在此十年間合共並存的九〇個書系，其中便存在上述十六個限制級書系，比例達百分之十七點七八，且是密集出現於一九九八年到二〇〇一年四年間，顯示限制級書系確實呈現一個趨勢，湧現於二十一世紀初期前後，令人不得不留意它對本土言情小說產業所造成的影響——事實上，與限制級書系同時發展的，正是在一般書系中掀起的情色化浪潮，它們並未由出版社刻意規畫或獨立為限制級書系，卻有為數不少的作品出現露骨的情色描寫。

　　據此而言，誠然「情色化浪潮」時間點無法真正以時限劃分，

仍可參考言情小說發展過程的關鍵事件，對其進行操作型的定義：
一九九八年限制級情色書系的出現突顯商業考量及閱讀需求，二
〇〇四年「言情小說　文字工作者聯合聲明」的發表顯示言情小說
界的自清與檢討，這期間言情小說的情慾書寫從淺嘗輒止到無法自
制，最終開始自我反省，成為一個比較明確的時間範疇。作品部
份，則排除標舉火辣、情慾走向的限制級情色書系，因其行銷設定
原本即偏限制級取向，而是聚焦於具有性愛細節描寫的一般書系作
品作為討論對象，以期能夠觀察整體言情小說情色化浪潮的消長。
綜合而言，筆者將一九九八年到二〇〇四年間文中具有明顯性愛敘
述的一般書系言情小說定義為「情色化浪潮」小說。

　　事實上，以「台灣本土言情小說」為主題的學術論述，經常觸
及言情小說的「情色化浪潮」現象，差別在刻意著墨或者毫無自
覺，前文曾提及的言情小說讀者研究如是，偏重文本分析與文化研
究者亦如是。如賴育琴雖未對言情小說的情慾書寫進行分析，卻直
言「隨著社會的整體開放，言情小說之中日漸辛辣的情慾描寫，在
商業利益的考量之下成為一種必然的趨向。」[11]，顯示這個現象已
經受到關注，而許秀珮的學位論文以一個獨立章節「情色轉向風潮
與爭議」為文探討[12]，尤其可見一斑。然而，言情小說的情色化浪
潮卻罕見深化為一個嚴肅的學術議題。以一個獨立章節來討論「情

---

[11] 賴育琴，〈台灣九〇年代言情小說研究〉（台北：淡江大學中國文學系碩
士班碩士論文，二〇〇一），頁七四。
[12] 許秀珮，〈羅曼史小說：女人寫給女人的書〉，頁七九～九八。

色轉向」的許秀珮，因其學位論文完成於二〇〇二年，無法觀照到筆者所稱「情色化浪潮」整體的後續發展，無從察覺這場「情色化浪潮論戰」為台灣當代女性帶來契機，促使「女性情慾」在進入二十一世紀之際，提升到檯面上談論，也未能發現情色化浪潮論戰本身蘊藏的議題能量。

　　情色化浪潮的產生，必須回顧台灣本土言情小說的形成脈絡，才能一窺究竟。如同本書第二章所梳理的本土言情小說發展過程，此文類的雛型主要肇因兩個文學血脈：一是來自一九六〇年代以降的瓊瑤及同期與後進作家，如玄小佛、岑凱倫、亦舒等女性作家創作的愛情小說，一是一九八〇年代引進、而後因版權問題於九〇年代初大幅減少進口的西洋羅曼史，二者的混血方令「台灣本土言情小說」生成。而外部社會結構是最重要的助力之一，隨著政治解嚴帶來的眾聲喧嘩，以及資本主義消費市場的成形，九〇年代中期台灣本土言情小說出版社紛紛成立，達到台灣創作者書寫給台灣讀者閱讀的境地，「台灣本土言情小說」作為一個大眾文學獨立文類，才算是完備成熟。

　　情色化浪潮的產生，與上述的文脈發展亦有深刻關聯。瓊瑤一類言情小說風靡市場時，即為言情小說奠基一個女性創作、女性閱讀的文類特色，而後本土言情小說的性別化產業特色明顯受其影響，更進一步說，尤其本土言情小說的作者與讀者之間經常有身份位移的情形時——許多「作者」同時擁有「讀者」的身分，當她以「讀者」身分對市面上所見作品產生疑義時，往往有機會以「作

者」身分回應與反饋——本土言情小說產業由此為台灣女性搭建一個平台，使女性之間透過言情小說的書寫與閱讀，得以針對愛情觀、情慾觀乃至事業觀等性別議題，在自覺與不自覺間進行對話。

　　而西洋羅曼史的影響，同樣因為這樣的產業特色而得到深化。如同上述提及本土言情小說讀者到作者普遍可見的位移，其實這個文類在八〇年代末期、九〇年代初期發展之初的言情小說作者與讀者，也進行相似的身分位移，但她們是從「西洋羅曼史讀者」轉換為「本土言情小說作者」。也就是說，一九九八年情色化浪潮端倪初現之時，正在市場上進行創作與閱讀的女性，必然或多或少接受西洋羅曼史作品中明顯的情慾書寫的洗禮，而當這些昔日的西洋羅曼史讀者轉向為台灣本土言情小說創作者與讀者時，過去閱讀文本中的情慾書寫發揮了堆肥般的作用，在九〇年代末期開花結果，使本土言情小說中的性愛場景與細節描繪都不再只停留於「省略性交過程」與「抽象唯美的印象派書寫」[13]。

　　另一方面，被視為文壇正統的「嚴肅文學」／「純文學」也出現值得觀照的發展。王德威聚焦九〇年代中文小說，表示「如今海峽兩岸作家競寫狎情孽愛，與其說是空前之舉，倒不如說是『終於』填補了五四以來的一大空檔」[14]，點出九〇年代台灣的正統文

---

[13] 許秀珮分析本土言情小說在情色化浪潮以前的性行為描寫，「一是省略性交過程（直接關上電燈，然後場景就跳到次晨）、一是採取抽象、唯美的印象派書寫，只交代性交過程中的感受，而不對性交動作進行鉅細靡遺的描述。」詳見許秀珮，〈羅曼史小說：女人寫給女人的書〉，頁八三。
[14] 王德威，〈說來那話兒也長——鳥瞰當代情色小說〉，《如何現代，怎樣

學殿堂確實也掀起一股情慾寫作風潮。事實上，無論是為學院機制所典律化的純文學，抑或者是通俗暢銷的大眾文學，文學本身從來未曾自外於當代社會結構。若細究九〇年代台灣社會如何看待「女性情慾」這個議題，一九九五年台灣大學女性研究社在女生宿舍規劃A片影展卻引起社會爭議的事件，便足以窺見端倪。

羅燦英曾以台大女研社的A片影展為主題，探討性別規範中的意識形態爭霸（hegemonic process）情形[15]，不但顯示這個事件一定程度地為「女性情慾」提升能見度，也呈現當時社會常民論述及學術論述對女性情慾的思考與辯證。與之同年，林芳玫為文檢視男性觀眾如何觀看／解讀A片，訪談男性觀眾時特別詢問對於「女研社看A片」的觀感[16]，也展現對當代男性如何面對與思索「女性情慾」的關注。「女性能否公開觀看A片」的拋問，真正拋擲而出的問題毋寧是「女性能否公開展示自我情慾的追求」。就此而言，本土言情小說在二〇〇一年正式引爆的情色化浪潮論戰，可說在「女研社看A片」的爭議中便埋下了伏筆。二者共同顯示的是九〇年代以降，當代女性早已開始（自覺或不自覺地）嘗試透過閱讀／觀看的行動實踐，爭取或探索為自己情慾自主發聲的機會，而主要的差

文學？》（台北：麥田，二〇〇七），頁二五二。

[15] 羅燦煐，〈性（別）規範的論述抗爭：A片事件的新聞論述分析〉，《臺灣社會研究》，第二十五期（一九九七年三月），頁一九一～二三九。

[16] 林芳玫，〈A片與男性觀眾解讀〉，《色情研究》（台北：台灣商務，二〇〇六），頁一二三～一五八。論文原宣讀於一九九七年六月第一屆中華傳播學會研討會，後收錄於專書《色情研究》第五章。

異在女研社推動A片影展更接近社會性運動，言情小說的情色化浪潮則讓這個情慾閱讀實踐真正進入女性的日常生活。

誠然，若要回溯當代關於女性情慾的社會運動，一九九四年何春蕤早已透過「豪爽女人」論述宣示與呼籲當代女性的性解放。她指出性別歧視的社會中兩性的不平等權力模式不僅展現於政治、法律、經濟、教育、就業、家庭分工等層面，而是同時滲透於人格、心理甚至情慾快感模式：

> 一旦認清這個根深柢固、貫穿人生層面的不平等權力關係，我們立刻便可以明白女性情慾解放運動所蘊涵的攪擾力量。你想，要是女人開始主動要求，開始肯定自己的情慾和身體感覺，開始發展以女性主體為本位的快感模式或情慾資源，這對一向主導情慾活動的男性而言，必然會構成或多或少的困擾。[17]

如同何春蕤指出女性追求情慾自主時可能「困擾」到原來掌握與主導情慾活動的男性——儘管從一些過於激烈的反應來看，「困擾」一詞或許不夠貼切——女研社A片影展與情色化浪潮引發爭議的本質亦十分相似，她們同樣在探索與追求情慾自主權的過程中，彷彿是直擣其鋒般地與當代社會父權中心的情慾霸權論述產生衝

---

[17] 何春蕤，《豪爽女人》（台北：皇冠，一九九四），頁一九八。

突。在父權社會的主流情慾論述中，女性公然宣稱與展示情慾需求（觀看A片與閱讀情色讀物）顯然是不合宜的，否則她們不會遭遇到許多批評，然而在此同時也有許多女性回應並抨擊了這些指陳，並拋出己方的質疑：為什麼它們是不能夠閱讀的？閱讀它們會造成什麼樣的危害？而在雙方相互質疑並從中對話之間，「女性情慾」日漸從隱晦不明的位置一步步走上台前。

更進一步說，儘管在父權中心家父長制社會裡，「女性情慾」很長一段時間以來皆處於隱藏、壓抑，並且是必須銷聲匿跡的情境中，但當代女性也始終存有鬆動與迴避限制的思想與方法。譬如言情小說一直以來都是禁止攜入校園的讀物，許多女中學生照樣不惜違反校規或冒著遭到沒收的風險，在師長們未能留意時於上課中閱讀，以及私下交換分享。溫子欣對中學女生讀者的訪談研究便顯示，參與研究的女同學們，普遍意識到社會對男女生接觸「具色情爭議的文本」時的雙重標準，對此女同學們產生不平心理與排拒感，無法接受也沒有接受名為「保護」的管制，最後她們仍然閱讀這些作品[18]。又譬如情色化浪潮的出現，說明時代流轉，「女性情慾」終究不受管制所限，有朝一日現身／聲於人前。

綜合而論，本土言情小說是以資本主義思維運作生產的大眾小說文類，確實顯露出作為大眾文學的「時效性」特色，快速產銷的同時亦迅速反映當代社會的現象與思潮。鄭明娳檢視當代通俗

---

[18] 溫子欣，〈青少女學生閱讀愛情小說之研究：以兩班高職女學生讀者為例〉，頁七六～八一。

文學[19]時曾指出，通俗文學較純文學重視題材與內容的流行趨勢，「男女主角的典型，為了適應不同時代成長的青少年讀者群而不斷變化；反過來看，也可以說不同年代成長的讀者群，參與了選擇特定時空中的愛情小說框架。」[20]也就是說，本土言情小說的「情色化浪潮」在九〇年代末期應運而生，正是女性讀者對此題材有所需求的表態。隨後出現的論戰，則不啻是豪爽女人性解放以及女研社A片影展爭議的延續，突顯當代社會對「女性情慾」仍存有的性別意識形態角力狀態，然而一個明確的事實是，論戰爆發以前，言情小說中的女性情慾展演早已暗濤洶湧，蓄勢待發。

二、情色化浪潮論戰的表徵與本質

　　二〇〇一年春天引爆的情色化浪潮論戰，主要肇因中華民國出版品評議基金會的主動市場抽查，並在新聞稿中公佈數據，表示抽

---

[19] 鄭明娳以「通俗文學」稱之，但若觀看其「當代通俗文學的定義」，則會發現她將「當代通俗文學」與「民間文學」區分開來，直指「當代通俗文學與古代民間文學有本質上的不同」，而關鍵在於工商社會的介入。詳見鄭明娳，《通俗文學》（台北：揚智，一九九三），頁二二～二九。從此判斷，這裡所謂的通俗文學並非指涉具有庶民性格的Popular Culture中的一個文類，而是指資本主義文化工業介入的mass culture中的文類，而後者即筆者所謂的大眾文學。關於popular culture與mass culture的分野，筆者第一章已曾提及，此論點主要參考自約翰・菲斯克（John Fiske）著，陳正國譯，《瞭解庶民文化》（台北：萬象圖書，一九九三）。

[20] 鄭明娳，《通俗文學》，頁三五。

查圖書一百二十本中約有一百一十本小說內容充斥「十分聳動、露骨的性愛描述」[21]。中華民國出版品評議基金會執行長許文彬亦隨後表示：「坊間言情小說性氾濫日益嚴重，時值今日三八婦女節，這些貶低婦女身分、地位的言情小說，不單罔顧整個社會的道德責任，更是對女權運動大大的諷刺」，並將小說內容直接引導到「女人在這類言情小說中，通常是被奴役的一方，甚至是被強迫的性工具，但她們絕對不會反抗，逆來順受、甘之如飴，為的只是討男人歡心」，最後許文彬以出版品評議基金會執行長的身分，為言情小說這波情色化浪潮下了評斷：

> 出版法廢除係在憲法保障人民有出版自由的精神下行之，原意十分良好，惜不肖商人唯利是圖，不但沒有做好圖書分級的把關責任，反而縱容、利誘躲在筆名之後的作者，大量以極其煽情的文字，不堪入目的性愛情節作為書刊「賣點」，嚴重污染青少年身心健康發展，不肖書商出賣良心，只為求個人荷包飽滿，這種利慾薰心的自私行徑應該受到全體民眾監督。[22]

---

[21] 黃福其，〈性愛露骨　言情小說逾九成真色情〉，《聯合晚報》，二〇〇一年三月七日，第四版。
[22] 許文彬，〈假言情　真色情〉，《聯合晚報》，二〇〇一年三月八日，第二版。

整體而言，許文彬主要站在圖書分級制度的立場上，對無法管制的圖書出版情形表示憂心，並呼籲全民監督。也在同時，許文彬將「性氾濫」現象扣連到女權的倒退，顯示他並不是沒有意識到言情小說的情色化浪潮如何影響台灣當代社會的性別權力思考。然而，許文彬著重「性氾濫」現象引起的女權與女性地位倒退的道德責任，並未關心讀物同樣可能協助女性讀者對於自我情慾的探索與肯定，顯示除卻出版品評議基金會執行長的身分，許文彬更明顯的發言立場是父權／男性中心的。當他痛責此類圖書「嚴重污染青少年身心健康發展」時，更儼然將讀者一概視為需要被指導、盲從流行現象的年幼無知者，然而，本土言情小說市場中同樣存在許多成年、有判斷力的讀者——儘管她們未必能夠逃脫文本中的父權結構收編，但她們選擇消費時的判斷力也絕無被斷然抹煞的道理。

　　以中華民國出版品評議基金會為首的批評陣線，亦有立法委員李慶安加入戰局。李慶安在立法院質詢時表示「這些色情小說的文字描述太過露骨、詳細、挑逗，而且很多亂倫、性虐待、下藥、勾引男人技巧、性玩物，甚至在小孩面前做性愛等荒唐的情節，內容可說集色情、暴力、性變態之大成」，而當時接受質詢的教育部長曾志朗亦認同，閱讀李慶安所提供的三本言情小說片段，確實感受到作品中「露骨地充滿色情、暴力及性別歧視」。[23]當時具指標性的新學友連鎖書局，也在兩日內決定將言情小說全面下架，並以

---

[23]　張錦弘，〈李慶安：色情小說汙染女學生〉，《聯合報》，二〇〇一年三月八日，第六版。

「採購人員並不了解言情小說竟是如此內容」為由撇清關係。[24]

　　從批評陣線的發言來看，情色化浪潮顯示的是讀者品味低下，出版社為牟利罔顧社會責任、小說內容色情粗糙不堪卒睹，帶壞整體社會風氣。畢竟，中華民國出版品評議基金會抽查一二五本言情小說，共一○四本為限制級，七本超限制級，比例確實是高達百分之八十八點八的駭人數據。然而，果真如此嗎？實際觀看中華民國出版品評議基金會提供的抽查結果，以及立委李慶安的舉證，都可發現明顯的瑕疵。

（表三：中華民國出版品評議基金會所公佈之抽樣出版社及書籍數）[25]

出版社名稱	抽樣書數	普級	限制級	超限制級
上崎	3	2	1	0
禾馬	10	2	8	0
禾揚	10	1	7	0
果樹	3	0	3	0
狗屋	10	1	9	0
映象	6	0	5	1
飛象	5	1	4	0
耕林	20	2	16	2
毅霖	20	1	17	2
萬盛	3	0	3	0

---

[24] 黃福其，〈言情小說變色　新學友趕它下架〉，《聯合晚報》，二○○一年三月八日，第四版。

[25] 此表格資料來源為聯合晚報，整理者為許秀珮。詳見許秀珮，〈羅曼史小說：女人寫給女人的書〉，頁七九。其中「毅霖」出版社許秀珮誤植為「毅林」，筆者在此處更正。表格中灰色底色者為筆者強調焦點所加。

龍吟	20	3	17	0
邀月	10	1	9	0
新月	5	1	4	0
總計	125	14	104	7

（資料來源：聯合晚報二○○一年三月八日。）

　　從出版社的樣本總數十三家來看，被抽查書數最多與最少的出版社各有三家，分別各佔抽查出版社樣本總數的百分之二十三，然而，同佔出版社樣品總數百分之二十三的出版社，當中最少者被抽查三本，最多者抽查二十本，二者懸殊的一比六點六的比例值得存疑。中華民國出版品評議基金會並未說明圖書抽查的採樣標準，然而，樣本的分布情形顯然存在需要質疑的問題。圖書抽查前一年的出版社出書量排行，最高者是「禾馬＋禾揚」佔市場比例百分之十八點八七（基金會抽樣書數共二十本），「耕林＋毅霖」以百分之八點三七僅位居第七名（抽樣書數共四十本），中華民國出版品評議基金會抽樣數極低的萬盛，出版量也勝過被抽查合共四十本的「耕林＋毅霖」，佔市場比例百分之十二點二六，居第六名（抽樣書數三本）。[26]檢視上述統計數據，若非抽樣調查者無意中犯下的嚴重謬誤，那麼將只能解釋為調查者透過統計學刻意行使的統計陷阱，而目的正是在製造「言情小說逾九成真色情」的假象。

---

[26] 二○○○年出版社出書量排行的數據來源為許秀珮統計製作的「二○○○年出版社出書量排行榜」。詳見許秀珮，〈羅曼史小說：女人寫給女人的書〉，頁五。

此外，即使在圖書分級制度尚未具有法律強制力以要求分級、而出版社未必會在封面上加註「限制級」字樣時，言情小說讀者經常能夠憑藉經驗分辨何者為情色書系，這同時意味著情色書系有高度辨識度，對一般未接觸的讀者而言，若刻意試圖進行辨別，也並不困難。在這種情況下，我們應該如何面對與思考以下的事實呢？該基金會抽樣書數達二十本的三間出版社耕林、毅霖（二者皆為核心出版集團旗下公司）及龍吟，都擁有當時相當著名的情色書系如「貪歡」、「貪歡限情」（毅霖）、「紅唇情話」、「紅唇情」（龍吟）[27]；至於只抽樣書數僅三本或五本的，則許多是採不涉露骨情慾路線的出版社，根據筆者親身的投稿經驗與田野觀察，尤其萬盛出版社，在情色化浪潮風行之際反而格外強調錄取稿件的清新純樸——值得玩味的是，儘管是路線堅持純愛的萬盛，也在抽查中出現抽樣三本而三本皆為限制級的數據。

　　同樣的，李慶安此時引述中華民國出版品評議基金會所提出的數據：「據基金會統計，去年（筆者按：即二○○○年）平均每個月有四百本言情小說上市，每本第一版就印製一萬本，就有三百六十萬本以上」[28]，也難以令人盡信。許秀珮統計二○○○年出版

---

[27] 耕林一九九六年即成立的「星語情話」書系，日漸轉向為筆者所謂的情色書系，但此書系知名度較低。耕林出版社在毅霖出版社二○○○年成立「貪歡」書系後，二○○二年便結束「星語情話」書系，可以發現核心出版集團刻意區隔子公司商業路線的用意。

[28] 黃福其，〈性愛露骨　言情小說逾九成真色情〉，《聯合晚報》，二○○一年三月七日，第四版。

量，平均每月兩百一十八本，最高單月出書量兩百四十八本[29]，或許該基金會與許秀珮採用的統計方法有所差異，將近兩倍的差異仍有灌水嫌疑；「每本第一版就印製一萬本」的說法則更加離譜，被視為文化商品的言情小說快速印行、快速淘汰，多數只發行一版，極少有再版機會，常見的印刷量在三千本左右[30]，也與李慶安說法有相當程度的出入。

據此可知，渲染出來的「每個月三百六十萬本以上」、「假言情真色情」，至少顯示李慶安與中華民國出版品評議基金會對言情小說的一知半解。更進一步說，批評陣線對言情小說情色化浪潮的厭惡、恐懼與焦慮，可能並不來自劣質的圖書出版市場，也不真正來自「保護無知青少年不受戕害」的口號，因為劣質的圖書出版市場和被戕害的「無知」青少年，很大成分是一個被虛構的圖像。假使如此，這場情色化浪潮論戰的出現應該如何解讀？

事實上，答案早已由中華民國出版品評議基金會執行長許文彬揭示。如筆者前述，許文彬視言情小說讀者為需要被保護的無知青少年或年輕女性，是一群未能覺察女權因色情小說而倒退的消費者，此番論述所召喚的是女性應該純潔（色情讀物是不好的）、柔弱（需要被分級制度保障身心健康）的主流性別意識形態。當許文

---

[29] 許秀珮，〈羅曼史小說：女人寫給女人的書〉，頁六。

[30] 關於言情小說的印刷量，許秀珮在二〇〇二年的考據認為暢銷言情小說可印製五千、六千本或上萬本不等，一般作品印量則約三千本左右。詳見許秀珮，〈羅曼史小說：女人寫給女人的書〉，頁七。

彬提出如下質疑：「女權運動在進入廿一世紀之後，非但沒有更受重視，卻反其道而行，是這些言情作家的錯？出版商的責任？或者是讀者本身消費取向導致這個因果？恐怕三方都難辭其咎。」[31]，不啻又為這個3F產業中的女性描繪了一個輪廓：她們無知，無從自行判斷什麼樣的「色情」是可以被消費的，而什麼不應該被消費（因此需要由外部力量如圖書分級制度來指導）。

　　而在另一方面，儘管情色化浪潮小說的情色描寫與情慾模式存在許多侷限，也可能複製男性中心的主流意識形態，但它仍然是在女性的情慾文本極端匱乏的如今，極少數專門為當代女性讀者所打造的情色讀物，更可能是當代大眾小說中唯一嘗試觀照「女性情慾」的情慾文本。也是在此，情色化浪潮小說為女性讀者們開啟了一個側身進入的管道，亦即當女性的情慾自主權藉此得到更多被正視的機會時，可以進一步透過自我情慾／身體的思考、開發與認同，在其中獲得重返主體位置的可能，而不再只是將男性視作掌握情慾主導權的情慾主體。若然，就此而言，女性閱讀情色讀物也能夠成為一種情慾自主的實踐，在聲明自己的需求、自己的選擇權力之際，通往主體意識的建立。

　　情色化浪潮論戰的本質因而呼之欲出：既有傳播媒介仍以男性中心運作的時代背景下，這是一個當代對「女性情慾」這個議題進行對話和辯證的過程，論爭女性能否公開表達及展示自身擁有的情

---

[31] 許文彬，〈假言情　真色情〉，《聯合晚報》，二〇〇一年三月八日，第二版。

慾想像與需求。批評陣線要問：純潔、柔弱、無知的女性，可以
（公然表達自己想要）閱讀色情小說嗎？而站在批評陣線的對立
方，以本土言情小說女性作者與讀者為主的陣線，面對抨擊時發出
了自己的聲音，也透過實踐來說明：當然，她們可以讀，而且搬到
檯面上來讀。

第二節 「情色化浪潮」小說的情慾話語

當代台灣女性光明正大閱聽美國影集《慾望城市》（Sex and the City），彷彿我們跟主角們同樣視女性情慾為可以公開談論與展示的話題，但大多數女性仍無法如同男性，能夠在同儕間分享A片觀看心得、交流A片或情色書刊，尤其是視自慰為可以輕鬆談論的話題。二〇一一年票房破億的暢銷台灣電影《那些年，我們一起追的女孩》數度描繪男孩的自慰、勃起情節，儘管引起部分詬病聲浪，卻也經常被視為青春期男孩自然且理所當然的情慾浮動，至於青春期女孩的情慾，能夠同樣被視為自然且理所當然的嗎？

據前文整理，情色化浪潮論戰的出現，明顯已經展現女孩／女性的情慾如何被看待與論述。可以這麼說，二〇〇一年情色化浪潮論戰將「女性情慾」議題推上檯面，經此一役，一定程度地破除了過往「女性無情慾」的性別迷思[32]，女性透過閱讀與書寫實踐，明

---

[32] 關於「女性無情慾」，比較精確的說法是女性的情慾已被符碼化，在傳統文學與既有的傳播媒介如報章雜誌中，主流性別意識形態經常將其論述為蕩婦（有情慾的）或聖母／處女（無情慾的）的二元對立。當然今日已不再如此明顯對立二分，但直到現在，公然談論情慾／性慾的女人仍屬少數。關於女性的「性」如何被論述為無慾的母性或有快感的性，可參見艾莉斯・瑪利雍・楊（Iris Marion Young）對母性與性的討論，她探討性別符碼如何要求母性與性的截然分離，導致無慾的母性和有快感的性被勾勒出好／壞、純潔／淫猥的二分。艾莉斯・瑪利雍・楊著，何定照譯，《像女孩那樣丟球：論女性身體經驗》（台北：商周，二〇〇七），頁一四五～一五四。

確宣示與爭取其情慾自主權。然而，論爭的產生，卻又正是女性情慾的伸張／聲張與既有男性中心情慾論述的衝突結果。事實上，台灣傳統而主流的傳播媒介，至今仍然以男性為中心，也幾乎是一個客觀存在的事實。要讓我們意識到這個性別雙重標準邏輯的運作仍在今日發揮效果，只需要一個簡單的反問：如果《那些年，我們一起追的女孩》中的清純女孩沈佳宜展現出她的情慾想像與需求，那些男孩會更加傾心，或者被她嚇壞？

　　上一節當中，筆者對情色化浪潮與論戰的產生進行初步梳理，但必須回歸文本，方能了解一九九八年到二〇〇四年間的「情色化浪潮」小說，究竟如何呈現女性作者、讀者乃至編者對女性情慾的思考與對話。本節將透過文本檢視情色化浪潮論戰前後的情慾書寫及其變化，試圖爬梳本土言情小說在情色化浪潮中當代女性自覺或不自覺展現的情慾觀點。

　　此外，誠然我們無法將情色化浪潮小說直接劃分，判定它屬於「色情」或「情色」的某一端，並用以提示言情小說為女性讀者帶來的影響究竟是「壞的」或「好的」，但可以藉由文本來觀察情色化浪潮如何為女性情慾模式的建立帶來契機，又可能遭遇哪些限制與障礙。事實上，如同筆者始終對本土言情小說所抱持的基本態度，我們應該關注的，毋寧是情色化浪潮小說如何展現它的意識形態角力。更重要的是，無論言情小說所展現的究竟是「色情」或「情色」，涵蓋二者在內的情慾書寫本身，在當代女性建立愛情觀與主體認同的時候，又是如何為其帶來力量。

一、色情或情色？

　　言情小說的前行研究中，不少論者批評這波情色化浪潮，如許哲銘直指九〇年代言情小說中性別角色刻版印象的強化以及對美貌的強調，相對於六〇年代瓊瑤小說反而顯得保守，並更加鞏固父權中心的霸權論述。[33]鍾佩怡以性別教育教材的形式，羅列文本中的情慾書寫以進行解讀，批判羅曼史小說（即本書所稱「本土言情小說」）中隱藏男性（強勢）／女性（柔順）的二元對立，當小說敘事將男主角在性愛過程中的侵略舉動，詮釋為愛的表現，而女主角順服接受的時候，男性便成為享有情慾表達權力的一方，女性的情慾則是無從發聲的。[34]這些論點與前述常民觀點批判情色化浪潮的立場十分接近，然而，若前述的常民觀點已有值得存疑之處，那麼這些學術觀點應當也只能視作為其中一個切入角度的論述，不宜藉此將本土言情小說一概而論。

　　討論言情小說的情慾書寫之前，首先需要留意的是，一直以來「女性情慾」的話語權多半掌握於男性中心的主流傳媒之手。王德威為文探討「當代情色小說」，亦陳述了文學的情慾書寫如何以男

---

[33] 許哲銘，〈言情小說中的女性身體政治——瓊瑤小說與九〇年代後言情小說之比較〉（嘉義：南華大學教育社會學研究所碩士論文，二〇〇三），頁一一二～一一八。

[34] 鍾佩怡，《我把羅曼史變教材了》（台北：女書文化，二〇〇二），頁十七～二十。

性中心邏輯在運轉。他以五〇年代郭良蕙《心鎖》遭查禁、七〇年代聶華苓《桑青與桃紅》連載腰斬,乃至李昂的情慾書寫一向受到「關切」等事件為證,認為這正說明男性敘事霸權的干預與介入。[35]王德威的觀察突顯純文學場域所象徵的「正統文壇」,在面對女性作家的情慾書寫時,也未必能以前衛、寫實、深刻描繪社會與人性等文學審美的理由敞開胸懷接納與正視。

王德威並不以砲火抨擊這個明顯的(以男性中心運作的)性別雙重標準——儘管他隨後評論道:「與這麼多女作家相比,男作家在寫男女情欲的表現實在相形失色」[36],宛如諷刺男性作家習於敘事霸權的位置,在開發情慾書寫時卻是佔著茅坑不拉屎——他選擇轉而將目光放在相對純文學場域以外的女性作家,注意女性情慾書寫如何可能在通俗／大眾文學場域找到出口:

> 就此我不願輕忽由瓊瑤首領風騷的《皇冠》派女性作家。她們以妥協的方式,編織夢幻,虛擬情真,為(女性?)讀者的情欲想像,尋找另一種出路或退路。而在可見的將來,希代、萬盛及禾林版的女(?)羅曼史作家們,也將依然有其存在意義。[37]

---

[35] 王德威,〈說來那話兒也長——鳥瞰當代情色小說〉,頁二五七。
[36] 王德威,〈說來那話兒也長——鳥瞰當代情色小說〉,頁二五八。
[37] 王德威,〈說來那話兒也長——鳥瞰當代情色小說〉,頁二五七。

王德威連用了兩個括號中的問號，顯示他對瓊瑤一派以及台灣本土言情小說的性別化文類並不真正深入認識，然而他仍確實點明：女性情慾模式的建立，需要女性作家及女性讀者的對話與交流，才有可能擺脫既有的男性中心的情慾模式論述。

　　有意思的是，王德威「也將依然有其存在意義」一語，既強調了言情小說此一大眾文類的存在具備正當性，同時又顯示至少在他寫作的當下，言情小說中的情慾書寫仍需要專家學者背書它存在的正當性，恰正突顯言情小說情慾書寫在常民論述中的一體兩面：如同情色化浪潮論戰中，批評陣線指言情小說為「色情小說」，對立陣線則稱言情小說是「情色小說」，宛如前者是「壞」的，而後者是「好」的。王德威未必清楚本土言情小說一九九八年起的情色化浪潮現象，卻點出大多數人對情慾書寫的態度，亦即，它若是純粹粗製濫造的為色情而色情，那麼即缺乏存在之正當性，反之則具備。

　　當然我們無法涇渭分明地為「情色化浪潮」小說分門別類，但仍必須釐清，究竟色情與情色如何區分？情色化浪潮小說又如何開展它的色情／情色話語？關於色情與情色之別，奧菊・羅德（Audre Lorde）在一九七〇年代西方女性主義開始對女人的身體與性進行討論時，加入對「色情」議題的辯論，當時羅德即以〈情慾的利用：情慾作為一種力量而言〉[38]一文，區分女人自主的「情慾」（the erotic），與男人定義之「色情」（the pornographic）二

---

[38] 奧菊・羅德（Audre Lorde）著，孫瑞穗譯寫，〈情慾的利用：情慾作為一種力量而言〉，《婦女新知》一五九期（一九九五年八月）。

者的差異，認為「情慾」是女人能量、慾望與創造力的來源，「色情」則是以男性價值定義的純粹感官刺激下的性慾表現，而後者在男人權力模式的脈絡中形成，經常將女人的慾望污名化。

羅德所謂的「利用情慾」，關鍵在於女人應從情慾經驗中獲得與分享身體、情感與心靈上的熱情，因它正是聯結精神和物質的橋樑。她並呼籲道：「當我們忽視情慾的力量，或者為了討好他人而忽視自己真正的情慾需求時，我們就是把彼此當作情慾的客體，而非在滿足中共同分享愉悅的主體，這將使我們自己被貶抑到色情的、被濫用糟蹋的，不合理的荒謬處境。」[39]就此而言，色情是強加在客體上的感官刺激，情慾則是互為主體的愉悅分享。

情色化浪潮論戰出現色情與情色之爭，沒有脫離這個觀點太遠。日後「言情小說　文字工作者聯合聲明」起草人暨言情小說作家李葳即在聲明中論道：

> 假如只想發洩慾望，誰會浪費兩小時到一天的時間，去閱讀一本有十萬字，有劇情、有高潮起伏、起承轉合、有悲有喜的小說？A片供發洩慾望是短暫的十五分鐘。言情小說給予每位愛書人的娛樂，裡面的各種角色激發的共鳴，可以讓書迷們津津樂道反覆討論一年、五年、十年，它令人共感的生

---

[39] 奧菊・羅德著，孫瑞穗譯寫，〈情慾的利用：情慾作為一種力量而言〉，頁二四～二八。

命力也不會中斷。**這兩者很明顯，截然不同。**[40]（引文中文字粗體為筆者所加）

　　透過「純粹感官的慾望發洩」與「提供生命力的共感」二者的差異，李葳斷然劃分出A片（色情）／言情小說（情色）的界線，與羅德的論點遙遙呼應。但是我們仍要留意並承認其中的侷限，過於樂觀地看待言情小說中的情慾展演如何為女性帶來力量，將會輕忽本土言情小說這個大眾文類如何受到資本主義父權機制的影響與收編。

　　誠然，以後設立場觀看，情色化浪潮論戰之後本土言情小說擺脫了「色情小說」的指陳，大致被定調為台灣女性的「情色小說」。從小說敘事及所佔篇幅等處觀看，畢竟本土言情小說與常識中的「色情小說」[41]亦相去甚遠：以篇幅言，情色化浪潮時期的本土言情小說，固然有露骨的性愛細節描寫，但除少數作品外，床戲情節大多是二百頁小說中出現加總不超過十至十五頁的篇幅，所佔比例不超過百分之十；以敘事模式言，本土言情小說以愛情為核心

---

[40] 李葳，〈言情小說　文字工作者聯合聲明〉，（來源：http://anti-censorship.twfriend.org/liwei.htm，瀏覽日期：二〇一四年四月十日）。

[41] 網路集體合作撰寫的維基百科「色情小說」條目，可相當程度呈現這個大眾文類如何被想像與定義：「成人文學，亦稱色情文學，或稱色情小說、官能小說（日本），內容有具體描寫性行為的過程，純粹是以激發讀者性慾為主的文學作品。」（來源：http://zh.wikipedia.org/wiki/%E8%89%B2%E6%83%85%E5%B0%8F%E8%AA%AA，瀏覽日期：二〇一四年四月十日）

軸線進行發展，強調男女主角相識、相知、相愛，共同面對困難以促成愛情的圓滿結局，有別於為性愛情節而展開故事的色情小說。

然而，舉證情色化浪潮時期的言情小說與色情小說的截然不同，並不足以理所當然地將情色化浪潮小說等同情色小說視之。不可否認，情色化浪潮小說的高創作量與閱讀量，明確傳達了女性肯定自身情慾以及掌握身體自主權的嘗試，但分析情色化浪潮小說中的情慾話語／性愛模式，確實仍會發現其中存在著許多瑕疵與問題，譬如筆者所引述許哲銘與鍾佩怡的論點，說明本土言情小說的情色化浪潮現象在當代社會中，批判的視角從未缺席，不容忽視。

筆者要強調的是，情色化浪潮令本土言情小說展現了它的複雜與多元內涵，提示我們如果忽略任何一個角度，都可能令論述失之片面與簡化，因此論析情色化浪潮，需要的毋寧是兼容並蓄的觀點。當來自常民論述與學術論述的批判聲音成為主流之際，筆者企圖說明情色化浪潮的另外一個面向，也就是當代女性如何可能透過情慾文本，獲得主體建立的正面能量，同時，卻也將關注其中存在的危險與限制。

二、不得其門而入的情慾烏托邦

若要實際觀看情色化浪潮小說如何開展情慾書寫，鄭媛將是一個具代表性的作者。研究者李韶翎作為言情小說的資深讀者、短期作者以及數年的言情小說社群網站站長，對本土言情小說發展概況

有相當深入的認識[42]，她與先行研究者許秀珮同樣視鄭媛為首位藉情色化浪潮走紅的言情小說作者[43]，並如此論道：

> 自鄭媛以極盡寫實艷情的寫作風格，接連為出版社締造銷售佳績後，一股被稱為「黃潮」的現象迅速蔓延開來——出版社開始要求旗下作者放進大量情欲元素，多露骨都無所謂；甚至新出版社、新書系一個接著一個誕生，幾乎全以「情色擺中間，故事放兩邊」為最高指導原則。[44]

　　總的而言，鄭媛確實是一時引領風騷的代表作家，對情色化浪

---

[42] 「自二〇〇一至二〇〇四年，我以各種虛擬身分共計發表一百八十八篇讀者書評：W出版社九十篇、H出版社三十二篇、D出版社三十九篇、C出版社五篇、L出版社三篇、M出版社十三篇與其他出版社六篇。寫作結構與順序大抵為：（1）簡介羅曼史的故事內容；（2）陳述個人讀後心得；（3）針對作家創意、文筆、可讀性進行總評。」詳見李韶翎，〈我們讀，我們寫，我們迷：當代商業羅曼史與線上社群研究〉（嘉義：國立中正大學電訊傳播研究所碩士論文，二〇〇七），頁十一。

[43] 「在這波情色轉向的風潮中，鄭媛是備受（筆者按：應闕漏「爭議」一詞）的作者之一，因為她是第一個以情色羅曼史小說走紅的作者（許秀珮：二〇〇二，七四）。」此段文字為李韶翎援引許秀珮，但誤植徵引頁數，詳見李韶翎，〈我們讀，我們寫，我們迷：當代商業羅曼史與線上社群研究〉，頁四七。許秀珮原文為「在一九九八年這波羅曼史小說情色轉向風潮中，鄭媛是在網路上最引起爭議的作者之一，因為她是第一個以情色羅曼史小說走紅的作者。」詳見許秀珮，〈羅曼史小說：女人寫給女人的書〉，頁八四。

[44] 李韶翎，〈我們讀，我們寫，我們迷：當代商業羅曼史與線上社群研究〉，頁四七。

潮的開展有相當程度影響力。當鄭媛二〇〇〇年離開原屬的狗屋出版社，另起爐灶設立松菓屋出版社，距離她以第一本作品《殘酷情郎》[45]出道的一九九八年相隔不到三年，可以想見「鄭媛」作為一個品牌是如何迅速地累積知名度及雄厚的象徵資本[46]。

鄭媛的出道作《殘酷情郎》並非知名度最高之作，卻可視為當時令其一炮而紅的作品，而後鄭媛一系列的清裝作品敘事模式──男主角因誤解、復仇而透過性愛為手段傷害施虐於女主角，最終受女主角的真摯愛情所感召，得到愛情的圓滿結局──更是在此時便已奠定基礎。情色化浪潮時期此類冷酷邪佞男[47]主角搭配清純善良女主角的惡男處女作品一時風靡，幾乎可謂「鄭媛風潮」的流風所致[48]，就此而言，考察情色化浪潮小說情慾話語／性愛模式，《殘

---

[45] 鄭媛，《殘酷情郎》（台北：狗屋，一九九八）。

[46] 從《殘酷情郎》代序〈美麗花蝴蝶〉來看，此書並非此作家的處女作，但卻是「鄭媛」這個筆名的第一本作品：「這次鄭媛推出新作，以她先前的作品頗受好評的情況下，再加上狗屋出版社的精心策劃與編輯，我相信『品質絕對有保證』的她，定能再開創小說國度的巔峰。」詳見ALLEN，〈美麗花蝴蝶〉，鄭媛，《殘酷情郎》，頁十二。然而，網路社群及實體小說中，鄭媛絕口不提過去筆名，在其所成立的松菓屋中，自述出版經歷亦皆從一九九八年起，至今幾乎無法查知鄭媛過去的出版品，由此可確知「鄭媛」筆名知名度並不來自過往作品成就的累積。

[47] 「冷酷邪佞男」在日後幾乎成為本土言情小說的專有名詞，指稱性格不近人情、手段殘酷、性愛方面輕視女性的男性角色。他們通常是男主角，也通常因為是男主角的緣故，根據言情小說的公式套路，即使他們做出種種惡行，卻仍然會得到女主角的原諒。然而，這個詞彙本身存在負面意義，往往是讀者用以抨擊或嘲諷這些男性角色的用語。

[48] 鄭媛對此也相當有自覺，曾在小說後記中表達對市場跟風現象的嗤之以

酷情郎》一書確實不容忽視。

《殘酷情郎》男女主角首次相遇的情節，特別值得細讀：柳湘柔在寺廟專供靜修的竹舍誦讀佛經，邵風趁四下無人前去輕薄，透過點穴功夫令柳湘柔無法出聲呼救，並使柳湘柔不由自主地擁緊邵風。這原是採花賊辣手摧花的情節，但鄭媛如此描繪：

> 淚珠悄悄滑下湘柔慘無血色的面頰，今日之事縱然無人撞見，她清白的身子也已叫這名狂徒玷污；雖說她早有覺悟，爹爹長久臥病在床，二娘又對她的終身大事不聞不問，今生她或許就這麼孤身終老，可是眼前這男人卻狂肆妄為，非但滿嘴胡言亂語，更是動手動腳佔盡便宜，這段屈辱叫她如何承受……淚，終究不爭氣地流下……
>
> **男人感覺到胸前的衣襟似被濡濕，心中升起一股他極力抗拒的情緒，臉上玩世不恭的神情卻依舊。**

鼻：「近來寫清代小說的人越來越多，基本上，我並不認為寫同一時代的小說就會存在雷同性的問題，我寫的書，自有我獨特的文筆、創作與故事風格，這才是鄭媛根本的特質。一個作著（筆者按：此為原文錯字，應為「者」）若是毫無創作的主見，反倒投機地以別人的成功之處——例如筆調、創作風格、故事架構、內容等……來進行模仿或抄襲，甚至是變個名目、增減字句、對調情節拿來當成自己的創作，那簡直是可恥！下本書在四月的第一個禮拜出書，書名就暫定為『丫鬟娘娘』，奇怪這本書似乎不太符合鄭媛一貫取古代書名的風格？呵，大家不覺得最近出現一窩蜂類似『邪、狂、君』等等，組合而成的四字書名？」詳見鄭媛，〈後記〉，《霸愛狂徒》（台北：狗屋，一九九九），頁二三四。

他手指輕拂，解開她的啞穴。「姑娘還不願意放開在下嗎？」

湘柔眼見自己身不由己的抱住男人，無奈又心急之下，她閉緊雙眼用力咬緊下唇。

男子主動退開一步，發現湘柔咬緊的下唇已泛出血絲，他急忙又上前一步。

湘柔忽覺得雙唇被一濕熱之物攫覆，驚駭之下她猛地睜開兩眼，他近在眼前深潭似的黑眸映照出自己驚嚇的眼——他的嘴正覆住她的唇……[49]（引文中文字粗體為筆者所加）

　　這段文字的主要敘事者原是柳湘柔，此時尚未出現姓名的男主角邵風僅以「男子」代稱，然而即使如此，作者鄭媛仍不時關注邵風的內心感受，將文字轉換為邵風的敘事視角。因而，就在短短幾行字之間，邵風被形塑為一個外表輕浮，實則具有憐憫之心的男人。他因柳湘柔流淚而心生不忍，「極力抗拒的情緒」一語明顯點出他內心對自己行為的矛盾掙扎，突顯他的惡行惡狀並非出於本性。同樣的，邵風對柳湘柔唐突的親吻冒犯，也被描寫為「本無侵犯的企圖，眼見柳湘柔自傷，才情不自禁以唇制止」的行動。這都將使讀者們意識到，邵風並非如書名所稱是個殘酷男子。隨故事推展，讀者會更進一步發現，是邵風的悲慘身世導致他必須違背自己

---

[49] 鄭媛，《殘酷情郎》（台北：狗屋，一九九八），頁二四～二五。

本性，強忍自己對柳湘柔的真實心情，藉玩弄戕害她的身心來達到報復家仇血恨的目的，而這樣的安排再度強化了上述對邵風的悲劇性格的描繪。

　　無疑的，情色化浪潮風行之際，這些鋪陳強暴戲碼的惡男處女作品明顯呈現了男性施展暴力、而女性柔弱承受的描繪。一個合理的疑問是，這樣的作品如何可能大受女性作者與女性讀者的歡迎？必然是文本所帶給讀者的閱讀快感，如同邵風與柳湘柔這個初遇與交鋒的情節，已具體而微地展現出核心原因：這名冷酷邪惡的男人所做的種種暴行，其實都是假象，他深陷於柔情和仇恨之間的痛苦矛盾，直到一名懷抱著真摯純潔愛情的女人為他付出所有，才令他得到救贖。表面上看似男強女弱的狀態，因男主角為愛臣服，渴望得到女主角無私愛情的救贖，使得這個強弱位置瞬間逆反，突顯女主角才是愛情關係中真正握有主導權的關鍵人物。

　　《殘酷情郎》中柳湘柔一度自盡，希望以死解開邵風心中的仇恨，而他得知後的反應，便明確展現這個敘事邏輯：

　　　　邵風發狂地搖撼懷中的人兒，在被通知湘柔服毒後，他惶疾奔至詠菊小閣，斷明她服下的是必死毒藥「捨塵散」，多年未堅築的冰漠已在親見湘柔服毒彌留的此刻崩陷。「我不許妳拋下我！妳敢死，我即刻殺光妳身邊所有的人！」向來心緒不形於色的冷凜俊顏已然扭曲，他瞠大眼，嘶聲要脅。
　　　　（中略）……邵風頓時懊悔不已。為何柔兒在生之時，他竟

盲目的看不見自己對她的愛，直到失去了她——即使能手刃仇人千萬次又如何？失去了柔兒，復仇之心已成可笑的拗執。[50]

邵風在面對柳湘柔的死亡時，驚覺自己堅持一生的復仇信念不過是無須執著的夢幻泡影。這個「驚覺」，可說是邵風徹底的自我否定（父權觀點的滅「族」血恨），反過來認同柳湘柔所象徵的女性位置（兒女「私」情）。

過往先行研究者多以批判立場出發，未能覺察此類惡男處女作品敘事所隱藏的深層結構，亦即，儘管故事中男主角欺凌女主角的篇幅甚至可能達百分之九十，最終女主角仍是愛情關係中的主導人物：他在百分之九十篇幅中都顯得不愛她，這不影響她選擇深愛他，相反的，如果她不愛他，他便將被描繪得生命空虛或生不如死，而這個結構不但合理化男主角過往殘酷言行，彷彿他傷害她，只因他太抗拒愛她，也再度強化女主角的寬容聖潔形象。就此而言，女性作者與讀者創作、閱讀此類作品，其心態便絕非期待受虐，或者變相在召喚大男人主義的回歸，正好相反，此類作品是「小紅帽的逆襲」：這些宛如童話故事主角小紅帽般手無寸鐵、毫無權力的女主角，在面對一票橫行於故事中的大野狼時，「愛情」成為她們最強大的武器。她們征服而且拯救大野狼。

---

[50] 鄭媛，《殘酷情郎》（台北：狗屋，一九九八），頁二〇七～二〇九。

當然，小說呈現的男性暴力事實並沒有改變，筆者也必須說明根據上述論點可能正當化文本中的暴力論述，然而如同本書第三章討論穿越小說子類型，曾說明穿越小說的結構正彰顯女性在事業上伸展手腳、愛情上權力平等的渴望與期待，事實上，情色化浪潮小說中惡男處女故事的結構也十分相似。當這票惡男——在處女的愛情感化下化百鍊鋼為繞指柔，正突顯當代台灣女性自覺與不自覺的祈願。她們與女主角一樣可能遭遇現實中的性別暴力，也同樣缺乏抗拒的力量以及社會對她們的支持，但這個文類中的女主角，至少可以用唯一僅有的武器，亦即「愛」這個精神性、抽象的力量，絕對有效地征服男主角，以及男主角所象徵的性別權力。惡男處女的故事召喚的是女性烏托邦，讓她們在對現實束手無策的時候，至少還能依靠幻想馳騁於美好的世界之中。

可惜的是，這個烏托邦想像沒能發揮實質的抗拒能量，握有愛情主導權的女主角們未能成為情慾活動的主體，反而落入性別意識形態中最危險的窠臼。一九九八年以降情色化浪潮乍起，到處可見如下列引文的性愛描寫：

> 他粗蠻的除去她的裙腰，將手探進薄紗雲裳裡使勁扯掉肚兜，她完美誘人的雙峰便在薄紗雲裳下若隱若現。龍君玥緊咬下唇不許自己落淚，強迫自己堅強，不要在意那禽獸種種卑鄙齷齪的獸行。齊傲天肯讓她這麼好過才是怪事，他一雙大手將她的胸部撐高，兩隻拇指惡劣的隔著薄紗磨蹭她的

蓓蕾，迫使它們興奮的回應。「我就知道妳喜歡我這樣待妳。」他戲謔地訕笑。[51]（左晴雯，一九九九）

「你別想要再對我有任何的威脅，我不會乖乖就範的。」「你以為我會聽妳的?!」他殘酷的將她的手壓在她頭的兩側，令她根本就掙脫不了，「不！我現在只在乎我想要的──」她連喘息的機會都沒有，就被他那充滿憤怒及渴望的嘴給封住，他想要強行撬開她的唇，但她卻死命的抿緊，不讓他進入。不！不該是這樣的！她要的不是這樣一個失去理智、就像一隻受傷野獸一樣的粗暴男人，可她卻無力反抗。……嚴靳不顧她的反抗侵入她的口中，像是熱戀中的男人盡情品嚐著屬於他的女人。[52]（林宛俞，二〇〇〇）

　　這裡出現典型的言情小說強暴迷思（rape myth），這些女主角拒絕接受性愛，但男主角永遠會透過脅迫暴力手段得逞，最後女主角將會在這當中獲得高潮。如同言情小說總是以男女主角雙宿雙飛、愛情圓滿作結，兩人原有的價值觀差異從締結婚姻起徹底消弭，異性戀／父權家庭價值從中獲得彰顯，強暴迷思同樣流露在文化工業體制下不斷被鞏固的主流意識形態：女性必須抗拒性愛，正突顯父權社會對女性貞節的重視（處女貞操觀），而女性在其中亦

---

[51] 左晴雯，《將軍令》（台中：飛象，一九九九），頁六一。
[52] 林宛俞，《撒旦情人》（台北：禾馬，二〇〇〇），頁一三三。

無法正視自我的情慾需求（她是被迫得到高潮的，因為「好女人」沒有自發的情慾），與此同時，她仍然會受到男主角在性事上的征服，因言情小說的敘事架構注定她要與這個男人相伴一生，這對她的貞節完全沒有損害，相反的，如果是男主角以外男性的性侵犯，她勢必要抵死掙扎（她應該一輩子只有一個男人）。

鄭媛作品也明顯出現相似的強暴迷思，並且有越演越烈之勢：

> 允堂當然能感覺到懷中女子的僵硬。她在沉默的對抗他，即使昨夜已經徹底愛遍她的身子，她仍不完全屬於他！即使他的擁抱霸道得讓她喘不過氣，她卻寧願選擇傷害自己。「該死……」他低嘎地詛咒。珍珠敏感地察覺到抵住自己的硬杵重新火熱起來，原本就僵硬的身子更僵化。「敞開腿！」他粗聲命令她，大手佔有地撫遍一絲不掛的滑膩胴體。她沒如他所令，仍舊無動於衷地蜷縮著身子、背著他側躺。「簡直不知好歹！」他粗暴的低吼。……他拉開她緊蜷的大腿，兩掌握住女人柔膩雪白的雙乳，早已火熱的鐵杵硬是從股間頂進閉合的花蕊深處。[53]（鄭媛，二〇〇二）

在這裡，女主角珍珠不願迎合，情勢所迫僅能以沉默抗拒，男主角允堂對珍珠的強暴行為則不是出自愛情，而是希望透過性愛征

---

[53] 鄭媛，《格格吉祥》（台北：松菓屋，二〇〇二），頁一五八。

服一名女子。故事背景是清朝，女性身體遭佔有的意義更明顯扣連到她將屬於佔有她的男子，兩人此時的關係也非夫妻，格外彰顯性愛強暴在此存在的權力不對等。然而，言情小說中這種處處可見的性愛暴力和傷害，卻透過敘事公式令暴力在愛情圓滿的同時獲得原諒。

除鄭媛之外，上述引文的兩個作者左晴雯與林宛俞分別是飛象和禾馬出版社知名作家。左晴雯一九九四年於禾馬出道，一九九六年跳槽成為飛象的扛鼎作家；林宛俞則是二〇〇〇年先在禾馬的主力書系「珍愛」出道，二〇〇五年起正式轉入情色書系「紅櫻桃」，至二〇〇九年為止於合共發表五十三本作品。兩人作品中出現的情慾書寫正明顯呈現情色化浪潮的影響力：無論是資深且具出版社代表性的作家左晴雯，或者剛出道正在摸索創作路線的林宛俞，都在情色化浪潮時期投入這波情慾書寫風潮。

同時，上述的三個引文已經足以窺斑見豹。如同言情小說敘事公式化特色，情色化浪潮小說的高度同質性亦經常呈現在同樣僵硬的情慾書寫，以及對於既有男性中心情慾模式的無法突破。情慾的主導權，不啻就此再次交棒回男性的手中：男強女弱的組合；男性本位觀點，如女體的被凝視與女性的性被動、普遍性的陽具陰道活塞運動使女性得到高潮的描寫；經常出現的女主角在強暴、被迫或者缺乏前戲的狀況中得到性高潮的不合理情境等，在在顯示情色化浪潮小說複製男性中心的情慾模式，形成（無論是性交本身或性高潮）女性必須透過男性才能得到性福／幸福的性別意識形態論述。

其中，男強女弱的組合，陽具陰道活塞運動的性愛模式，尤其點出女性慾望男性的不得其門而入。男主角強暴或哄騙女主角交歡的情節（男人想要而女人不想要，或者男人**使得**女人想要），以及大多數女主角都是純潔、對性事一無所知的處女的設定[54]，則曲折透露從作者到讀者可能是無意識迴避的一件事：「女人也會出於自身的慾望想跟男人發生性愛」，也就是說，以女性主體為出發點的情慾，並不受正視／重視。這使得鄭媛以降的惡男處女作品原本可能存有的一點烏托邦想像，以及女性的優位性，都在演繹無數次的僵硬死板的性愛過程中覆滅。以這個角度觀看言情小說，它毋寧更像羅德定義的「色情」，因它的慾望是單向而死板的。它瓦解了女性的主體性，令女性落入羅德所謂「被貶抑到色情的、被濫用糟蹋的，不合理的荒謬處境」。

　　然而不得不說，情色化浪潮小說所暴露的缺點與問題，實是女性情慾從噤聲不語到檯面化的過渡時期，當代台灣女性正在摸索此前尚未被正視、發掘的女性情慾模式的嘗試。社會傳媒、教育管道乃至文學書寫，情慾論述仍多以男性為中心，女性慾望模式因而受

---

[54] 處女情結是言情小說的「傳統」，也是先行研究者多有詬病之處，但這些處女女主角在情色化浪潮小說中則變得格外顯眼。譬如凤雲的《酷女的情婦》，故事中自稱是「女人身男人心」、「男人中的男人」的黑夜眩雖大膽、主動將男人唐烈駁包養為自己的「情婦」，但在床事上卻完全受後者的擺佈，詳見凤雲，《酷女的情婦》（台北：林白，一九九八）；蓮花席《惡質老公》故事中聲稱只把男人當作戰利品與俘虜、主動向傳凱表明只想「享受肉體的歡愉」的葉芳，最後讀者卻會發現作風大膽的她仍然是個處女，詳見蓮花席，《惡質老公》（台北：禾馬，二〇〇〇）。

限於書寫經驗的匱乏，在這種情況下，情色化浪潮小說可說是懵懂與跌撞中的學習。

三、從「單向凝視」到「雙向碰觸」

（一）「情色化浪潮」小說中女性慾望主體建立的可能

　　情色化浪潮越演越烈，二○○一年情色化浪潮論戰可說是樹大招風的結果，二○○四年圖書分級制度再度波及言情小說，也可視為當年情色化浪潮論戰的方興未艾，然而論戰導致言情小說創作者陣線出面自我澄清與辯護，意外成為言情小說內部自我檢視的契機。以李葳起草的聯合聲明為開端，言情小說市場確實展現出創作者陣線及出版社的自省態度：如今言情小說出版社龍頭之一禾馬出版社的「限制級小說」徵稿啟事，標註「請不要單純只有火辣場面及性慾，雖為限制級小說，但戲劇張力及愛情互動還是最重要」[55]，明顯是其遺緒。其中一度首領情色化浪潮的代表性作家鄭媛，儘管其開創的松菓屋早期被視為情色化浪潮風向球，卻在日後轉向純真浪漫的風格，鄭媛本人也退出情色化浪潮的浪頭。我們未必可斷言「黃潮氾濫」、「黃色小說」之指陳乃因此漸絕於言情小說，但作者與出版社的轉變卻是顯著的。

---

[55]　禾馬出版社，〈徵稿園地‧限制級小說〉，（來源：http://homerpublishing. com.tw/invite_adult_stories.php，瀏覽日期：二○一四年四月十日）。

當情色化浪潮聲勢漸消，無論是在外部的社會觀點，或內部的言情小說自我定位，都傾向將具有情慾書寫的本土言情小說被定調為「女性的情色讀物」，一方面已很少直接將其扣上「色情小說」的帽子，另一方面則正視了大眾小說文類中女性對情慾的需求。當然，這絕非表示情色化浪潮浪起到潮退，呈現著言情小說從「色情」走向「情色」的線性發展。如同情色化浪潮時期的言情小說並非一概展演以男性為中心的慾望模式，情色化浪潮以後，言情小說也不會全面以女性為主體開展情慾論述，但是相對而言，情色化浪潮潮起潮落，期間性愛描寫中一個從「單向凝視」到「雙向碰觸」的轉向，確實有跡可循。

　　所謂的「單向凝視」到「雙向碰觸」，筆者主要受到艾莉斯・瑪利雍・楊（Iris Marion Young）觀點的啟發。楊曾經以身體經驗為主題，探討女性主體性如何在「凝視」與「碰觸」兩個面向呈現匱乏或建立的可能。她藉由女性主義電影理論家依循拉岡（Jacques Lacan）的架構所發展出來的論述，談論女性如何在父權秩序裡被客體化的女體得到快感經驗，而這又將如何導致女性主體建立的受限：

> 　　觀看的關係對主體性的構成至為關鍵。主體藉著主動觀看，獲得一種足以抵銷客體的主體感……然而，在父權秩序中，從凝視自己以外的客體以及從凝視自己整體化的形象中得到快感的，都是男性的主體。陽具崇拜秩序（phallocratic

order）將觀看分裂成主動和被動的時刻。凝視是陽剛的，它所凝視的則是陰性的。女人只是一種匱乏，是支撐陽具主體的他者，是給予男人觀看權力與統一身分的客體。如果女人想獲得任何主體性，只能藉由採取男性主體的位置，此一主體是從女人的客體化中得到快感。[56]

　　隨後楊更結論道：「是什麼讓女人觀影時得到快感？唯一的可能是認同男性主體。」[57]「凝視」由此成為一種權力的展現，認同男性主體的同時，女性主體便落入匱乏空洞的處境。相反的，如同羅德強調情慾應該是互為主體的愉悅分享，楊以女人為中心的身體經驗為基礎，思考解放既有文化宰制下女性客體化的可能，而關鍵在於更加強調觸覺而非視覺：

　　　　碰觸者不像凝視者，無法隔著一段距離碰觸她知道自己在
　　　　碰觸的東西。碰觸既是主動的也同時是被動的。凝視者可
　　　　以看卻不被看，就像傅柯指出的，這種可能性即是現代規
　　　　訓權力的來源。然而，碰觸者不可能只碰觸她知道自己在
　　　　碰觸的東西，卻未被這些東西碰觸到……因此在主體與客

---

[56] 艾莉斯·瑪利雍·楊著，何定照譯，《像女孩那樣丟球：論女性身體經驗》，頁一〇九。
[57] 艾莉斯·瑪利雍·楊著，何定照譯，《像女孩那樣丟球：論女性身體經驗》，頁一一〇。

體（物體）間並無明顯對立，因為這兩種位置會不斷轉換。[58]

凝視的距離讓主體／客體成形，碰觸卻令主體、客體無法截然二分，帶來互為主體的可能性。儘管楊的論點如她所自稱有條件上的侷限[59]，亦未必能夠完全套用於本土言情小說的情色化浪潮，仍確實提供一個檢視情慾展演與主體性建立如何產生關聯的思考取徑。

情色化浪潮小說性愛描寫中的男性本位視角如大量對女體的著墨，以及男體的消失[60]，正是令女性情慾模式及女性主體無從建立的關鍵因素之一。這種複製／認同男性主體的單向凝視，導致匱乏的不僅是女性的主體性，新的慾望模式及內涵的開發能量也同樣沒

---

[58] 艾莉斯・瑪利雍・楊著，何定照譯，《像女孩那樣丟球：論女性身體經驗》，頁一三九～一四〇。

[59] 楊在討論女孩／女人丟球的姿勢時，曾表示這樣的論述可能只適用於「發達工業社會中的女人，在這類社會中，中產階級女人的典型延伸為大多數女人的典型」，並非全體適用。詳見艾莉斯・瑪利雍・楊著，何定照譯，《像女孩那樣丟球：論女性身體經驗》，頁五三。

[60] 言情小說對女體的描繪可從它開發出繁多的形容詞中看出端倪，譬如以花蕊、花心、花核、珍珠、花瓣、花苞、花徑、花口、森林、叢林、密穴指涉女性陰部構造，以蓓蕾、果實、乳尖指涉乳頭，以凝乳、椒乳、玉乳、雪峰、凝脂、渾圓、柔軟指涉乳房，相較之下，男體的形容詞僅常見以硬挺、熱燙、昂揚、男性、分身、慾望形容男性生殖器，極少如同女體般得以開發詩意的形容詞。更進一步說，當男性生殖的陰莖、睪丸、龜頭、包皮全部被化約為一硬挺昂揚的陽具時，正顯示女性所慾望的男體仍然是模糊不清乃至於消失的。

有源頭活水。這說明為什麼女性創作、閱讀的本土言情小說，儘管女性的性愉悅來源絕對不僅限於陰道，卻仍多半無法逃脫「性愛＝陽具陰道活塞運動＝陰道高潮」的既定想像。

　　言情小說市場的情色化浪潮消退，自省態度的興起，露骨粗糙的性愛描寫日漸在出版社及作家的把關下退場，而女性情慾仍須關照，新的情慾／性愛模式才終於得到開發的契機。這並未直接導向一個「女性情慾模式從此建立」的結局，女性情慾模式的建立仍然受到許多限制，它沒有一個明確的理型，也沒有終點，然而長期創作的言情小說創作者筆下，確實可以看見「雙向碰觸」性愛模式的誕生。

　　禾馬旗下的知名作家凌淑芬二〇〇八年起寫作一個校園小品系列[61]，三部作品皆從高中時代的青春期開始，校園故事往往被認為等同於純愛故事，在此處情慾卻顯得自然流露。《陰同學》男女主角兩人在大學時代即發展至性愛關係，但性格「古板保守」的女主角陰麗華在凌淑芬筆下並沒有大驚小怪，反而平實的承認：「之後只要兩個人有私下獨處的機會，他都會索求，而她……幾乎不怎麼拒絕。其實，直到和他有了性關係之後，她才發現原來自己也……

---

[61] 凌淑芬口頭稱《壞家教》、《好學生》、《陰同學》三本作品為「校園小品系列」，但並未在書封面列出系列名，詳見凌淑芬，〈陰是形容詞〉，《陰同學》（台北：禾馬，二〇一〇），頁二一九～二二一。凌淑芬一九九四年原在林白出版社以筆名「凌淑棻」出道，一九九五年起轉入禾馬出版社，是相當資深的創作者。

滿好色的。」[62]情色化浪潮時期的性愛關係經常是「男人想要而女人不想要，或者男人使得女人想要」，但情色化浪潮之後，女主角不再對性事永遠純潔無知，她們可能仍然是處女，卻也能夠自然地展現她們對性愛的好奇，正視自己的情慾需求。同系列作品《好學生》中，便可見純粹感官刺激以外，對於性愛過程細節的描繪：

> 她帶點好奇地觀察他的男性部位，這是她除了網路圖片以外，第一次真正看見「實品」呢！
>
> 宋輝煌被她充滿研究精神的眼神弄得哭笑不得。
>
> 陳九湘更好奇地彎腰湊近去看，熱熱的鼻息吹在他身上，櫻紅的唇離他好近好近……想到她的唇和她正在研究的那項物體之間可能發生的事，他心猿意馬，她正盯著的部位突然跳了一跳。
>
> 陳九湘嚇了一跳，連忙往後一退，直覺反應讓他伸手把她抓回來，用力過猛之下，她整個人撞進他懷裡，兩副年輕的軀體毫無障礙地直接相觸。「喝……」兩個人同時抽了口氣，為這極度刺激的感覺而震顫。
>
> 自制力再強的男人都受不了喜愛的女人全裸在懷的誘惑，肌膚一碰上彼此就不願意再分開了。
>
> 他順勢壓著她倒進床褥裡，她的眼神又靈動又俏皮，他慢慢

---

[62] 凌淑芬，《陰同學》，頁一二八。

地用身體磨蹭她，感覺她完美的膚質貼著自己滑動的觸感。
男性和女性真是有趣的對比。他硬的地方她軟，他粗糙的地
方她光滑，每一寸的磨動都是最誘人的催情曲。[63]

　　在這裡，性愛關係不再只是男主角一手主導情慾的發展，而是
雙方同樣對彼此的身體深富興趣／性趣。身體互相磨蹭所帶來的觸
覺、催情感受在性愛中得到關注，他們亦不再被化約為情色化浪潮
小說活塞運動中進入者／被進入者，而是同時成為情慾的主體。

　　另一方面，如今亦是知名暢銷作家的黑潔明，在情色化浪潮暗
藏伏流的一九九八年出道，早年作品如都會色彩鮮明、強調現代女
性積極追求愛情的「City Woman」系列[64]，故事男女主角往往會發
生性關係，性愛描寫卻經常點到為止，並不露骨。經過風格明快、
更強調兩性情慾張力的「City Hunter」系列[65]，或許是情慾書寫摸
索有成，同樣以系列作觀察，二〇〇六年的「小肥肥的猛男日記」
系列[66]，「男體」已躍上檯面，成為明顯的慾望對象：

---

[63]　凌淑芬，《好學生》（台北：禾馬，二〇〇九），頁一六八～一六九。

[64]　「City Woman」系列橫跨二〇〇〇年至二〇〇二年，共五本為《一見鍾情
　　相見歡》、《檻上麻辣俏紅娘》、《事到如今隨便你》、《三生不幸遇見
　　你》、《無敵情人來按鈴》，五位女主角雖性格迥異卻是長年摯友，在作
　　品中展現各種不同性格女性的愛情模式。

[65]　「City Hunter」系列橫跨二〇〇二年至二〇〇六年，共五部為《溫柔嬌妻
　　來點名》、《幸運女郎上錯床》、《掃把娃娃去流浪》、《木頭猛男追新
　　娘》、《暴躁公爵娶紅妝（上下冊）》。

[66]　「小肥肥的猛男日記」系列橫跨二〇〇六年至二〇一一年，共九部為《賊

老天，室溫一定是因為他的出現而上升了好幾度。他沒將身體擦得很乾，白色的棉質T恤貼在他強壯的身上，完全勾勒出其下結實的肌肉線條，更讓人噴鼻血的是，他下半身竟然只穿了件寬鬆的短褲，當他彎身打開那隱藏式的小冰箱門時，他背部的每一束肌肉都緊貼在那件T恤上。她不知道自己是怎麼回事，幾天前，她還覺得他很安全穩重，是個讓人信任的……的……她不知道……鄰家大哥嗎？不，她並不覺得他像鄰家大哥，她只是覺得他就是個沒有威脅感，讓人想依靠信任的男人而已，可才幾天沒見，她卻對這男人起了前所未有的強烈反應。[67]（黑潔明，《溫柔大甜心》）

如茵喘息的躺在他床上，感覺到他粗糙的手，撫過她敏感的身體，脫掉了她身上的衣裙。他很溫柔，萬分小心翼翼。她張嘴回應他的吻，小手撫著他的臉，撫著他繃緊的手臂與胸膛。他摸起來，也像頭野獸，熱燙而有力，蓄勢待發，她可以摸到他的心跳，就在她掌心下，如此的有生命力，這麼的歡愉。他喜歡她的觸摸，她可以感覺得到他的愉悅，聽到他粗聲喘息。當她昂首舔吻他的喉結，撫摸他的乳頭，他發出

頭大老闆》、《溫柔大甜心》、《可愛大賤男》、《酷呆大黑鷹》、《悶燒大天使》、《深情大老粗（上下冊）》、《美麗大浪子》、《寶貝大猛男（上中下冊）》。

[67] 黑潔明，《溫柔大甜心》（台北：禾馬，二〇〇七），頁一一〇。

難以抑制的呻吟。她發現，她也可以讓他喘息，讓他心跳
加快，她喜歡自己對他如此有影響力，幾近著迷。[68]（黑潔
明，《美麗大浪子》）

引文中，如同《溫柔大甜心》女主角江靜荷明確感知到男主角
屠勤的性吸引力，《美麗大浪子》中女主角談如茵也同樣意識到自
己能夠對男主角關浪構成相似的影響。就此而言，女性已不再迴避
對男性的慾望，也確立了互為性愛／情慾主體的可能。男體的被慾
望，並不立刻等同女性情慾模式的完備，但這至少是以女性為中心
的情慾書寫的第一步。特別是在此同時，系列作中也可看見相當細
膩的情慾描寫：

夏雨嚇了一跳，抬眼看去，只見那個男人，魅惑的看著她，
緩緩的吸吮品嚐著她的手指，她可以感覺到他嘴裡的溫熱，
感覺到他的舌頭，舔著她的指腹，那帶來一陣神奇的酥麻，
讓她全身發軟。他親吻她的指尖，她的手腕內側，然後傾身
親吻她的肩臂，她的頸項，她的耳垂。「我喜歡妳的味道，
這麼誘人……」他在她耳畔悄悄說著。[69]（引文中文字粗體
為筆者所加）

---

[68] 黑潔明，《美麗大浪子》（台北：禾馬，二〇一〇），頁二二三。
[69] 黑潔明，《壞心大野狼》（台北：禾馬，二〇一〇），頁一九七～一九八。

性愛不再只是制式且想像力貧乏的活塞運動，進一步與身體的所有感官產生連結，手指、口腔、溫度、味道、言語，都構成性愛的內涵。其次，普遍的性愛模式透過陽具（進入）／陰道（被進入）的描繪，女性往往只能是性愛動作中承受與接納的一方，成為女性在性愛位置中被僵化的主因。在這裡，卻出現了一個象徵性的位置轉換。男主角的口腔（被進入）與女主角的手指（進入），不但透過「吸吮」的動作來揭示被進入方具備主動性的可能，令人省思既有性愛模式中女性是否也有機會重獲主導權；同時也展現男性被進入的可能，使得性愛不再僅止於呈現男性（進入、主動）／女性（被進入、被動）的圖像。

凌淑芬和黑潔明當然是舉隅，卻仍然適足以考察本土言情小說中當代女性對情慾的思考與對話。儘管其中的變化很緩慢、很細微，但她們不再只是複誦男性中心的情慾話語。情色化浪潮的潮起潮落，不僅促使言情小說的情慾子類型誕生，展現當代女性情慾自主的需求，更精確的說，它令言情小說中女性的愛情觀與情慾觀產生更緊密的連結，不再因為商業取向而刻意被突顯，也不再因內化社會目光而自我壓抑，如同現實中的當代女性一樣，她們的愛情羅曼史正視愛情，也正視情慾。

舉例來說，情色化浪潮小說興盛時期對情色描寫避之唯恐不及的言情小說創作者，如當初自清態度鮮明的萬盛（飛田）旗下的衛小游、杜默雨、鏡水等人，也逐漸可見作品中水到渠成的情慾書寫；當時踩在情色化浪潮浪尖的禾馬出版集團、希代書版集團與松

菓屋出版社等，反而回歸平實，即使是情色書系也同樣重視愛情的互動與描繪。整體而言，如今有相當比例的作品確實已並不特別強調、同時也不避諱性愛場景的描寫，作者們更多的關注性愛過程中的情感流動，也不一定以活塞運動和得到性高潮作性愛場景的結尾。也是至此，當這些作品從男性中心的「單向凝視」，轉向互為主體的「雙向碰觸」，取消導致主體與客體斷裂二分的距離，拋卻「男人想要而女人不想要，或者男人使得女人想要」的女性性被動描繪，才可說是女性情慾真正獲得自我正視／重視的象徵。

（二）「情色化浪潮」小說的性別權力再思

經過上述分別對情色化浪潮與情色化浪潮小說發展過程的梳理，關於本土言情小說如何透過女性情慾展演帶出當代女性情慾與權力的辯證，已經勾勒出一個輪廓。情色化浪潮乍起，二〇〇一年以立法委員及中華民國出版品評議基金會為首的批評陣線，與言情小說創作者、讀者組成的對立陣線之間的「情色化浪潮論戰」，呈現出本土言情小說作為傳播媒介的一環，如何與既有的主流傳播媒介產生衝突與對話。經此一役，「女性情慾」亦已提升到作為公共議題的高度，可謂從「犯禁」走向「解禁」。

在這當中，檢視情色化浪潮前後具有情慾書寫的言情小說文本，便能從情慾話語的轉變一探本土言情小說如何也具備著主體能動性（agency）：以情色化浪潮論戰為契機，言情小說作者重新檢視情色化浪潮時期小說為人詬病的缺失，譬如過於露骨粗糙的性愛

描寫、男性主導情慾的主流性別意識形態，並拋卻情色化浪潮時期複製既有色情書寫中的男性情慾模式，終致言情小說的情慾書寫出現從「單向凝視」到「雙向碰觸」的轉向，使得一個女性情慾模式的誕生成為可能。這尤其顯示言情小說這個3F產業仍展現女性對自我情慾的思考與實踐，並非一味迎合既有主流傳播媒介的情慾論述。

不過，誠如筆者第二章援引新葛蘭西學派文化研究對葛蘭西霸權／爭霸（Hegemony）理論的挪用：「現存在社會中的文化在任何一個時間點上是爭霸的結果以及化身，也是從屬階級在『雙方同意下』接受主流階級的觀念、價值以及領導權。」[70]，同樣的觀點也適用於本土言情小說中所展演的性別意識形態爭霸。葛蘭西的霸權理論原應用在階級鬥爭，後來廣泛應用到對各種形式衝突的分析，霸權呈現的是一種「在進程中的情況」（Condition In Process）[71]，它存在一個穩固的安定狀態，但並非完全無法流動與鬆綁。大眾文化亦呈現主流意識形態的「爭霸」，它是協商的過程，展演抗拒與收編的角力，然而，在資本主義文化工業的運作

---

[70] Dominic Strinati著，袁千雯、張茵惠、林育如、陳宗盈譯，《通俗文化理論》（台北：韋伯，二〇〇五），頁一五六～一五七。

[71] 「葛蘭西用霸權的概念來指涉在進程中的情況（Condition In Process），支配階級（與其他階級或階級派系結盟）並不只是統治一個社會，而是透過『道德和知識的主導優先』運作來領導社會。就這個意義而言，霸權的概念用來指稱一個社會雖然有剝削和壓迫的情況，但仍有高度的共識，及相當程度的社會安定性。」（引文粗體為原文所有），詳見約翰·史都瑞（John Storey），李根芳、周素鳳譯，《文化理論與通俗文化導論》（台北：巨流，二〇〇五），頁一八二。

下，霸權又經常能夠透過商業收編與消解抗拒的能量。

　　即使我們從本土言情小說的情色化浪潮現象中看到女性情慾的檯面化／公共議題化，亦藉此察覺，當女性正視自我情慾需求並自我認同的同時，便已使女性主體性得以透過肉身／身體經驗而進一步建立，不再只是寄託於抽象與精神性的愛情，提供女性另闢通往主體建立的蹊徑。但是，這卻並不意味女性情慾模式與女性主體性的建立已經完備。事實上，當我們闡述言情小說中的性別意識形態之拉鋸與角力時，正說明情色化浪潮以後仍然存在著重複情色化浪潮時期種種缺陷的言情小說作品，這也是筆者無意斷然指稱情色化浪潮帶來「色情（具危害性的）轉向情色（具創造性的）」線性發展的主因。

　　情色化浪潮從伏流、潮起到潮落，色情／情色二者的內涵始終是同時出現的，但其實它又是女性情慾觀點的多聲交響，是當代女性在建構屬於自身情慾模式時的各種嘗試。女性情慾模式的建立無法一蹴可及，因為她們的情色讀物必須以既有的主流社會文化為最初的土壤，而在過去，這塊土壤裡關於「女性情慾」的元素與養分極少。許秀珮曾以自身的寫作經驗表示，她與許多言情小說作者相同，在創作情色場景時參考各種色情素材，譬如西洋翻譯羅曼史、市面上的各類情色、色情文學，甚至是由日本H-Game（色情遊戲）改寫的小說[72]。直到名為情色化浪潮小說的花朵在這塊土壤

---

[72] 許秀珮，〈羅曼史小說：女人寫給女人的書〉，頁八八～八九。

上盛開並隨後化作春泥，才傾注入了新的成分。儘管，這並未立刻促成下一波更接近女性情慾模式的大眾文學之花在此綻放，但它也已經與昔日有所差別。

　　新月出版集團旗下的知名作家寄秋[73]，其近年作品《敗犬想婚頭》中的女性形象形塑，便展現此類值得玩味的情況。首先，從作品的名稱來看，「敗犬」[74]的概念偷渡入言情小說，正展現出當代女性所處的社會現實面向：隨著進入二十一世紀女性的平均初婚年齡上升，言情小說早就出現女主角的「事業型輕熟女轉向」，「敗犬」一詞則更明確地點出女主角們的普遍年齡上升，以及女主角擁有事業之必然。女主角擁有事業的理所當然，原先應該成為女性經濟獨立的象徵，不再如同傳統社會需要依附男性方能生存，然而，這裡卻僅加強了「敗犬」的「愛情失意＝人生失意」邏輯，展現驚人的性別刻版關係和性別意識形態。

　　故事中，朱冷冷自認是個普通平凡的女人，高唱敗犬論的同時顯示她事業基礎穩固（儘管只是普通上班族），但當她因失戀而狼狽不堪的隔天早晨，寄秋卻描述朱冷冷「貪懶地做了個簡單三明治充作早餐」[75]，其實大多數上班族皆無暇自己做早飯。一次男女主

---

[73] 寄秋一九九八年於新月出版集團出道，作品主要發表於旗下子公司新月及花園出版社。

[74] 「敗犬」語源出自日本女作家酒井順子二〇〇三年出版的作品《敗犬的遠吠》，意指年過三十、事業成功但未能結婚的女人。在台灣，讓「敗犬」一詞真正流行起來的關鍵是三立電視台二〇〇九年出品的偶像劇《敗犬女王》。

[75] 寄秋，《敗犬想婚頭》（台北：花園，二〇一一），頁八一。

角中午用餐的橋段，朱冷冷自攜的便當菜甚至是芥蘭炒牛肉、馬鈴薯炸蝦、高麗菜捲、肉片香芋[76]，流露出奇妙的良家婦女想像[77]。這種「好女人」形象的描繪，更加明確的展現在朱冷冷一位女同事取笑她「跟妳當了多年同事，我可沒見過妳交半個男朋友，搞不好妳到了三十歲還是處女」時，立刻遭到男主角尹蒼日的長篇大論反擊：

> 前輩（筆者按：意指朱冷冷）的潔身自愛是所有女人都該效法的，寧缺勿濫，不像時下追求流行的潮男潮女，把一夜情當家常便飯，三天兩頭換情人，今天睡過的人明天就忘了，**身為男人，我說句公道話，誰都想娶白紙一樣的女人為妻，沒人願意跟被其他人睡爛的人在一起，私德不佳的人往往淪為被玩的下場。**[78]（引文中文字粗體為筆者所加）

此處尹蒼日將「時下會玩一夜情的潮男潮女」拿來與朱冷冷進行對比，藉此將朱冷冷「潔身自愛」與品格高尚劃上等號（所有女人都應該效法），然而真正的「公道話」絕非直接將非處女直接扣連到一夜情。尹蒼日一竿子打翻一船（女）人，展現的不啻是抨擊

---

[76] 寄秋，《敗犬想婚頭》，頁三九～四十。

[77] 筆者稱其為「奇妙的良家婦女想像」，主要是因為真正慣於做菜的女性不可能為自己製作這種都是肉類蛋白質、主菜性質強、製作工序繁複而缺少蔬菜等沒有常識的「午餐便當」。

[78] 寄秋，《敗犬想婚頭》，頁三七。

女性情慾的保守態度，以及男性可以理所當然代替女性情慾發聲的優位意識。這個觀點與情色化浪潮時期同樣召喚處女情結，以及男性掌握情慾主導權的性別意識形態，而良家婦女／好女人想像，則將女性重新放入私領域／家庭的性別刻板位置，在在呈現這部作品的男性中心認同。

不過，在著眼《敗犬想婚頭》如何重現情色化浪潮時期小說的缺失之餘，另一個值得關注的情節是，當兩人一場酒後在床上醒來，尹蒼日矇騙朱冷冷已發生性關係，企圖以此為藉口促成兩人交往時，他的說法竟是要求朱冷冷「要負起責任」、讓他在受害之餘獲得男朋友的名分。而朱冷冷此時對尹蒼日的想法，也非對自己的貞操喪失大驚小怪，或者慶幸從此可以拋卻敗犬身分：

> 其實朱冷冷很想說：對不起，老兄，我跟你不是很熟，昨天第一次不小心吃了你這上等肥肉。但是礙於自己是「加害人」，這種話由她嘴巴說出去並不恰當，怕造成「二次傷害」。[79]

男女發生性關係，過往經常是視女性「吃虧」、需要「名分」來彌補，但是朱冷冷的思考邏輯卻明顯把自己當成「加害人」，而「吃了上等肥肉」字義所隱含的性暗示，也令女性情慾在這裡顯得

---

[79] 寄秋，《敗犬想婚頭》，頁一七二。

相當自然。即使這樣的情節描繪並非直接指向朱冷冷成為這個性愛關係／情慾活動中的主導者，但按照寄秋前述的女性貞操論述，朱冷冷的反應已經明顯存在落差。

如同寄秋的良家婦女／好女人圖像所呈現想像力薄弱，以及過高的幻想性，可以令我們意識到寄秋本人所處環境根本不存在所謂的「良家婦女」／「好女人」，同樣的，朱冷冷和尹蒼日在性愛後對「責任」所抱持的輕鬆態度，也提示我們婚前性行為／女性情慾在言情小說中早已「解禁」，無須筆墨來為女主角貞操進行辯解和說明的事實。這正顯示筆者前述的性別意識形態的角力狀況：它不再全面倒向男性認同，但也並非全然以女性為中心。它在二者之間不斷擺盪著，沒有終點。就此而言，歷經情色化浪潮洗禮的現在，我們亦已不再需要以二元對立的角度來看待言情小說中的性別權力關係。

總結來說，在男性擁有為男性創作的色情影片與色情書刊的今日，很長一段時間台灣女性缺乏真正為女性量身打造的情色讀物，二十一世紀初的情色化浪潮起伏消長以後，言情小說儼然是一個可以令人正視與呈現（至少是**可以致力**使其接近現實的）女性情慾的管道。結合言情小說中獨有的對愛情的憧憬以及其作為女性情慾出口的兩種訴求，同時關照女性讀者的愛情幻想與情慾需求，或許正是未來台灣本土言情小說走向的其中一種可能。它將始終存在收編、協商、抗拒收編的角力狀態，然而台灣女性對於自身情慾乃至情色讀物的需求，不再可能被斷然地污名化，也不再被質疑她是否

可以公開她的需求，因女性的聲音早已加入這場情慾與權力之間的辯論舞台。

第五章

BL（Boy's Love）
作為女性情慾的變形出口

經過本書第三章與第四章的討論，本土言情小說中的性別權力與情慾展演已有初步勾勒。根據前述兩個章節為基礎，本章以本土言情小說子類型之一的BL（Boy's Love，男男同性愛）小說為主題，試圖進一步釐清台灣當代女性的性別權力／情慾辯證話語以及性別意識形態如何以「女性不在場」／「女性消失」的BL言情小說曲折展現。

BL言情小說作為本土言情小說的子類型之一，公式化特色及敘事結構基本上仍與本土言情小說相同，讀者、作者、編者亦呈現高度重疊性。言情小說中BL男男同性愛的出現，無疑突顯某種弔詭，亦即這個3F產業為何會誕生一個女性消失的子類型？女性不在場卻演繹女性情慾與權力思考的BL言情小說，其中的「曲折」，如何再次突顯本土言情小說產業中的女性對性別權力與情慾管道的追求，以及追求過程中如何遭遇困難與限制，如同前述二章，其中的擺盪與角力情形既是本章所聚焦的主題，也是本書貫徹的觀點。

BL言情小說原先潛伏於一般書系，終至在二〇〇〇年成為一個完備的子類型。這個子類型的出現絕非出版社編輯透過行銷企劃所能順利推行，而是透過言情小說及日本漫畫共同的流通通路「租書店」作為平台，言情小說作者與讀者得以接觸日本BL漫畫，方令BL文化日漸偷渡入言情小說敘事結構。無論是否出於自覺，選擇將「女性不在場」的BL文化引入言情小說這個文類，正顯示本土言情小說產業的女性作家／讀者認定它可以是逃逸與抗拒的新出

口。就此而言，「BL子類型」本身即呈現這個產業透過內部對話機制，如何具備著自我價值判斷的能動性（agency），而非全然地被動迎合主流意識形態。

　　本章將聚焦BL子類型如何呈現台灣當代女性抗拒主流性別意識形態收編的企圖，尤其是它如何在成為當代女性情慾的變形出口時，令我們意識到女性的主體性在本土言情小說中建立與受限的關鍵。男男同性愛的BL言情小說如何展演女性的愛慾想像？情色化浪潮如火如荼之際，BL小說不但正逢興盛期，同時也出現情色化現象，當女性作者／讀者捨棄異性戀的情色／限制級書系小說與情色化浪潮小說，選擇創作／閱讀情色化的BL書系小說，又應如何解讀？

第一節　BL子類型的發展與意義

　　台灣大眾文學場域有明顯的跨國痕跡，本土言情小說也不例外。觀察本土言情小說的形成脈絡，七〇年代末、八〇年代大量進口台灣的英語系西洋羅曼史影響甚劇，不但奠定日後本土言情小說的產銷模式，更埋下九〇年代末期本土言情小說情色化現象（即本書第四章所稱的「情色化浪潮現象」）萌芽的種子[1]，進入二十一世紀的台灣本土言情小說，則出現了明顯受到日本ACG（此為英文Animation、Comic、Game的縮寫，是動畫、漫畫、遊戲的總稱）流行文化影響的BL言情小說[2]。事實上，「BL小說」此一詞彙本身便呈現明顯的跨國痕跡，它來自日本對西洋文化的想像，而後又再度為台灣所挪用。

　　BL為Boy's Love的縮寫，意指男性愛，亦可引申到廣義的男性

---

[1]　七〇年代末八〇年代初期引進台灣的英語系西洋羅曼史以美國言情小說為主，其時美國言情小說的主流亦是「情色小說」（The Erotic Fiction），七〇年代台灣盜版翻譯販售，迨八〇年代希代出版社推出愛情小說系列，此時本土言情小說雖少數但仍可見具有情色小說特色的作品。詳見林芳玫，《解讀瓊瑤愛情王國》（台北：台灣商務，二〇〇六），頁二二一～二二五。

[2]　台灣ACG次文化受到日本ACG作品影響深遠，以一九六六年的《編印連環圖畫輔導辦法》的漫畫審查制度作為起點，台灣本土漫畫創作因而出現諸多限制，一九七〇年代後期台灣出版界對日本漫畫的大量盜版，進一步使得台灣本土創作無從開展，自此台灣ACG領域幾可稱為日本ACG流行文化的殖民地，糾葛甚深，請參照陳仲偉從文化史角度對台灣漫畫的考察。詳見陳仲偉，《台灣漫畫文化史》（台北：杜葳，二〇〇六）。

情誼，並不等同現實的男同性戀愛情，較具架空世界觀與虛構幻想性質。無論是BL文化原生國度的日本，或者跨洋來到台灣，BL作品的創作者與讀者絕大多數為異性戀女性，這使得BL本身即與社會現實中的男同性戀產生明顯差異。BL文化最早透過日本動畫、漫畫進入台灣，九〇年代中後期台灣大多租書店與漫畫專門書店開始為BL漫畫開設專區可供管窺風行程度，而其文化在台灣的異地生產／土著化代表現象之一，即為台灣BL言情小說[3]。BL小說作為台灣本土言情小說的子類型，初期較常見「男男小說」、「耽美小說」的稱呼[4]，後名稱逐漸統一為「BL小說」，尤其可見BL概念在台灣大眾文學與流行文化中的成形。

　　本土言情小說作為性別化產業，與BL作品的女性作者、女性讀者的特質已具備重合與連結之處，這或許是二者得以順利且迅速結合的主因。為明確釐清BL子類型的形成，本節將進行BL言情小說脈絡的整理與考察，說明BL言情小說的發展過程，如何能夠與台灣本土言情小說進行內部對話，進而成為本土言情小說中最成熟完備的子類型之一[5]。BL子類型作為「本土言情小說」與「日本原

---

[3]　「BL小說」廣義而言包含日本與台灣各種類型的以BL故事為主的小說作品，本書所稱「BL小說」則皆為台灣本土言情小說脈絡下的BL言情小說，為便於論述，以下多以「BL小說」簡稱。

[4]　如狗屋出版社采花系列以黑色封面新版型出版此書系中第一部BL作品《焚夢》時，主編呂秋惠在書序提及本書為「男男小說的起點」。（洛煒，二〇〇一）松菓屋出版社二〇〇一年則以「耽美館」為名開設BL小說書系。

[5]　本土言情小說存在許多子類型，譬如武俠、科幻、校園、黑道等，但獨立成為書系的子類型可謂絕無僅有，就這個角度而言，BL確實可說是相當成

生BL文化」二者的混種，關於日本BL文化如何進入台灣，也將是本節需要處理的議題。

一、風與木低吟而出的詩篇：日本BL文化到台灣

（一）來自日本的原生文化

　　「你聽見風與木低吟而出的詩篇嗎？那是青春的騷動啊……」這是台灣動漫評論團體傻呼嚕同盟（Shuffle Alliance）出版於二〇〇三年第一本少女漫畫評論專書《少女魔鏡中的世界》[6]最末頁的兩句話，互文對象來自日本少女漫畫家竹宮惠子一九七六年的名作《風與木之詩》。《風與木之詩》被視為日本BL文化的萌芽階段以「少年愛」為主題的少女漫畫經典作品，在少女漫畫評論專書中宛若標語般被選用於全書最末頁，點出少女漫畫體系中BL此時已作為重要類型佔有一席之地。

　　也就是在《少女魔鏡中的世界》中，作者之一伊絲塔概要性地論述日本BL漫畫的形成脈絡，認為這種「男男戀情」的題材可溯源自森茉莉的男男耽美小說《戀人們的森林》（發表於一九六一

　　熟的子類型。
[6]　傻呼嚕同盟，《少女魔鏡中的世界》（台北：大塊，二〇〇三）。本書是台灣少數試圖將日本少女漫畫在台灣受容情形建制化的專書，曾於二〇〇四年入圍第二十八屆圖書金鼎獎文學語文類。

年)、《枯葉的寢床》（發表於一九六二年），流風所及，方使號稱「花之二十四年組」（即昭和二十四年，一九四九年前後出生）的少女漫畫家們也皆以「少年愛」作為重要的創作材料。《風與木之詩》即為此時期代表作之一，是帶有古典、西歐風情，以尚未發育第二性徵的少年為主角的漫畫作品。[7]姑且不論伊絲塔將BL漫畫置入日本耽美文學系譜中的論述，是否會帶來另外一位論者張茵惠所不認同的隱含意義，即「完全否定了它（筆者按：指BL）在七〇年代以同人誌之姿興起，可能帶來的反叛意義」[8]——此處所謂的同人誌，意指以某個作品為基礎，由業餘愛好者進行的二次創作[9]，因「業餘」的位置相對邊緣，不容易受到主流出版產業把關與限制，更能表現對現有體制的衝撞態度——儘管如此，伊絲塔這個文學系譜的觀點不失為一個理想的文化觀察切入點，也較能合理交代為何日本七〇年代以來「少年愛」題材可以如此綿密柔軟並且

---

[7]　伊絲塔，〈少女漫畫概說〉，傻呼嚕同盟，《少女魔鏡中的世界》（台北：大塊，二〇〇三），頁一六～一七。

[8]　張茵惠，〈薔薇纏繞十字架：BL閱聽人文化研究〉（台北：國立台灣大學新聞研究所碩士論文，二〇〇七），頁三一。

[9]　同人誌可說是次文化中的次文化，網路上集體合作式的百科全書維基百科對「同人誌」的描述可能會更加符合大眾看法：「這詞彙來源於日語『同人誌』，是指一群同好走在一起，所共同創作出版的書籍、刊物，雖然所謂的同人誌原本並沒有特別限定創作的目標事物，但對一般人來說，比較常聽到此名詞的用途，是在意指漫畫或與漫畫相關的周邊創作方面。」維基百科，〈同人誌〉，（來源：http://zh.wikipedia.org/zh-tw/%E5%90%8C%E4%BA%BA%E8%AA%8C，瀏覽日期：二〇一四年四月十日）。同人誌也有分原創作品及二次創作，但目前台灣以後者居多。

迅速地被日本少女漫畫領域所接受、吸收。

　　日本BL文化的生成脈絡，楊曉菁立基於先行研究進行整理，認為發源自七〇年代以「少年愛」為創作主題的少女漫畫是為前身，進入七〇年代末期八〇年代出現大量衍生自暢銷漫畫的「やおい」（YAOI）同人誌作品則儼然使BL文化崛起，男性同性愛漫畫至此成為日本少女漫畫的子類型之一，直到九〇年代日本《B-Boy》雜誌為與先前沉鬱耽美或具有情色元素的男性同性愛作品區隔差異，提出「ボーイズラブ」（Boys' Love）一詞企圖將出版品設定為明亮輕快喜劇收場的男性同性愛漫畫，雖最後未能收效，卻使BL一詞成為後來所有男性同性愛作品的代稱。[10]

　　為避免混淆上述提及的三個詞彙「少年愛」、「やおい」、「BL」，在此補充說明：「少年愛」主題的少女漫畫主要描繪少年間橫跨友情與愛情的情誼，「やおい」[11]雖經常與BL的稱呼混用，但「やおい」更侷限於指涉二次創作的同人誌，BL（ボーイ

---

[10] 楊曉菁，〈台灣BL衍生「迷」探索〉（台北：國立政治大學廣告研究所碩士論文，二〇〇五），頁三一。

[11] 「Yaoi是日語短語"Yama nashi, ochi nashi, imi nashi"（無高潮，無結局，無意義）的首寫字母縮合詞。這個詞是八〇年代後期造出來的，用於描述一種新的業餘漫畫類型……一九八五年，一群年輕的女性藝術家開始生產流行的男生足球漫畫《天使之翼》（Captain Tsubasa）的一系列番外篇。在這些番外裡，兩個年輕的男主人公被描述為一對戀人。」Matthew Thorn著，〈失控的女孩和女人們──日本業餘漫畫社群的愉悅和政治〉，收入陶東風編，《粉絲文化讀本》（北京：北京大學出版社，二〇〇九），頁三七一。從後文的《天使之翼》（台灣譯名《足球小將翼》）例子可知，這裡指稱的「業餘漫畫」即筆者所謂的同人誌。

ズラブ、Boys' Love或Boy's Love）一詞則毋寧是男同性愛作品的類型代稱。三者有所差異，不宜視為同義詞。

在台灣本土學術研究者的考察及論述之外，日本直木賞得獎作家三浦紫苑曾出版以閱讀BL漫畫感想為主的評論隨筆，則提供日本BL作品長期閱讀者／文化觀察者的觀點：

> 在我的記憶中，書店是先有「耽美小說」這個詞彙。那是在劇情很有分量的女性向「男人間的戀愛小說」，開始以精裝本在市面上發售的時候。之後，就創立了很多以女性向「男人間的戀愛」為主題的專門雜誌，也開始出版平裝本和文庫本的小說，並製作出專門的漫畫商標。「Boy's Love」這個用詞，則是在那個時候開始出現。[12]

三浦紫苑試圖「闡述耽美和Boy's Love的不同」時，提出三個區分的標準，亦即「單純的說法（名稱）不同」、「畫風（文體）給人的印象不同」、「描繪的內容不同」，表示在行銷概念、文體風格、故事內容三個層面上「Boy's Love」都比「耽美」更加通俗、有流行感。[13]據此而言，三浦紫苑的觀點一方面與楊曉菁對日本《B-Boy》雜誌帶出「ボーイズラブ」（Boy's Love）詞彙的考

---

[12] 三浦紫苑著，黃盈琪譯，《腐興趣：不只是興趣》（台北：尖端，二〇一〇），頁一〇九。

[13] 三浦紫苑著，黃盈琪譯，《腐興趣：不只是興趣》，頁一〇九～一一二。

察不謀而合，另一方面則明確地指出BL文化跨越小說／漫畫文本的生成脈絡，從而顯示BL從日本進入台灣文化場域時，由漫畫文本到小說文本的類型嫁接並非毫無來由與可能性。

觀察文本內涵，BL文化呈現高度的幻想性質。這些描繪「男人間的戀愛故事」的小說或漫畫文本，往往不見女性角色的存在，若存在，也經常是扮演壞人角色或者沒有存在感的配角。「女性不存在」及「男性總是與男性戀愛」幾乎成為前提，建構了BL文本的整體世界觀。在這種情形下，BL文本看起來與異性戀女性讀者毫無關聯，支持她們閱讀與創作BL作品的動機及快感為何？事實上，觀察點仍應從BL文化的幻想性質切入。

日本漫畫《妄想少女御宅系》[14]中的一個橋段，是值得一提的例子。這部作品並非BL漫畫，而是描寫熱愛BL的兩位女高中生的校園愛情喜劇，兩名女主角淺井留美與松井曜子分別與兩名男主角阿部隆弘、千葉俊介發展戀情，然而卻能夠在幻想／妄想中將兩名男主角進行配對。尤有甚者，外表不起眼而性格內向的淺井留美，在面對日漸兩情相悅的阿部隆弘時，經常因為缺乏戀愛經驗而手足無措，但一旦留美發動「妄想」將自己轉化為男性，便會判若兩人般地化被動為主動的「攻略」隆弘，明確地呈現女性如何自我男性化的想像。[15]

---

[14] 紺條夏生《妄想少女御宅系》台灣正式中文版由尖端出版社代理進口，全七冊完結。

[15] 紺條夏生，《妄想少女御宅系3》（台北：尖端，二○○八），頁一四五。

這個橋段提示我們「女性角色消失」的BL作品，如何仍有女性介入其中、並將自己置於主體位置的可能，關鍵正在於幻想。「幻想」令文本產生裂縫，提供讀者介入文本並重新詮釋文本的管道與能量，使異性戀女性讀者在男男同性愛的BL作品中仍能尋獲主體位置，譬如留美可能受限於女性在刻板性別關係中、不知道如何主動表達情感的困窘，卻能夠透過將自己想像成男性，以男性身分進行她的愛情／慾望實踐。而日本BL文化的這個幻想特質，即使在跨國傳播中也始終存在。

（二）在台灣的異地根植

　　對日本BL文化的大致發展情形有所認識之後，我們便能理解近乎是受殖於日本ACG次文化的台灣，如何透過日本動漫畫作品作為管道將BL文化進口到了台灣。BL文化的進口速度由於同樣的因素，儘管並非全面性的同步化，也必然沒有嚴重時差。

　　邱佳心、張玉佩統計「開拓動漫祭」[16]二〇〇二年十月到二〇〇六年七月期間八場活動，其中「具有偏好男性愛傾向的同人

---

[16] 開拓動漫祭（Fancy Frontier，簡稱FF）為台灣兩大大型同人誌販售會之一，乃台灣ACG界迷群視為年度盛事的活動，從二〇〇二年十月正式創辦第一屆迄今聲勢不墜，新聞亦經常以SNG車即時連線採訪。然而根據筆者長期觀察及實際參與經驗，在動漫迷群中普遍認為相較於開拓動漫祭，更多的BL同人社團偏好另一個大型同人誌販售會，即一九九七年起正式創辦而二〇〇二年因主辦單位合作對象改變而改名的「Comic World Taiwan」（簡稱CWT，前身為「Comic World」）。開拓動漫祭中的BL社團佔有率即有百分之十二點二五，CWT活動中的BL社團參與數值可能更高。

社團至少佔有百分之十二點二五」[17]；二〇〇三年的《少女魔鏡中的世界》開始試圖以〈男男之愛BOY'S LOVE〉專題對少女漫畫中的「男男世界」進行歷史脈絡建制化的評論[18]；在統計數據以及專著論述之外，過往被視為傳統俗民文化的台灣霹靂布袋戲，因日漸轉向流行文化商業經營模式後所出現的迷群（Fans）同人誌創作，同樣展現出BL文化的風行程度：根據莊雅惠彙整二〇〇〇年至二〇〇九年以來知名的霹靂布袋戲同人誌創作活動網路論壇，「創作大宗乃是以BL文的書寫，約有整體創作量的八成左右」[19]。這些例子尤可窺斑見豹，顯現日本BL文化早已釀酵為豐厚肥沃的養料，極有可能透過台灣ACG次文化這塊土壤滋長出不同於日本原生地的花朵。

如同前述，台灣霹靂布袋戲的BL同人誌創作已經展現一定程度的文化跨國生成，然而更能夠突顯日本BL文化在台灣異地根植的文化現象，乃是台灣本土言情小說的子類型BL言情小說。蔡芝蘭的碩士論文〈女性幻想國度中的純粹愛情——論台灣BL小說〉[20]是當前少數的台灣本土言情小說BL子類型先行研究。以其列舉

---

[17] 邱佳心、張玉佩，〈想像與創作：同人誌的情慾文化探索〉，《玄奘資訊傳播學報》第六期（二〇〇九年七月），頁一五二。

[18] 傻呼嚕同盟，《少女魔鏡中的世界》，頁二一五～二二九。

[19] 莊雅惠，〈性別圖像與迷群思維——以霹靂布袋戲為研究對象（二〇〇〇～二〇〇九）〉（台中：國立中興大學台灣文學與跨國文化研究所碩士論文，二〇一一）。

[20] 蔡芝蘭，〈女性幻想國度中的純粹愛情—論臺灣BL小說〉（台北：國立台灣師範大學國文所碩士論文，二〇一一），頁一一五。

的創作類型及代表作家為鏡水（萬盛出版社）、李葳（狗屋出版社）、凌豹姿（飛象出版社）三位，可知蔡芝蘭所謂的台灣BL小說，與筆者所稱台灣本土言情小說BL子類型相同。蔡芝蘭同樣關注到BL小說發展中，儘管中國古代的男色傳統仍「或多或少」影響當代台灣BL小說作者的創作思維，但本質是「深受日本BL漫畫小說及同人誌的影響，而不是延續中國古代男色傳統的脈絡下來」[21]。

蔡芝蘭觀察BL作品在台灣同人誌活動場域的蓬勃發展，認為BL同人創作影響了台灣BL言情小說的產生。然而，這個論點顯然有時間點上的謬誤。根據蔡芝蘭的論述，她表示：

> 二〇〇一年起BL小說在言情小說界開始大放異彩，捧紅不少BL小說作者⋯⋯奠定凌豹姿、李葳、鏡水在BL小說界的天后級地位。二〇〇二年各大文學發表論壇與網站日益成熟，尤以鮮網、晉江原創網最為重要，不但提供廣大原創作者和讀者發表作品與交流的平台，還讓這些深受讀者青睞的作品能夠出版上市，這種網路發表後再行出版的出書方式，鬆動了出版社的審稿機制，也讓網路創作者得以藉此評估是否出版個人誌。這時期最重要的，還是與同人活動頗有淵源的小型BL出版社如雨後春筍般成立，帶動了國內BL小說的

---

[21]　蔡芝蘭，〈女性幻想國度中的純粹愛情——論臺灣BL小說〉，頁三十。

創作風潮，從而確立BL小說為言情小說次類型的身分，之後還更進一步將BL小說推展到足以與言情小說分庭抗禮的地步。[22]

　　僅以論述次序而言，蔡芝蘭原已提出「二○○一年起BL小說在言情小說界開始大放異彩」一語，事實上此時BL子類型已可謂完備成形，否則不可能由主流商業出版社為此設立獨立書系。就此而言，此後才紛紛成立的同人風格BL出版社，不可能「帶動」言情小說已經爆發的BL創作風潮，亦無法成為言情小說BL子類型成形的推手。

　　蔡芝蘭的論述謬誤在於將後起的「與同人活動頗有淵源的小型BL出版社」視為更早即設立的本土言情小說BL子類型的帶動者。然而，「BL同人誌蓬勃發展促成台灣BL言情小說的誕生」的觀點，嚴格來說並非完全的背離事實。早在本土言情小說出現BL子類型以前，許多BL同人社團投身參與的台灣兩大同人誌販售會之一「Comic World Taiwan」（簡稱CWT，前身為「Comic World」）在一九九七年即創辦舉行，確實提供台灣BL創作者投入BL創作的平台，如同筆者前述，台灣的BL同人創作亦是台灣吸收轉化日本BL文化的具體例證，某種程度而言，BL同人誌提供了台灣出版業關於成立一個新文類的商機端倪，當然也有部分BL小說作者出身

----

[22] 蔡芝蘭，〈女性幻想國度中的純粹愛情——論臺灣BL小說〉，頁五十～五一。

自BL同人誌活動[23]。然而，筆者仍要說明，BL同人誌的效用恐怕無法擴大到促使BL言情小說子類型的產生，尤其「CWT」固定於台北舉辦[24]，並須購票入場，導致它毋寧更是小眾「迷群」之間的交流，而這個衍生自動漫次文化中的次文化，影響力大有侷限。

筆者認為台灣本土言情小說與日本BL文化之所以產生緊密聯繫，更可能是因為二者共通的主要傳播與流通場域，也就是台灣獨有的漫畫租書店使然。台灣動漫評論家Jo-Jo曾考察漫畫出租業者對台灣漫畫產業的影響，並提出動漫王國日本曾經有過「貸本業」的漫畫租書店行業，但泡沫經濟時代過度膨脹地價、房價、人工薪

---

[23] 飛象出版社知名作家拓人，即是同人誌出身的BL言情小說作家。「拓人就是喜歡那種有『倒錯』感的配對……為什麼拓人有這種『特殊喜好』呢？仔細想想，大概是因為拓人的BL是從同人誌玩起的，所以和絕大多數人的偏好有所不同吧！」詳見拓人，《絕愛》（台中：飛象，二〇〇一），頁二〇二。另一方面，儘管蔡芝蘭所列舉的三位作家鏡水、李葳、凌豹姿亦皆有在同人誌販售會活動的跡象，但都在出道於言情小說界的二〇〇〇年以後，無法認定是同人誌活動影響了三位天后級BL作家的BL創作，唯有凌豹姿比較明確可見是較早期即接觸BL同人誌創作。關於蔡芝蘭對三位作家創作的爬梳，詳見蔡芝蘭，〈女性幻想國度中的純粹愛情——論臺灣BL小說〉，頁五六〜七六。

[24] 「CWT」這個活動品牌，在日後開發許多子活動，如「CWTK」（高雄場，二〇〇五年起）、「CWTT」（台中場，二〇〇六年起）、「CWTHK」（香港場，二〇一〇年起）以及「CWT PARTY」（台北地下街免費入場活動），但規模較小，舉辦次數也較少。原有的「CWT」在區別上正式名稱為「CWT台大場」，但仍被簡稱「CWT」，是這個品牌最具號召性的主力活動。此處未將另一個大型同人誌販售會「開拓動漫祭」列入討論，因其於二〇〇二年創辦，此時言情小說BL子類型已經成形，同樣的理由，「CWT」的子活動也不列入討論。

資，而漫畫漲幅卻遠遠不及，加上版權專利衍生的法律問題日漸嚴苛，此後貸本業便幾乎全面消失，不比台灣漫畫租書行業得以發展出連鎖經營店體系[25]。就在台灣漫畫租書店開始採用品牌企業化經營策略的九〇年代中後期，當時台灣指標性連鎖租書店「十大書坊」即是以漫畫與小說作為兩大主要商品。

談論九〇年代租書店的蓬勃發展，亦不可忽視此前大多數讀者到實體書店或便利超商購書的消費習慣。誠如林芳玫和Jo-Jo分別關注到便利超商做為八〇年代以降台灣言情小說和九〇年代日本漫畫重要流通場域之一，乃具有促成這些作品受到推廣的重要性[26]。兩位論者的觀點，顯現言情小說／日本漫畫二者流通場域原先即有重疊之處，同時令我們留意到九〇年代中後期大型連鎖租書店的蓬勃興起，由於減低閱讀成本，並可取代便利超商為讀者提供購書服

---

[25] Jo-Jo，〈世紀末台灣動漫畫環境大體檢〉，傻呼嚕同盟，《動漫二〇〇〇》（台北：藍鯨，二〇〇〇），頁一五八～一八七。

[26] 關於八〇年代以降言情小說與便利商店的關係，林芳玫表示「到了八〇年代，漫畫、武俠小說、言情小說等通俗讀物的產銷開始『產業升級』，包裝日益精美，堂而皇之地陳售於一般書店。等到便利商店也開始賣書，它等於扮演了以往租書店的角色，提供休閒性讀物的銷售流通管道」，林芳玫，《解讀瓊瑤愛情王國》，頁一八一。林芳玫的觀察突顯言情小說和漫畫擁有共通的流通場域已行之有年，唯此時所稱的租書店，與九〇年代中後期的連鎖租書店相比，後者的整合式經營模式又反過來取代當時的便利商店。而Jo-Jo則是關注便利商店為漫畫帶來的銷售效果：「當便利商店掀起熱潮，又因為便利商店深具廣告宣傳效果，帶動其他漫畫單行本的銷售。而目前便利商店的規模全省更超過六千家……又成為漫畫銷售一個極重要的通路。」，詳見Jo-Jo，〈世紀末台灣動漫畫環境大體檢〉，傻呼嚕同盟，《動漫二〇〇〇》，頁一六五。

務，因此大幅減低讀者前往便利超商消費這些讀物的可能，從而促使日本漫畫和台灣言情小說讀者更高密度地在租書店產生連結。正是在如此同一時期、同樣的傳播與流通場域中，漫畫租書店成為日本BL漫畫和台灣本土言情小說產生碰撞與匯流的橋樑，進而埋下台灣本土言情小說BL子類型這異地根植後所綻放之花的種子。

二、烈火與花與夢的起點：台灣BL言情小說的興起

論及台灣BL言情小說，有個關鍵字必然勾起資深讀者的共同記憶，亦即左晴雯的《烈火青春》。《烈火青春》系列未必符合台灣BL言情小說的典型敘事模式，卻可能是九〇年代後期許多BL讀者閱讀台灣BL言情小說的啟蒙之作。「烈火與花與夢的起點」，烈火即《烈火青春》，花與夢不僅呈現BL文化象徵意義上的意象，更指涉台灣本土言情小說領域兩個具代表性書系的成立，也就是飛象出版社的「花間集」、「紫藤集」書系，以及狗屋出版社以《焚夢》一書開端的黑色版型BL書系[27]。

---

[27] 狗屋出版社「采花」系列以黑色封面新版型出版此書系中第一部BL作品《焚夢》，主編呂秋惠在書序〈軒轅無極的終點，男男小說的起點〉中說明了這個書系形成的考量以及本書的重要性：「因為《焚夢》，激發了新的嘗試，代表了追求品質的意義；也因此，我們決定將一向講究高水準、以致不定期出書的男男小說與它結合，讓新版型成為足以區分的標識。」從此，采花書系黑色版型即為BL書系。詳見呂秋惠，〈軒轅無極的終點，男男小說的起點〉，洛煒，《焚夢》（台北：狗屋，二〇〇一），頁十二。

台灣BL言情小說的形成，是如何開始？如何發展？筆者將先後說明台灣BL言情小說之所以形成的場域因素，以及台灣BL言情小說書系的生態消長背景概況，藉此考察日本BL文化如何出現在地化的可能，並成為不受限於日本原生BL文化以開展台灣在地性的大眾文學類型作品，進而在這個文類中展演當代台灣女性的愛慾想像。

（一）台灣BL言情小說形成的場域因素

　　日本BL文化為什麼得以順利與台灣本土言情小說嫁接，生成為台灣BL言情小說此一言情小說子類型？筆者擬以兩個方向進行觀察。第一是台灣漫畫租書店的商品選購與陳列如何導致台灣言情小說向日本BL漫畫取徑，第二是台灣言情小說文化工業如何對BL小說的敘事模式造成影響。

　　首先，涵蓋多角化經營的連鎖租書店體系在內，台灣漫畫租書行業多以漫畫與小說作為主要商品，但須留意到指涉的漫畫與小說主要是「日本漫畫」以及「台灣小說」，其中台灣小說包含著各種類型的台灣本土通俗／大眾小說，大多是男性取向的武俠小說[28]及女性取向的言情小說。整體可見度與銷售量日漸提升的日本輕小說，儘管風格與取材都相當接近動漫畫，早年卻不是租書店普遍願

---

[28] 關於台灣本土武俠小說與日本動漫畫也在同樣的租書店流通場域，是否也會受到BL文化的影響？首先本書以言情小說為主要論述對象，故對武俠小說略而不論，其次筆者認為BL文化的女性取向和男同志取向，對於以異性戀男性為目標讀者的武俠小說而言影響力確實較低。

意上架的商品。

　　在這種選書策略下，漫畫租書店的日本BL小說進書量亦相對稀少，直接導致日本BL小說無從進入租書店場域，連帶影響台灣出版社在翻譯出版日本BL小說時也顯得態度保守。日本三大長篇BL輕小說《富士見二丁目交響樂團》、《炎之蜃氣樓》、《間之楔》，除《富士見二丁目交響樂團》二〇〇八年起由台灣角川書店選譯出版（非全套依序翻譯），《炎之蜃氣樓》僅在一九九五年由尖端嘗試發行小說單行本第一集後便無下文，年代較久遠的經典作品《間之楔》則是完全沒有台灣中文翻譯本，相較日本BL漫畫的大量翻譯進口，簡直不可同日而語，終致使台灣一般言情小說讀者／創作者對日本BL文化的認識仍以動漫畫為主要對象。

　　進一步說，正由於日本BL小說的進口量相當稀少，因而日本BL小說對台灣BL小說在初步發展與形成的時候幾乎沒有產生影響力，此時介入並確立台灣BL小說敘事模式的，便是文化工業體系式的台灣本土言情小說產業。儘管BL小說的男男同性愛題材，乍看下令人聯想到男同性戀，難以想像BL與言情小說竟然能夠產生連結，但其實BL文化本身的女性創作、女性閱讀的特質，便讓BL得以順利地透過言情小說作者與讀者偷渡入言情小說。更重要的是，台灣BL言情小說與一般言情小說審稿人及編輯幾乎完全重疊，並未因為BL題材而產生差異，因此在同樣的審稿標準下，台灣BL言情小說便勢必出現與一般言情小說相同的敘事模式，從而成為言情小說的子類型。

（二）台灣BL言情小說書系的生態演變

　　台灣BL言情小說出版狀況有助於對此言情小說子類型發展脈絡的認識，筆者擬連結出版書系的設立以及出版社的成立等實際的關鍵時間點，嘗試爬梳BL言情小說二十世紀九十年代中後期迄今的發展概況，藉此管窺日本原生BL文化如何根植台灣言情小說場域，終至開展出台灣在地性。

1. 萌芽期（～一九九六）：跨「界」的《烈火青春》

　　首先需關注的，正是飛象出版社知名作家左晴雯的《烈火青春》系列。左晴雯作品《烈火青春part1》、《烈火青春part2》皆在一九九六年於禾馬文化出版社出版，日後跳槽至飛象文化出版社，於一九九八年續出系列作《烈火青春part3》。以常理而言，除非兩家出版社擁有共同資金，或同屬一個出版事業集團，否則跳槽出版社後直接出版系列作品之續集可謂匪夷所思，顯示本系列作品之暢銷，足令出版公司採取這種出版策略。事實也證明《烈火青春》系列確實具有令出版社破格看待的價值，一九九八年初飛象出版《烈火青春part3》後，此系列以平均一年兩本的速度發表，迄二〇〇四年《烈火青春part18》為止共十六本。其中《烈火青春part15》曾是二〇〇三年台灣國際書展暢銷榜首[29]，可見其重要地位。

---

[29] 王蘭芬，〈烈火青春暢銷榜首　羅曼史席捲青少女〉，民生報，二〇〇三年二月十八日，A10版。

將其視為台灣BL言情小說揭幕之作，並非純粹看重作品一九九六年起驚人的銷售量，而是至今被資深讀者列為經典作品的《烈火青春》系列，其實是非常不「典型」的言情小說。所謂跨「界」，不僅止是說明《烈火青春》乃橫跨兩個出版社出版的系列作品，更多的在於《烈火青春》流露出日本動漫畫題材跨界言情小說時強烈的過渡時期風格。

　　台灣本土言情小說原為愛情主題的長篇敘事體，《烈火青春》系列卻是以六個美少年之間友情與冒險為主題的短篇小說所輯成，一稱為「話題式小說」，每本小說約有三至五個話題，敘事結構與主題皆迥異於常見的本土言情小說。《烈火青春》系列是左晴雯在禾馬出版社的暢銷代表作「東邦列傳」系列的前傳——「東邦列傳」作為典型的本土言情小說作品，是分別以合稱「東邦」的六名俊美青年為男主角所發展的愛情小說[30]——「東邦列傳」的六名男主角性格鮮明獨特，強調「東邦」團體間的夥伴情誼。「東邦」的六位「怪胎」男主角風靡眾多言情小說讀者，終促成以「東邦」少年時期為主角的故事《烈火青春》。值得玩味之處是，儘管在較早出版的「東邦列傳」中六名男主角已各自尋到「真命天女」，《烈火青春》系列少年時期的他們，其深刻的友誼仍然被描繪得具有曖昧感，因而使「東邦」也存在不少衍生同人創作。

---

[30] 「東邦列傳」系列分別是《英雄釣美人》、《情夫招標》、《偷心小貓貓》、《馴獸師與刁蠻女》、《巧撞丘比特》、《就愛你的壞》，皆於一九九五年出版。

更具體的說，一九九六年開始創作的《烈火青春》系列，若非因為其時日本BL漫畫的廣為流行，純粹刻畫男性與男性間友情的女性讀物，不只是難以進入本土言情小說產業，可能從最根本之處就無法誕生，亦即，作者與讀者可能甚至不會想到要創作及閱讀此類型的作品。而在此之外，《烈火青春》亦處處可見透過日本漫畫作為媒介所帶來的日本想像，以成為年度台灣國際書展暢銷榜首的《烈火青春part15》（二〇〇三）[31]為例，這本小說內容幾乎沒有涉及日本之處，封面卻赫然是六名穿著日本男學生立領制服、綁著頭帶的少年，並以富士山及紛飛的櫻花作為背景，展現同在租書店場域流通的台灣言情小說創作受到日本漫畫影響的端倪，而其姿態各異的六名少年，透過統一服裝來強調彼此之間的緊密情感，也能窺見這部作品對BL元素的彰顯。

2. 成長期（一九九六～二〇〇〇）：潛藏於主流浪潮下的伏流

　　「BL」作為男男同性愛，亦即男性與男性之間情誼的主題，其光譜涵蓋友誼、純愛到情慾，《烈火青春》系列主力刻畫深刻友誼乃至部分曖昧情感，愛情部分則付之闕如。然而，若放在本土言情小說這個文類上來說，未符合公式套路者，必不能視之言情小說，因此至《烈火青春》為止，尚不能認為以愛情為主題的長篇敘事體之「BL言情小說」此一子類型已確立成形。筆者將成長期統

---

[31] 左晴雯，《烈火青春part15》（台中：飛象，二〇〇三）。

攝於一九九六年至二○○○年,主因在於二○○○年起本土言情小說市場正式出現BL小說專屬書系,BL小說數量大幅成長。然而,一九九六年以降,《烈火青春》的暢銷與風行,無疑帶來啟發新題材的能量,各出版社言情小說一般書系中已零星可見以男男同性愛為主題的作品,雖無特別突出的經典代表作品,但以傳統言情小說敘事模式發展的故事,確實已經產生。

　　蔡芝蘭曾在概述台灣言情小說的歷史脈絡時,一併說明台灣BL言情小說這個子類型的發展歷程,但她並未在此關注《烈火青春》系列,而是將聚焦左晴雯的另外一本著作《斷袖問情》(一九九五)[32],認為這是最早出現在台灣言情小說市場的BL小說,並判斷「台灣BL小說一九九五年下半年開始萌芽」。[33]然而,實際上《斷袖問情》對BL子類型的誕生並未帶來顯著的影響力,而蔡芝蘭因論文架構與篇幅因素,也未能詳盡地呈現言情小說BL子類型明確的發展脈絡,僅以概要方式說明,頗有疏漏,因此筆者前文並未援引蔡芝蘭的論述。但儘管如此,蔡芝蘭仍同樣意識到,BL小說從尚未類型化的萌芽期(蔡稱一九九五年,筆者稱一九九六年),到透過書系成立而明顯類型化的二○○○年之間,存在著一段沉潛的日子:

　　　　以萬盛出版社為例,一九九八年出版張小曼《情人不是未婚
　　　　妻》、艾芸《微醺上情路》,一九九九年出版蕭磊《大當家

---

[32] 左晴雯,《斷袖問情》(台北:希代,一九九五)。
[33] 蔡芝蘭,〈女性幻想國度中的純粹愛情——論臺灣BL小說〉,頁四九。

難纏》、冷玥《最後的東方情人》、昕語《在愛與不愛之間》、昕語《用感覺談戀愛》、艾芸《男歡男愛》。不過到了二〇〇〇年萬盛出版八本BL小說。[34]

　　如同蔡芝蘭據其考察指出，在二〇〇〇年以前，萬盛在一九九八至一九九九兩年間僅出版七本BL作品，二〇〇〇年單年的BL小說出版數量卻超越前兩年的總數。由此可知兩個現象，首先是BL小說書系的設立確實帶來影響力，即使是二〇〇〇年時尚未成立BL書系的萬盛，其BL作品仍有倍數成長；其次是言情小說界具指標性的出版社萬盛二〇〇〇年以前便已出版數部BL作品。據此種種，筆者將《烈火青春》暢銷之後、BL專屬書系尚未出現的二〇〇〇年以前，歸類為BL言情小說此一子類型摸索建制的成長期。

3. 成熟期（二〇〇〇～二〇〇五）：BL書系的百花齊放

　　成長期和成熟期的分野，主要取決於BL專屬書系和專門出版社的設立情形。台灣BL言情小說專屬書系出現，以及以BL小說為主要商品出版社的成立，其巔峰時期大約是二〇〇〇年到二〇〇五年。依據時間發展順序觀察，首先便是藉由《烈火青春》帶出BL言情小說成形契機的飛象出版社／映象文化，該出版社於二〇〇〇年底出版「紫藤集」系列，為台灣言情小說業界第一個打響名號

---

[34] 蔡芝蘭，〈女性幻想國度中的純粹愛情——論臺灣BL小說〉，頁四九。

的BL專屬書系。隨後，飛象原以一般男女愛情為主的書系「花間集」系列，亦在二○○○年六月出版第一本BL作品之後逐漸轉向成為BL書系。

其後各大小出版社陸續跟進，如本書第四章曾提及的言情小說界「情色天后」鄭媛二○○○年成立松菓屋出版社，當時業界咸認該出版社專出情色言情小說（儘管日後轉型為純愛風格），卻也於二○○一年六月開設「耽美館」書系。同年九月，不對外徵BL稿件的狗屋出版社透過黑色版型外皮包裝將BL小說置入一般書系的「采花系列」，視作該出版社的BL書系。較具規模的老字號飛田出版社（前身萬盛），雖然遲至二○○五年才規劃出BL的「彩蝶」書系，但此前的主力「當紅羅曼史」書系亦間有出版BL小說。

另一方面，亦有產銷模式仿照言情小說，但故事內容及包裝設計採用漫畫風格的BL動漫小說亦在相似的時間點大量出現，展現出BL動漫畫結合台灣言情小說的另外一種風貌，譬如二○○一年底專收BL稿件的荷鳴出版社成立，而威向有限公司二○○二年中開設「架空之都」BL書系，也是該出版社的主力書系，二○○三年則有純粹出版BL言情小說的龍馬文化成立。這些便是蔡芝蘭所稱的「與同人活動頗有淵源的小型BL出版社」。就此發展脈絡觀察，可說是BL言情小說的大發利市，才促成BL同人誌社團轉向商業出版社的契機。

綜觀以上，BL言情小說二○○○年以前雖無專屬書系，卻顯然早已形成伏流，二十一世紀○○年代初期幾年BL書系集中出

現，一時之間頗有與一般書系言情小說平分秋色之勢。如果將二〇〇〇年以前視為成長期，那麼二〇〇〇年到二〇〇五年即BL文化在言情小說中開花果實的成熟期。如同前文所述，在台灣言情小說產業的介入下，無論商品生產、包裝、行銷以及敘事模式，乃至創作者與讀者皆為女性的特點等各方面而言，BL書系與一般言情小說書系幾無差異，這是與萌芽期《烈火青春》系列非典型言情小說作品最大的差別。亦是進入到這個時期，此一言情小說子類型方算是真正確立，使其成為不受限於日本原生BL文化、並得以開展台灣在地性的大眾文學類型作品。

4. 衰退期（二〇〇六～）：BL小說的「退潮」

　　二〇〇六年以後，以堪稱BL小說界龍頭的飛象出版社倒閉風波為主要事件，或可視作BL書系衰退的前兆。綜觀二十一世紀〇〇年代的台灣BL言情小說，從出版社開設BL書系以及BL出版社的成立來觀察，高峰期大約在二〇〇〇年到二〇〇五年間。二〇〇六年具指標性的飛象出版社傳出倒閉風聲，儘管飛象一度出面澄清流言，二〇〇六年六月後卻已不再出版新書，日後改組為紅豆文化，出版量短少亦不可同日而語。老字號的飛田出版社，雖在二〇〇五年規劃出BL的「彩蝶」書系並且迄今仍在徵稿，該書系卻僅僅在二〇〇五年八月到二〇〇六年三月中出版三本小說便毫無動靜，其後的BL小說皆回歸主力書系「當紅羅曼史」出版。其後的二〇〇九年，雖有喵喵屋工作坊的「花弄吟」及新月的「月光之

城」在同一年先後設立，但皆是偏向動漫畫風格、非典型台灣本土言情小說敘事模式取向、知名度較低且出版數量較少的書系。事實上，飛象及飛田兩個龍頭出版社的例子已經突顯市場風向的轉變，呈現BL小說後勢漸衰，終究未能與一般書系言情小說真正形成分庭抗禮的均勢。

　　BL小說出版高峰期間值得留意的大事件，正是本書第四章的主題「情色化浪潮」。二〇〇一年三月，由聯合報系、中華民國出版品評議基金會以及立法委員組成的批評陣線，對言情小說發出「色情小說」、「黃色小說」的指陳，正式引發以言情小說「情色化浪潮」現象為主的論戰。時隔三年，二〇〇四年底出現以言情小說創作者為主的連署佈告「言情小說　文字工作者聯合聲明」，抗議保守團體出自敵意而假借圖書分級制度將言情小說編派入色情圖書之列，契機則是圖書分級制度意欲將言情小說全面性列入限制級出版品。先後兩個事件，BL小說雖未被直接提出，卻仍是被一竿子打翻的同一艘船人，起草人李葳的知名BL言情小說作家身分，尤可窺知BL小說與言情小說確屬同一社群。

　　綜合而論，BL小說搭上情色化風潮，可能是其所以蓬勃發展的條件之一，尤其成熟期的BL小說很大部分都列入限制級，而二〇〇四年底發表「言情小說 文字工作者聯合聲明」之後，言情小說經作者與出版社的自省日漸減少「黃潮氾濫」的指陳，與BL小說二〇〇五年末二〇〇六年初漸露的衰勢在日程上產生銜接，也加強了這個論點成立的可能性。

「情色化浪潮」的消退並非意味情慾書寫遭到禁絕，相反的是有越來越多並不特別以情色鏡頭作噱頭、但同時也不避諱性愛場景描寫的言情小說問世，這些小說更多的關注性愛發生前後的情感交流，並具有水到渠成、流暢無阻的情慾書寫，顯現出言情小說逐漸掌握到以女性為主體的慾望模式，也成為一個BL小說漸露疲態的可能解釋：相較需要經過曲折想像方能得到情慾滿足的男男同性愛BL言情小說，那些以女性為主體慾望男性客體的言情小說更符合過往BL小說中多數異性戀女性讀者的需求，使得這些讀者就此捨棄隔靴搔癢的BL小說。

不過，BL小說並未因此退出言情小說市場，而是回歸到更常見平實的子類型狀態，如同穿越小說從未成為獨立書系，而情色化浪潮小說在論爭漸消後，也可說是以情慾小說子類型的身分安棲於廣大的言情小說世界之中。這幾個子類型在形成之初，不啻是帶來新意與衝撞能量的來源，當它們以穩定的子類型形式棲身在產業中，固然一方面顯示衝撞力道的減退，另一方面卻也突顯出它們在衝撞之際所欲帶來的思考與觀點，必然已經與言情小說產業產生對話，令乍看下彷彿始終不變演繹俗套公式的言情小說，內裡仍然存在變化與差異。以下筆者便將透過文本分析，討論BL小說比起其他子類型，如何更加明確地展現衝撞過程中不斷尋到新路徑以逃逸收編的能量。

第二節　BL小說中的愛慾想像：
「非常異性戀」的「春藥」

　　BL文化從日本到台灣，都是以異性戀女性為主要讀者和創作者。本土言情小說BL子類型出現以前，日本BL文化透過漫畫在台灣傳播已經行之有年，也是因此，儘管台灣BL言情小說相關的論述極少，但以日本BL漫畫及台灣BL同人誌為主題的學術論文，卻相對已有部分成果。進入文本討論以前，筆者擬藉由過往以日本動漫及同人誌為主要對象的BL研究，尤其是關於女性愛慾想像的討論，為台灣BL言情小說這個材料與議題開展鋪路。

　　從早期「同性戀漫畫」（Queer comic）到「BL漫畫」一詞的確立，楊曉菁透過名詞的演變爬梳BL的內涵，並論述九〇年代以降BL文化之所以風靡女性讀者，在於提供傳統思維與性別刻板關係以外的愛情可能，而自原作衍生的二次創作「同人誌」文本則存有對原始文本性別意識形態的反叛的可能。[35]另一方面，一般BL研究者咸認為BL閱聽者一概為異性戀女性，但張茵惠透過閱聽人研究，說明當中亦存在著相對少數的雙性戀女性、雙性戀男性、同性戀男性，共同與絕大多數的異性戀女性組成BL漫畫的主要閱聽人。整體而言，張茵惠視閱讀BL作品為抗拒異性戀權力結構的文

---

[35] 楊曉菁，〈台灣BL衍生「迷」探索〉，頁九～三六。

化實踐，以及對讀者自身情慾與性別認同的正視，而這都構成了閱讀BL快感的來源。[36]

　　承繼這樣的論點觀看二十一世紀○○年代的台灣BL言情小說，不難發現二者的異流同源之勢，然而，儘管二者展現著相似的深層結構，因台灣BL言情小說作為類型文學的敘事公式使然，比起BL漫畫的題材多元性，BL小說可更明確集中處理主角的愛情與情慾關係，使其較諸BL漫畫更加適切地掌握女性愛慾想像的展演[37]：在BL小說中，有的男人從來未曾對男體產生慾望，卻會對尚無感情的「真命天子」的美好肉體產生生理反應；有的男人會一再強調自己「非同性戀」／異性戀的身分，卻因為「真愛來臨」而跨越性傾向，這些情節所呈現「不合常理」的同性戀想像與突然改變的性傾向認同，既是BL小說有別於男同性戀作品的關鍵，更是它必須符合言情小說女性讀者閱讀期待的結果。據此，本處筆者擬分為三個層面來探討BL小說的深層結構，說明異性戀女性如何在閱讀BL小說的過程中圓滿自身對理想愛情的憧憬，並且投射或轉化自身的情慾想像。

---

[36] 張茵惠，〈薔薇纏繞十字架：BL閱聽人文化研究〉，頁一五一～一六五。
[37] 包含漫畫、同人誌在內的BL作品的讀者仍多數是女性，比起日本動漫更接近言情小說的BL小說讀者性別分佈則更集中在女性，據此本文並不延伸探討BL小說男性讀者的相關議題。

一、愛情命題的強化:「真愛無敵」的「愛情烏托邦」

　　筆者第二章中已說明本土言情小說這個文類的公式套路為:「男女邂逅→相愛→遭遇困難→克服困難→愛情圓滿」,作為這個文類的子類型,BL言情小說也不例外,改變之處僅是將「男女邂逅」換為「男男邂逅」。換句話說,BL言情小說的高度遵循公式仍是這個產業編者、作者、讀者的共識,這使得言情小說讀者在閱讀此類作品時也可以抱持同樣的閱讀期待,就宛如她們在閱讀其他子類型的本土言情小說一樣,無甚差異。

　　既然台灣BL小說受到台灣本土言情小說文類敘事的介入與影響,方得以形成一個完備成熟的子類型,自然與BL文化原生國度日本所產的BL小說文類相去甚遠。相對的,包括上述的公式套路在內,台灣BL小說與台灣本土言情小說理所當然存在著相同的內部結構特色:小說情節存在高度幻想性質(至少絕不寫實)、資產階級的浪漫愛想像(極少以社會底層人物為主角),以及強調有情人終成眷屬的美好結局(出版社直接標註拒絕悲劇)。

　　言情小說的類型敘事結構使它通常不符合社會現實,卻充分滿足女性的愛情想像,「愛情可以消弭衝突與瓦解難關」的論述尤其不斷得到強調。就此而言,以愛情為敘事主線的台灣本土言情小說,我們能在其中看見的「真愛無敵」與「愛情烏托邦」二者,明顯是重要的命題——前者的重點是強調真愛可以令任何難關迎刃

而解，後者則是提供一個空間令愛情可以無視現實困境而輕盈展演
——任何子類型都不例外，其中當然也包含子類型之一的BL小說。

　　值得注意的是，BL小說中的「真愛無敵」與「愛情烏托邦」
論述毋寧是更加得到強化的。如同筆者前述提及出版社對悲劇結局
的拒絕，在本土言情小說既有的類型共識下，絕大多數的言情小說
必然要以主角的愛情圓滿作結[38]，亂倫、背德的負面題材更是明確
遭到排除的，此時原可用以召喚愛情中熱切激情的「禁忌戀情」情
節便無法發揮。更進一步說，當真正的「禁忌」遭到排除之際，傳
統愛情敘事中如羅密歐與茱麗葉夾在家族仇恨之間的愛情禁忌太過
「古典」而無法令當代讀者感同身受，早期西洋羅曼史中常見不同
種族與階級的禁忌戀情在當代台灣也缺乏時空條件，最終能為讀者
召喚同時具備禁忌感又未真正歸類至禁忌題材者，莫過BL小說的
同性戀情。

　　龍吟出版社的徵文內容中，注意事項之一為「不收：悲劇結
局、BL（男男）、負面題材或第一人稱寫作等」[39]，無獨有偶，
狗屋出版集團的徵稿同樣表明：「暫不接受男男小說創作」[40]，當

---

[38] 儘管有極少數的言情小說作品以不典型的愛情圓滿、雙宿雙飛「美好結
　　局」作結，但通常都出自極暢銷的作家筆下，才可能令出版社同意進行此
　　類「嘗試」來挑戰讀者的接受度。譬如松菓屋出版社的鄭媛《淚海》一書
　　即以主角的分手結尾，而鄭媛本人不但是該出版社的扛鼎作家，同時也是
　　出版社的主事者。

[39] 龍吟甜蜜屋，〈龍吟強力徵文〉，（來源：http://longyin.com.tw/billboard/
　　recruit/article.html，瀏覽日期：二〇一四年四月十日）。

[40] 「文字投稿注意事項：1.純粹個人創作的中文愛情小說（非抄襲，改寫），

然這並不意味著可直接將BL（男男同性戀情）與悲劇或負面題材進行同樣意義的連結，然而當BL與悲劇、負面題材並置而遭到提出以排除時，便透露BL即使成為一個明確的子類型，也並非所有主流出版社皆以「常態」視之的主題。就此而言，確實顯示了男男同性戀情在某種程度上觸及「禁忌」的事實。

可是，這個「禁忌」又是「若即若離」的，而關鍵正是「同性戀情」在當代本身具備的複雜位置：同性戀情既是「邊緣」的，又是「主流」的。至今，同性戀仍坐落於「不合法」且進犯了傳統婚姻家庭價值的邊緣座標上，但同時亦是性別與人權意識抬頭下聚焦關注的主流議題，在公開場合表明對同性戀的歧視往往會招來抨擊，突顯當代社會對同性戀人權的認同和捍衛。在此社會背景下，男男同性戀情令BL既觸及禁忌，又並非直面衝擊當代社會與讀者的既有價值觀，終使得BL小說得以透過「禁忌之愛」，進而強化「真愛無敵」與「愛情烏托邦」的論述。

「真愛無敵」與「愛情烏托邦」兩個詞彙具備高度重疊性，所指涉的意涵卻仍然有所差異。「真愛無敵」強調真愛可以解決任何困難，仍然正視困境的存在，「愛情烏托邦」卻是更具幻想性質地無視、消弭現實中可能出現的困境，打造一個令人得以徜徉於

文長約九至十一萬字……背景為古代或現代均可，男女主角一方需為中國人，目前暫不接受男男小說創作。」詳見狗屋／果樹天地，〈我要投稿〉，（來源：http://love.doghouse.com.tw/html/feedback.asp#hi1，瀏覽日期：二〇一四年四月十日）。

美好愛情中的理想空間。檢視BL小說中的角色如何看待男男同性戀情，經常能夠同時看見此類「真愛無敵」的「愛情烏托邦」想像。以前者而言，我們可以透過文本如何處理小說角色面對「同性戀」現實處境／困境的狀況，覺察BL小說即使提醒讀者同性戀情的「犯禁」，也總是同時為其尋找轉圜的理由。

> 從小到大，他都不曾對同性有過遐想，更不曾對男生存有過多的好奇；由於獨來獨往的性格，他就連要好的同學也沒幾個。會那麼在意祁日，在他來說亦是難以理解的。所以，同性戀這個名詞，對他來說是陌生得可以。不管理由為何，**他都相信自己不是個同性戀。對於祁日的感覺……他，不過是說不上來，一時找不到適當的解釋罷了。**[41]（貓子，《惡劣學長》，引文中文字粗體為筆者所加）

> 閉了閉眼，他抬眸望向許哲希美麗的臉容。這個能用漂亮來形容的同性友人，沒有絲毫讓他想要觸摸的衝動。那麼，為何那個時候，他會對郭近善那麼做？只要思及自己當晚逾矩的行為，江破陣就心悸到胸口發燙。**他沒想過自己會對同性產生慾望，而且還是只針對郭近善一人。**[42]（鏡水，《玻璃心》，引文中文字粗體為筆者所加）

---

[41] 貓子，《惡劣學長》（台中：映象，二○○○），頁二六。
[42] 鏡水，《玻璃心》（台北：飛田，二○○四），頁一六四。

如同上述貓子與鏡水作品的引文，類似的橋段在BL小說中層出不窮：主角展現對自我性向的存疑，而後將自己的這份感情／性傾向定調為「自己不是個同性戀」、「只針對特定一人」所產生的情愫。此類「強調自己並非同性戀，而是因為愛情的召喚，跨越了性別／性傾向的障礙」論述，不但再次彰顯了真愛力量的無所不能，更為同性戀情的「犯禁」找到一個顛撲不破的理由，亦即他們本無犯禁意圖，卻終是情難自禁。

　　另一方面，當BL小說更進一步強調同性戀的「違背倫常」時，往往也在同時將這個「觸犯禁忌」的事實，扣連到「能夠對抗外界阻力的愛情，才是真愛」的觀點上，令愛情昇華至得以超越世俗眼光的更高位階，眾人（從小說角色到讀者）因而寬容接納這份可以引起人性共鳴的真摯情感。而這也是BL小說中常見的橋段之一，無論時空背景是古今中外，越是強調同性戀情的背德，實際上越是在彰顯愛情：

　　　　「什麼叫『這種事』?!四哥，難道你一點也不會覺得奇怪？一點也不覺得不正常？」皇翌嵐脹紅著臉站起來。「陛下和蘭堇，都是男的！他們都是男的啊！那樣太奇怪了！」
　　　　「為什麼奇怪？從小到大我從未見過皇兄對任何事情產生執著心，甚至當上了燮王，他對身邊得到的事物都是這麼的理所當然，而蘭堇，該是他這一生中第一次認真、不擇手段也

想得到的人吧！」東陵王說出自己的看法。[43]（洛煒，《毒
香》）

　　洛煒《毒香》一書的兩個男主角分別是燮國天子燮王，以及先
王時期罪臣後代的蘭菫。燮王因王朝外戚干政導致帝位尚未穩固，
行事作風謹慎自持，理應疏遠會影響帝位權力的罪臣後代、又是男
性（顛覆倫常）的蘭菫，但燮王唯有面對蘭菫時完全拋卻種種攸關
性命與帝位風險的顧慮，只為求得蘭菫可以長伴身側，不啻是將愛
情放在江山之上。當燮王的兩個弟弟得知兩人「不倫」關係時，五
皇子皇翌嵐大受打擊，一度為此鄙薄原視為摯友的蘭菫，然而四皇
子東陵王卻點出一國之主的燮王如何視蘭菫為心上珍寶，並因此才
顯得像個有慾求、有溫度的凡人，反過來闡述「背德」愛情具備使
人從「異」（無情帝王）返「常」（有情凡夫）的力量。日後，五
皇子也坦率接受了摯友蘭菫與帝王相戀的事實。

　　如此說來，BL小說中同性戀情對禁忌的挑戰，其實僅是增加
緊張氛圍的故事效果，最終總是「高高提起」、「輕輕放下」的
虛晃一招。這個「虛晃一招」，在昕語《沉淪》[44]一書尤其展露無
疑。以「沉淪」此一本具負面意涵的詞彙為書名，便已展現禁忌
色彩，本書更特意將時間點設定在言情小說中少見的台灣戒嚴時期
的六〇年代，如昕語在後記所自述，她實際購讀兩冊《台灣近代

---

[43] 洛煒，《毒香》（台北：狗屋，二〇〇二），頁一五二。
[44] 昕語，《沉淪》（台北：狗屋，二〇〇三）。

史》，嘗試將場景拉到具有現實殘酷面的寫實年代，藉此「**轟轟烈烈地演出一場絕世禁忌、悖逆傳統、挑釁道德的男男之戀**」[45]。事實上，昕語一度猶豫是否要以男男戀來挑戰戒嚴時期的傳統觀念，但令她躍躍欲試並下筆創作的原因是「因為這樣的背景所造成的衝擊，比起現代更加狂烈、更具挑戰性與可看性！」[46]此言一出，原先在作者史實考察中「高高提起」的時代禁忌，又再度「輕輕落下」般地回歸到娛樂性質的大眾小說，成為一場「更具可看性」的、注定會得到美好結局的羅曼史戲碼。以下的情節對白尤其可供見微知著：

> 「媽媽，丟棄那些迂腐的眼光和成見吧！靖的未來，只要有祈生陪著，一定會很好的。」心臟猛地一縮，夏母震驚地望著甯，不相信她居然可以如此冷靜地說出這樣難堪的事來。「他們很相愛，愛到我們都無法想像的地步，那是誰都無法介入的，他們之間少了誰，誰就會死的。」夏甯緩緩將目光移向緊閉的房門，笑得溫柔。「**比起現實的醜陋，我倒覺得……他們之間的愛情美多了。**」[47]（昕語，《沉淪》，引文中文字粗體為筆者所加）

---

[45] 昕語，《沉淪》，頁二二一。
[46] 昕語，《沉淪》，頁二二二。
[47] 昕語，《沉淪》，頁一八〇～一八一。

《沉淪》書中這場驚世駭俗卻真摯深刻的男男之戀，本是這個時代任何人都無法接受的，此處卻透過男主角之一夏靖的孿生姊姊夏甯之口，直接成為台灣六○年代「現實醜陋」的對照，轉化為更令人嚮往與認同的美好事物。也就是從這裡我們可以意識到，最終同性戀情所觸犯的「禁忌」，不過是「只聞樓梯響、不見人下來」的幌子。

　　根據上述討論，已可窺知BL小說確實迥異於同志文學，現實中同性戀的各種困境並不在BL小說中被當作重點處理。絕大多數BL小說的劇情發展，即使戀情是在犯禁的氛圍下展開，卻並不真正造成障礙，故事必定以兩人的愛情更加鞏固、得到其他人的贊同、祝福或默許的Happy End作結，使得同性戀情僅僅是為這段愛情提供一種犯禁氛圍，用以突顯言情小說「真愛無敵」的命題。

　　若說「真愛無敵」命題突顯的是讀者對理想愛情的憧憬，「愛情烏托邦」此一命題則存在更顯著的理想性。以本土言情小說一個男主角搭配一個女主角的「主流組合」作品來說，也不乏理想化至接近幻想的愛情烏托邦想像，譬如風行言情小說市場多年的豪門總裁題材、江湖黑道題材等，都輕易地對社會現實面視而不見，令年輕清純的女主角可以突破階級障礙（相對男主角的豪門出身與社經地位，這些女主角地位階級較低，通常是普通上班族或學生），甚至是社會體制內外的界線（相對男主角作為社會規範外的黑道中人，尤其是技術性較高的「殺手」或「間諜」，女主角通常是不涉險惡江湖的平凡人），現實中要打破這些藩籬絕非易事，言情小說

中卻能讓他們藉由真愛命運的牽線，順利消弭物理距離以及價值觀差異。

　　然而，言情小說普遍可見的「愛情烏托邦」，往往在BL中呈現為更具架空、虛構性質的想像世界。倘若「真愛無敵」命題的文本是對同性戀情困境的「虛張聲勢」，那麼在「愛情烏托邦」命題的文本裡，現實社會中同性戀情本應存在的真實困境，則是直接被視而不見的。

> 「同性相愛的事對我們家來說，根本不值得大驚小怪。不知情的人會認為我們家很怪、前衛，其實這是有原因的。因為我們家族中的人，不管是父系還是母系的遠親、近戚們，每一代都有這樣**特殊的正常人**存在，所以我父母在結婚之時，就已很清楚兩相加乘的結果，說不定所生下的子女個個都是同性戀者；但四個手足中只有我和二哥是。因此我向你保證，絕對不會發生那種子女出櫃、雙親抓狂的事。所以**請你放心，我們一家都是以平常心和健康心態看待同性相愛的事。**」[48]
> （冷玥，《今生約定》，引文中文字粗體為筆者所加）

　　冷玥《今生約定》的這段引文作為一條線索，尤其「特殊的正常人」一語，正展現出BL小說如何看待「同性戀情」的另外一個

---

[48]　冷玥，《今生約定》（台北：飛田，二〇〇七），頁七七。

面向，亦即除了前述虛晃一招的同性戀犯禁之外，許多BL小說是將同性戀情直接合理化的——更精確的說，是徹底將「同性戀」抽離現實社會的脈絡，重新放置於一個架空世界，在那個世界裡，同性戀和異性戀一樣「正常」、「平常」、「健康」——有些BL小說作者透過看似合理的設計（如上述引文中冷玥「家族血緣遺傳」的安排），有些甚至連理由都無意費心尋找，便使故事中的同性戀情顯得理所當然，彷彿男人本該選擇男人作為戀愛對象，無須為此花費筆墨解釋。

　　如同先行研究者蔡芝蘭梳理飛象知名作家凌豹姿的創作類型，透過凌豹姿兩個著名系列「苗疆奇情」及「尋心」所留意到的關鍵——前者因系列作品以命定愛情為主題，「所以為了得到命定愛情的攻君或受君（筆者按：攻君意指性愛關係中的進入者，受君則是性愛關係中的接受者），根本不將性別視為愛情阻礙而有任何心境上的掙扎」[49]，後者有許多讀者歸類其為「男男生子」系列，因系列作品中多數都有透過科技而同性生殖的的情節，然而，「畢竟與現實社會脫節甚大」，導致它「只是作者天馬行空的幻想」[50]——凌豹姿作品中的同性戀情通常幻想性質高、並且亦不為其幻想性質尋找合理安排，是僅僅存在烏托邦想像中的美好世界。

---

[49] 蔡芝蘭，〈女性幻想國度中的純粹愛情——論臺灣BL小說〉，頁七三。
[50] 蔡芝蘭，〈女性幻想國度中的純粹愛情——論臺灣BL小說〉，頁七四。

事實上，凌豹姿打造的「愛情烏托邦」毋寧是她所有作品之「世界觀」的縮影，在二〇一一年出版的《不能說的愛戀》[51]一書尤其可供管窺。本書是凌豹姿極少數在書名即強調禁忌色彩的作品，書名「不能說的愛戀」已點出戀情的禁忌感，故事主軸則是無血緣的繼兄弟金聰英與金顏不為人知的情慾關係。金聰英的父親婚外情的對象是金顏的母親，元配過世後更直接迎娶金顏母親為續弦，視金顏如親子，導致金聰英與金顏繼兄弟間的關係相當惡劣。金聰英自高中起罹患夢遊症，夢遊時屢次強暴繼弟金顏，清醒的金聰英卻對此渾然未覺，基於家醜不外揚的顧慮，金父命令金聰英獨自旅外求學，並要求金顏保守秘密，但不明究裡的金聰英僅感受到父親對金顏母子的偏愛。當金父與金顏之母雙雙過世並遺留大多數遺產（作為遮羞費）給金顏後，金聰英開始展開對繼弟的復仇，直到金顏在遭受事業與身心種種打擊後，金父生前好友暨遺囑見證人的鄭福燕老人出面向金聰英戳破真相，這個「不能說的愛戀」才遭揭露。

就故事情節發展來看，小說確實觸碰到兄弟「亂倫」與「同性」的禁忌，然而值得留意的是，即使在這個禁忌色彩濃厚的作品中，橫隔在繼兄弟二人間的障礙，實際上並非亂倫與同性戀情，而是金聰英自年少時期，便在其母不斷告誡他必須對金顏母子復仇之際所產生的心理包袱。至於兄弟身邊的知情人士如鄭福燕老人或金

---

[51] 凌豹姿，《不能說的愛戀》（台中：紅豆，二〇一一）。

宅的管家，對於兩人日後的「重修舊好」其實都未曾以亂倫與同性戀情為理由看衰戀情。

　　譬如總是沉默且不動聲色的金宅管家只有一次明顯被描繪出情緒波動，那正是在金家兄弟已經確立愛情關係以後，當管家依照金聰英指示安排兄弟倆同住一間房，而金顏害羞表示不妥時，管家如此反應：

　　　　「大少爺說他不想半夜親密後，還要從你的房間走到他的房
　　　　間，所以你們睡同一間是最好的方式。」唔啊，管家講得還
　　　　真白，雖然說得彬彬有禮，還是很白！管家此刻還是面無表
　　　　情，但是眉毛在抽動，顯然心裡在狂笑。[52]

　　對比小說中管家過去每一次協助金家掩飾這場背德戀情時的冷漠態度，此時這樣的情緒描繪，格外突顯管家的心態其實偏向看好金家兄弟的戀情。另一方面，對於金家秘而不宣強暴一事感到義憤不滿的鄭福燕，最後亦接納了這對繼兄弟相戀事實：

　　　　至少金顏滿面紅光，一掃前半年的幽怨與折磨，而金聰英看
　　　　起來也是神采奕奕，至少他看金顏的目光，再怎麼掩飾，也
　　　　掩飾不了眸裡的感情！應該算是最好的結局吧！鄭福燕呼了

---

[52] 凌豹姿，《不能說的愛戀》，頁一九三。

口氣，活了這麼大半輩子，最後至少看到金顏幸福的表情，雖然是跟著一個他完全不贊同的金聰英。[53]

更重要的是，儘管鄭福燕始終不認為金聰英會善待金顏，小說中他卻一次也未曾以「同性戀情」作為反對理由，而當金顏主動表明愛慕金聰英並否定自己是性侵害受害人時，這個性格暴躁且乖僻的年邁老人，亦不曾絲毫提及這個同性戀情的「違背倫理」。

凌豹姿作為指標性的BL知名作家，其作品既然充分展現這種架空幻想世界的特色，那麼當BL小說作品中俯拾可見此類「愛情烏托邦」的架空世界，便也顯得順理成章。進一步說，正是這個愈來愈加龐大的BL愛情烏托邦，幾乎讓投身在此的作者與讀者皆透過幻想而沉浸其中，使此類BL小說中同性戀情的現實處境／困境遭到消弭，才令其比前述藉由「同性戀禁忌」來強調真愛無敵的文本，得以更進一步地強化言情小說「愛情烏托邦」的命題。

根據上述的整理，我們不難察覺，無論是虛晃一招的同性戀犯禁，還是美好的同性戀「特殊的正常人」論調，BL小說在處理性傾向、性別認同時的雲淡風輕，都顯露出讀者在BL小說文本中所展現的愛慾想像充滿高度幻想性。二〇〇二年三月，威向出版社以BL小說「架空之都」書系作為其主力書系正式創立，「架空之都」其名，正一語點破──它是一座女性創作者與讀者共同搭建打造的架

---

[53]　凌豹姿，《不能說的愛戀》，頁二〇二。

空之都，同時觀照女性對理想愛情的憧憬以及對男性／體的慾望兩種訴求——BL小說的幻想特質令其得以既閃避現實的性別困境，又能借言情小說敘事模式進入愛情烏托邦，過往社會對女性愛慾想像的種種束縛，便由此能夠輕盈地起伏、躍動於這座架空之都。

然而，BL小說這個架空之都如果真是一座堡壘，我們則必須思考使這座堡壘高築的地基是什麼？它之所以建立於空中，不正意味女性情慾尚不能在一般向度的空間中聲張／伸展嗎？以下筆者擬聚焦BL小說的情慾書寫，延伸探討BL小說中女性情慾是如何受到性別意識形態的限制，以及如何必須透過變形才獲得抒發？並藉此檢視女性讀者如何在BL小說中投射或轉化自身的情慾想像。

二、BL小說的異性戀情慾結構

大眾通俗小說常見以春藥作為發生性關係關鍵的橋段，普遍的狀況是，春藥或帶有春藥性質的毒物以及某些邪淫惡毒的武術，致使男主角和女主角必須歡愛交合才得以解除危機。這類春藥橋段，不分男性閱讀的武俠小說或女性閱讀的言情小說都並非罕見的安排，主角們也經常都是異性戀傾向的一拍即合，並不存在「自我解決」的選項，更枉論從同性別對象尋求解決的可能性。那麼，當BL小說也出現「春藥」的時候呢？

松菓屋BL作家韓月的春藥橋段書寫，提供了一個例子，令人得以透過「春藥」窺見BL小說究竟展現何種情慾模式。小說中主

角高奕凱因同性愛慕者追求不成而遭到下藥，在藥效完全發揮之前趁隙逃跑躲入飯店一個未上鎖的房間，與素未謀面的范軍臣相遇。因藥效發作，兩人天雷勾動地火：

> 范軍臣將手上的液體，藉由手指，探進高奕凱的後庭，察覺異物的入侵，高奕凱不由自主的拱起身體。因為藥物的作用，高奕凱的花蕾不再乾澀緊閉，粉紅的色澤，像是沾了露水的花瓣般，因他的手指而綻放。濕潤的內壁，緊絞著范軍臣的手指，隨著他的每一次進入、退出，而緊緊吸附著。高奕凱的呼吸更形急促，他不由自主的扭動腰枝。但是，還**不夠，他的手指，不能滿足體內的空虛。「……不夠……還……不夠……」**高奕凱狂亂的搖著頭，低泣出聲。[54]（引文中文字粗體為筆者所加）

　　屢次強調自身異性戀傾向的高奕凱，假設置身於其他大眾通俗小說，服用春藥後必然會立刻產生「進入」女性的高度渴望，在此卻出現渴望被男性「進入」的情慾需求，這樣的結果無疑是弔詭的，但此類弔詭並非韓月「匠心獨具」，飛象BL作家拓人筆下也曾有過相似橋段。

　　拓人《絕愛》一書描寫FBI探員雷伊昔日擔任傭兵時，曾破壞

---

[54] 韓月，《可怕的情人節》（台北：松菓屋，二〇〇一），頁三一。

犯罪組織首腦藍・迪菲爾斯旗下的一個財團，導致藍設下陷阱活捉雷伊以進行報復。藍的報復手段即是以注射媚藥／春藥方式強暴雷伊，令雷伊在主動迎合中身心受創。雷伊此前沒有任何同性戀性經驗，但在初次的強暴情節中，雷伊便已因春藥的效力而感受到「被進入」的歡愉：

> 漸漸地，在超越極端痛苦的界線後，雷伊驚駭地發覺身體竟背叛自己的意志，愉悅似的迎合著藍的撞擊。「啊……」強力的藥性，殘酷地強迫雷伊順從性慾的本能，**使他在不知不覺中竟習慣了那不住在自己體內肆虐的火熱**。原本只會帶來痛苦的衝刺逐漸麻痺他的知覺，在媚藥的催情下，他開始感受到一股不可思議的歡愉。[55]（引文中文字粗體為筆者所加）

當此處所謂的「順從性慾的本能」，順理成章扣連到雷伊（作為異性戀者原非性愉悅來源的）「被進入的快感」時，便與前一個文本中高奕凱的「被進入需求」共同呈現相同的情慾模式內涵：BL小說中，總是要存在一個進入者，以及一個被進入者，換句話說，男男性愛關係仍重複了情色化浪潮小說中僵硬的「活塞運動」情慾模式，只是從陽具陰道轉換為陽具肛門而已。

---

[55] 拓人，《絕愛》（台中：飛象，二〇〇一），頁九三。

BL小說中催發同性戀情慾的「春藥」，原來是對異性戀情慾模式的召喚，點破BL小說的「攻」（性愛關係中的進入者）／「受」（性愛關係中的接受者）定律仍高度遵循異性戀情慾結構的本質，偷渡與其他言情小說同樣僵硬的性別意識形態。BL讀者經常為BL作品中的兩個男性角色做出攻受區分，絕大多數作品中攻受位置是不會、亦不可逆反的，尤以情色化的BL小說更加如此，此模式便極為近似異性戀的男／女性別結構。事實上，關於BL小說及其相關創作的異性戀結構，先行研究也有相似的觀察，如蔡芝蘭爬梳BL的創作模式，提出BL男男同性愛是對異性戀模式的複製[56]，而莊雅惠分析霹靂布袋戲BL同人創作，亦透過「攻受不可逆」的BL文化潛規則，說明其中異性戀性別模式的體現[57]。

　　兩個男角的攻受位置之容易辨識，便暗示著受方比攻方更具女性氣質的事實——儘管因為女性對男性／體的審美標準[58]使然，攻方也經常被塑造為俊美、頎長、手腳修長的美男子，但相對的受方往往會被描寫得更加纖細、削瘦、嬌小、白皙並擁有花容月貌——即使女性角色確實「消失」於BL小說之中，實際上卻透過「受」

[56] 蔡芝蘭，〈女性幻想國度中的純粹愛情——論臺灣BL小說〉，頁七八～九〇。
[57] 莊雅惠，〈性別圖像與迷群思維——以霹靂布袋戲為研究對象（二〇〇〇～二〇〇九）〉，頁一二八～一三三。
[58] 一般書系言情小說對男主角的描寫可供佐證，他們極少被刻畫為肌肉賁張、體毛茂盛的「猛男」，即使標榜為猛男者，作者通常也僅著墨他們強壯體魄的乾淨、勻稱。

化／女性化的男性角色而無所不在，一個個不可見的異性戀戲碼，就此「借殼上市」堂堂上演。這無異同時揭開了BL小說的內裡乾坤，亦即當BL小說中的攻受位置如此僵固，仍然展演著攻強／受弱的情慾模式時，便潛藏著女性的情慾即使必須粉墨為男性的面貌（女性化的受君）才能登場，卻也還是始終不得躍居慾望主體（男性化的攻君）的深層結構。[59]

　　然而，正因為BL小說是如此「非常異性戀」的「春藥」，才使BL得以成為女性情慾的「變形出口」。這也充分說明了，當情色化浪潮小說與限制級情色書系正在同一時期蓬勃發展，展現當代女性對情色讀物的需求時，為何仍有許多女性讀者選擇閱讀「女性消失」的BL小說，以至於後者得以形成子類型：因為閱讀BL小說，足以令女性讀者投射與轉化自身的情慾想像，而當「女性」消失於此，一併取消言情小說「美貌政治」所帶給女性的潛在壓力以後[60]，BL才更能夠成為屬於女性的、全新且輕鬆無負擔的情慾出口。

---

[59] BL小說中攻強／受弱的形象描繪，當然絕非所有作品一概如此。相反的，部分作者在追求新意時格外會對BL攻強弱受的既定印象進行顛覆，但整體而言仍然屬於少數。

[60] 「美貌政治」一詞筆者援引自許哲銘對九〇年代以降言情小說的討論，他認為言情小說對女性長相、身體作為「美麗符碼」所進行的描繪，強化主流社會男性中心的美貌標準。就此而言，女性在言情小說中不啻是再次落入客體位置，並遭到主流性別意識形態的束縛。關於許哲銘對「美貌政治」的討論，詳見許哲銘，〈言情小說中的女性身體政治——瓊瑤小說與九〇年代後言情小說之比較〉，頁九八～一一一。

筆者在第四章透過情色化浪潮小說的文本分析，說明其時女性情慾模式的建立仍有不得其門而入的困境，而這個困境放在BL小說這個子類型，儘管仍潛藏相似的男女／攻受性別結構，卻得以透過表層「女性／女體消失」的情境，令情慾書寫不再僅僅停留於對女體的凝視，而是確實地將男性／男體推至女性可以慾望的位置。事實上，在小說文本以外，關於BL小說如何呈現男性／男體，並且令女性得以迴避自我客體化的危機，小說封面將是一個適合切入觀察的對象。

　　一直以來，本土言情小說封面多以女性角色為主。劉薰禧曾以台灣本土言情小說封面插畫為主題進行圖像探究與創作，其中針對九〇年代言情小說採樣六百份進行類型歸納，據統計分析，以女性為封面主角者達百分之七十二，男性為封面主角僅百分之二十一，比例懸殊。[61]言情小說作為3F產業，為何這個性別化讀物用以招徠

---

[61] 劉薰禧，〈台灣本土九〇年代言情小說封面插畫之探究與創作〉（台北：國立台灣師範大學設計研究所碩士論文，二〇〇七），頁四六～五二。劉薰禧將封面插畫分類為女性（1）俏麗型（2）氣質型（3）美艷型（4）憂鬱型四類，男性（5）陽光型（6）斯文型（7）帥氣型（8）冷酷型四類以及（9）組合型共九個類型，這個分類方法明顯過於粗糙，恐怕多有削足適履的案例；另一方面，劉薰禧列舉七〇年代至九〇年代言情小說封面進行分析時，可以看到劉薰禧採用的樣本時代經常有所誤植，譬如將瓊瑤作品不分年代地歸入七〇年代圖像資料，八〇年代則列舉多本九〇年代出版的本土言情小說等，可說是嚴重的採樣謬誤。然而，縱觀劉薰禧分析七〇至九〇年代封面插圖的性別比，女性為主角者一概都在百分之七十以上，男性為主角的封面則多在百分之二十左右，仍適足以管窺九〇年代以降本土言情小說封面性別角色的分布傾向。

讀者的封面仍以女性角色為主？一個比較直觀的回答是，這暗示或直接指出言情小說的主角是女性。然而，儘管普遍認為言情小說多以女主角為主要敘事者，其實言情小說絕大多數作品的寫作手法採取全知視角，不斷切換男女主角乃至所有出場角色的敘事視角。在這點上，很難說封面呈現的是言情小說的主要敘事者。就此而言，我們仍須回歸到主流傳播媒介如何客體化女性／女體的現實層面。

艾莉斯・瑪利雍・楊（Iris Marion Young）曾以一張平面廣告照片為例——廣告分為左右兩幅照片，左幅是一位穿著羊毛長大衣的女性，從頭到膝蓋佔據整個畫面，右幅則將鏡頭稍微拉遠，羊毛衣女性全身入鏡位於中央，而她身後左側一位男性狀似望著前方的她——藉此思考女性如何感受到男性單方向的凝視，而女性一方面無法回身看見男性，另一方面則是「我其實正看著我自己穿著羊毛衣，看著他看著我」，說明女性相較於男性是更加「分裂」的。就在楊彷彿自言自語說出：「我納悶我們是否有什麼方法，把那男人趕出圖外」的時候，便已揭示女性難以自外於男性目光的事實。[62]

依據楊的論點，我們觀看言情小說封面上的女主角，實際上看的是「女主角如何被觀看」的那個模樣，更進一步說，當女性讀者投射入女主角時，我們觀看的亦不只是「我們如何被觀看」，還包

---

[62] 艾莉斯・瑪利雍・楊著，何定照譯，《像女孩那樣丟球：論女性身體經驗》（台北：商周，二〇〇七），頁一〇四～一〇六。

括「我們以什麼形象被觀看」。唯有如此，才能夠在所謂「約定俗成」的產銷機制之外[63]，解釋女性讀者所消費的女性讀物，為何女性可以在觀看封面中美麗、清純、可人的女主角時，感受到消費與閱讀的快感：小說封面以女性為主角所呈現的雙重意義，一個是女性如何習慣被觀看，另一個是女性如何享受被觀看。然而，這同時意味著，以女性為主體的觀看遭到了曲折與消解（女性觀看自己，也觀看自己被觀看，但女性不觀看他者），而這又導致以女性為主體的慾望客體（女性可以直接慾望的他者）同樣也是消失的。[64]

　　根據上述對言情小說封面插畫的討論，筆者認為它正補充解釋了情色化浪潮小說為何無法順利建立女性情慾模式的原因：無論文本內外，男性的凝視仍透過女性對男性視角的內化而無所不在。就

---

[63] 依據劉薰禧的整理，台灣本土言情小說封面插圖至少從七〇年代（以瓊瑤作品為主）開始就是以女性為主，故筆者稱其「約定俗成」。此處筆者仍要說明，如同劉薰禧留意到台灣本土言情小說封面在八〇年代末至九〇年代這段時期風格轉變最大，筆者據此認為，當瓊瑤作品封面風格始終少有變化的情況下，本土言情小說封面卻日漸確立自己的圖像特徵，尤其是日漸趨向以人物面部特寫為主，宛如偶像明星的棚拍照片，便顯示台灣本土言情小說的封面插圖也在此時與瓊瑤小說走上了分歧的道路。關於劉薰禧對言情小說封面圖像特徵的分析，詳見劉薰禧，〈台灣本土九〇年代言情小說封面插畫之探究與創作〉，頁一八～四五。

[64] 誠然，我們仍不可忽略這樣的論點過於單一化。尤其當我們過於將既有媒體批判為父權以及具壓迫性、二元對立的（女性被男性觀看）的，可能同時會暗示父權與資本主義、主流媒體的本質是宰制、壓迫女性的，但實際上如同筆者前述對大眾文化的論點，筆者毋寧視之為一種拉鋸與角力的狀態，而非鐵板一塊、沒有灰色地帶的結構與機制。女性在觀看言情小說封面的女主角時，她當然也可能出於各種不同的、有差異性的策略來進行閱讀。

此而言，BL小說的封面插畫一概以男性為主，便使男性／男體成為女性讀者直接、正面的慾望對象。當言情小說市場以及現實社會主流媒介中多仍以女性／女體作為慾望客體的時候，BL言情小說卻透過俊美、討喜（有時直接擷取偶像明星的外貌）且展露身材體格的封面男主角，來打造可以為女性所慾望的男性／男體，在這個層面上，無疑是將女性情慾再一次的檯面化。

若然，我們也應當不意外一般言情小說中幾乎「消失」的「男體」，如何在BL小說中有不同的展現。第四章曾說明，言情小說（尤其是情色化浪潮小說）對女體的描繪多有開發，相對的，男體的形容詞極少，男性所有的性愛感官往往全部被化約為一硬挺昂揚的陽具，顯示女性所慾望的男體並沒有清晰的樣貌，然而這種情形在BL小說中明顯有所變化。儘管許多BL小說的情慾書寫仍然高度複製異性戀結構的情慾模式，幾乎都是將性愛扣連到活塞運動式的肛門性交，但描繪受方男性在被進入時所展現的樣貌如喘息、呻吟、因情慾快感而意亂情迷、癲狂不已等，已皆是過往在其他傳播媒介中難以窺見的、男性成為慾望客體的姿態。

另一方面，尤其可供觀察的是狗屋BL知名作家李葳。在她筆下，經常可見對男體多種樣貌的描寫：

> 仰著頭急促地低喘，纖細苗條、才剛轉變為成年體型的上半身，在男人的唇舌夾攻下喜悅地弓高，**被嚙咬過的扁平雙花尖，綻放薔色的情色光澤**，驕傲地腫脹凸翹著，綴點著光滑

瑩白的平坦胸口。[65]（李葳，《王的俘虜》，引文中文字粗
體為筆者所加）

男人的舌和他的手指一樣靈活、細心，當五指圈握套弄著分
身時，舌頭尖端便在鈴口處繞圈打轉。當拇指深陷那道裂
縫，施以來回的摩擦，腫脹殷紅的小口汨汨分泌著愛液時，
舌頭便向下探索著寶囊與菊戶間，那叫人身不由己抽搐顫抖
的秘密地帶。[66]（李葳，《藥王之妾》，引文中文字粗體為
筆者所加）

　　引文中出現對男體細節的描繪，不僅只是令男性性徵開始擁有
如同女性性徵在言情小說中隱諱且詩意的形容詞彙，而是更加完整
的呈現男性性徵，不再化約為一支形象模糊的陽具。同時，男性的
性愛感官，亦不再停留於對下半身的關注。以往情色化浪潮小說中
男性胸部與乳頭極少被關注，彷彿那裡不帶有性愛感受，要到情色
化浪潮消退以後，才偶爾可見女性意識到男性乳頭也是敏感地帶的
描寫，然而在BL小說裡，男性在上半身的情慾潛能已明確得到開
發，相關的描繪可謂俯拾皆是。
　　李葳曾在二〇〇四年底情色化浪潮論戰餘波間發表「言情小
說　文字工作者聯合聲明」，表明言情小說並非僅供發洩慾望的色

---

[65] 李葳，《王的俘虜》（台北：狗屋，二〇〇八），頁一五三～一五四。
[66] 李葳，《藥王之妾》（台北：狗屋，二〇一一），頁一一六。

情小說，而是可以碰觸到女性愛情與慾望抒發管道的情色小說。在此之外，她作為狗屋出版社BL書系的扛鼎作家之一，研究者蔡芝蘭亦為文闡述她的「天后級」地位，不但說明李葳在BL小說場域中掌握某種程度的話語權，也展現她對言情小說創作的自覺態度。從這一點來說，李葳的情慾書寫確實是具有代表性的，突顯出她與眾多的BL小說作家如何將男性／男體置放於可以慾望的客體位置，促使女性讀者在小說文本之外成為慾望的主體。

諷刺的是，當BL小說在這過程中越是強化它的異性戀結構，越是展現BL小說作為女性的情慾出口，乍看之下頗具挑釁意味與顛覆企圖，最終卻遭到回馬槍般的揭破女性挑戰父權體制／異性戀霸權時的保守與無力。台灣BL言情小說中的露骨性愛，一如同時期情色化浪潮小說與限制級書系等情色化的言情小說，即使是女性透過創作與閱讀的行動實踐，肯定了自身情慾、在情慾關係中化被動／客體為主動／主體的嘗試，但也一如多數情色化的言情小說，無法真正自束縛中逃逸。

更具體的說，它在突破重圍與遭到收編之間擺盪：BL小說呈現以女性為主體慾望男性、擺脫女性美貌政治束縛的嘗試，但又落入受君／女性的性福／幸福必須透過攻君／男性來獲得的性別意識形態，令人覺察女性藉男男同性愛BL小說來抗拒父權體制／異性戀霸權論述的效果，並不能樂觀看待。然而，儘管暴露出其缺點與問題，女性在BL小說中的情慾書寫，是否就完全失去對性別刻板關係與異性戀霸權反動的力道？恐怕也不盡然如此。

三、權力與情慾的移形換位

筆者前述對BL小說深層結構的討論，在先行研究中亦有不少相關與相似的論點。莊雅惠為文討論霹靂布袋戲網路同人誌小說中的BL創作，儘管因篇幅相對短少而未能更加深化議題，卻也曾透過羅曼史小說（即本書所稱之「本土言情小說」）與霹靂布袋戲BL同人文章的對照比較，說明二者的作者與讀者性別比例、文本故事架構與深層意涵甚至性別意識形態都有相似之處：BL同人文章與羅曼史小說呈現相同的浪漫愛追尋與異性戀結構，也是由此，儘管它出現排除性別競爭的「女性消失」現象，也已將男體推升至可以窺視的位置，乍看像是對羅曼史敘事公式的顛覆，其實卻仍是主流性別意識形態父權／異性戀霸權的複製與再現。[67]

以BL小說為學位論文主題的蔡芝蘭，亦透過小說角色形象與情慾書寫，闡述BL小說如何藉此成為女性窺探男色世界的窗口，也展現女性逃避成為慾望客體的傾向。儘管BL小說再次落入異性戀機制的摹寫，現實中卻也只有這個男男純愛的國度，得以令當代女性在此開展各種幻想，掙脫無所不在的性別枷鎖。[68]基本上莊

---

[67] 莊雅惠，〈性別圖像與迷群思維——以霹靂布袋戲為研究對象（二〇〇〇～二〇〇九）〉，頁一一五～一三三。

[68] 蔡芝蘭，〈女性幻想國度中的純粹愛情——論臺灣BL小說〉，頁七七～一〇七。

蔡二位並沒有特別觀察到異性戀結構即是女性得以順利接受男男同性愛作品、尤其是令其成為女性情慾變形出口的關鍵，另一方面，莊蔡二位皆在消極與無力的結論中打住論述，卻未能覺察，當BL文本中以男男愛慾架空世界提供女性馳騁幻想，其所展現的曲折、變形之酷兒（queer）元素，其實正是它得以不斷自我延異（différance），進而尋得逃逸路徑的能量來源。

（一）歪讀（queer reading）BL

BL作為「非常異性戀」的「春藥」，只能再現異性戀傾向的慾望嗎？這個問題恐怕無法武斷稱是。假設那些春藥當真如同小說中設計，根據人類動物性的求生本能與生理慾求，藥效發作的當下想必仍然可以另闢蹊徑、男女不拘。由此深入探討，若借用張小虹以同性戀角度「歪讀」（queer reading）張愛玲異性戀文本時相似的閱讀方式，則BL小說將可以讀出更豐富的性別展演。當張愛玲筆下女性角色幾乎都是「一輩子講的是男人，念的是男人，怨的是男人，永遠永遠」之際，張小虹仍從異性戀作家與異性戀文本中「歪讀」出作者本人與文本雙頻道的同性戀情，[69]那麼原先便是既同性戀又異性戀的BL小說，更無可能將其視之為通向單一軌道的僵硬文本。

關於BL如何可能滿足女性的愛慾想像，莊雅惠及蔡芝蘭同樣留意到「女性消失」現象得以令女性從中解除性別觀點的禁錮。在

---

[69] 張小虹，〈女女相見歡：歪讀張愛玲的幾種方式〉，《怪胎家庭羅曼史》（台北：時報文化，二〇〇〇），頁三～二六。

此之外，邱佳心、張玉佩亦早早關注女性如何在「女性消失」的情況下，將男男同性愛的作品挪用為女性情慾的出口。女性讀者閱讀BL漫畫來達到愛慾想像的滿足、亦同時消弭性別競爭壓力的觀察，邱佳心、張玉佩的觀點是：「若該男性角色是和另一名男性角色相戀，女性讀者則較不會認為是自己感情的失敗或受挫，反而能從一個抽離的、較多距離的旁觀者角度來欣賞這段戀情。」[70]並認為異性戀女性之所以閱讀畫面上是「男性慾望男性」的BL作品，乃因女性／女體的消失，使得女性讀者可以透過未代入其中性別位置而得到視覺上的雙重享受（有兩種類型的男性／男體）。[71]

但是，此一乍看下成立的論述，實際上頗有瑕疵。邱佳心、張玉佩的觀點無異是說，「女性消失」令女性直接脫離性別競爭的現場，因完全無涉這場戀情／競爭，女性才得以「安全無虞」地享受樂趣。然而，若真正拉開這一層心理距離，女性讀者如何可能真正在閱讀男性與男性之間的愛慾發展時得到共鳴？多數的BL作品異性戀女性迷群（fans）並不會對同樣是男男同性愛的男同志作品感到閱讀快感，否則她們理應同樣大量消費「女性消失」的大眾通俗化的男同志小說，[72]但這種情形卻是不常見的。

---

[70] 邱佳心、張玉佩，〈想像與創作：同人誌的情慾文化探索〉，《玄奘資訊傳播學報》第六期（二〇〇九年七月），頁一六〇。

[71] 邱佳心、張玉佩，〈想像與創作：同人誌的情慾文化探索〉，一五六～一六一。

[72] 儘管蔡芝蘭曾在合併討論BL小說與通俗男同志小說時，認為二者的分界已遭到模糊化，但實際上從文化商品的角度來看，蔡芝蘭也留意到出版社在鎖定

另一方面，筆者尤要提出，作品中女性／女體的消失，絕不等同女性投射自身立場的可能性就此消失。即使手段曲折，女性讀者仍然大有代入其中角色的機會：女性讀者既可能是代入受化／女性化的角色以獲得「寧可挑戰禁忌也要相愛」真愛無敵論述中所傳達的被深愛、被呵護、被珍惜的情感；亦可能是很少人注意到的，女性可以代入攻方男角，將自己擺入慾望主體的位置來慾望男性／體。

　　筆者前文亦曾提及女性可在受君身上看見令人產生慾望的姿態與樣貌，在這個層面上，便已說明女性絕非僅止只能投射到受君，而是可以透過對攻君的投射反過來慾望男性。在BL小說文本之外，其實相關BL的漫畫與衍生商品等具備視覺畫面的圖像文本，尤其能夠提供佐證。台灣同人創作社團「少年覺醒夜」活動範圍涉及台灣、中國及日本，曾以二〇一一年日本動畫《Fate／Zero》為原作製作同人周邊商品《言峰綺禮＋迪爾姆德美臀滑鼠墊》[73]，透過構圖突顯人氣角色言峰綺禮及Lancer迪爾姆德的性感肉體，臀部更直接與滑鼠墊的兩塊凸出矽膠進行連結，呈現明確的性指涉。

　　滑鼠墊圖像中言峰綺禮與Lancer所展現的性感姿態，並非強調具攻擊性且象徵「陽剛氣質」或「男子氣概」等的陽具，相反的，

消費族群上有明確差異。他們無法截然二分，但也存在落差。詳見蔡芝蘭，〈女性幻想國度中的純粹愛情──論臺灣BL小說〉，頁一二二～一四三。

[73] 少年覺醒夜，〈[周邊]Fate/zero──《言峰綺禮＋迪爾姆德美臀滑鼠墊》〉，（來源：http://shokaku.blogbus.com/logs/195644433.html，瀏覽日期：二〇一四年四月十日）。

他們現／獻出自己的臀部，成為接受與迎合的一方。BL文化既以異性戀女性為主要消費族群，面對以接受姿態獻身的男性時，異性戀女性將以何種立場／位置慾望他們？當然她們可以實際「把玩」他們那兩塊充滿彈性與擬真的矽膠臀部，但同樣不可忽視的是，在此同時，她們面對他們的接受者姿態，如何受到召喚而化身為攻入者？那便是在想像層面上自我投射入攻君的位置。

進一步說，一旦達到這個階段，BL小說表面的「男性慾望男性」模式，即會翻轉為隱藏在男性角色身後的「女性慾望男性」模式，如此才能更適切地解釋女性讀者為何能夠在BL閱讀中得到情慾想像的滿足：正是在幻想層面上移形換位的本領，異性戀女性可以自由轉換投射入哪個角色與角色的位置，才導致即使BL文本中女性是不在場的，卻仍足以令女性在觀看兩名男性的愛慾展演時，獲得視覺與想像中的「雙重享受」。

「女性消失」的BL作品如何可能令女性讀者從中得到快感，筆者前文即已指出「幻想」是其中關鍵，因女性可從中尋獲主體位置。事實上，陳音頤討論西洋羅曼史如何為讀者帶來快感時，便已注意到幻想的效用，她藉由電影理論運用幻想觀點得出的多重認同主體位置之論述，說明女性讀者閱讀時的主體位置同樣是可以變換不定的，既可能認同小說的女主角，也可能跨性別地認同男主角：

在男女主角追／被追、求愛／給予愛的兩極之間，讀者糾纏於系列變換、搖擺的意象之間，上演自己流動的欲望和

不受限性別的自我位置。而女性讀者也極可能和幻想中的過程、而非必定是某個人物角色而認同並產生快感，觀看／閱讀的位置是幻想和欲望上演和集中的位置，而**幻想裡欲望的滿足和快感，與其在於最終的結果或是目標的實現，不如在於過程、在於搖擺不定的欲望如何產生流動的自我／觀看位置**。[74]（引文中粗體為筆者所加）

同樣的，BL作品中女性的缺席，從來不指向女性讀者作為閱讀活動主體可能性的消失，因「幻想」令文本產生的裂縫，適足以令有心的讀者們徜徉其中。儘管文本中沒有女性，她們仍可能在BL此一男性與男性間的戀愛／情慾文本中，找到許多方法令自己成為情慾的主體。

（二）BL的翻轉與流動

BL小說從表面「男性慾望男性」到內裡「女性慾望男性」的**翻轉**，其實也還不足以詳盡BL小說的酷兒內涵。當張茵惠的BL閱聽人研究將讀者劃分出異性戀女性、雙性戀女性與雙性戀男性、同性戀男性等四個區塊的時候，仍疏忽一部份的同性戀女性讀者的存在[75]，而同性戀女性為何／如何閱讀BL小說？除了同為同性相戀的

---

[74] 陳音頤，〈共謀、抵抗或是幻想：快感和通俗浪漫小說〉，《中外文學》第三十二卷第十二期（二〇〇四年五月），頁一六八～一六九。

[75] 張茵惠的整理遺漏同性戀女性讀者，可能肇因雙性戀的定義未明；女性的

情感結構之外，筆者認為仍與曲折代入其中的自我位置投射有關。
從幾個特色觀察，如男性角色受化／女性化的描寫，以及換湯不換
藥的性別位置（從男／女到攻／受），都顯示BL小說的受君其實
是實質的女主角，極端一點的說，當女性讀者代入攻君以慾望實質
女主角的受君時，便在幽微處又從「女性慾望男性」翻轉為「女性
慾望女性」，既帶出異性戀女性讀者並未覺察的女同性戀情結，也
點出同性戀女性閱讀BL小說時曲折的快感來源。

　　透過這種張小虹式對BL小說中性別位置／性傾向內翻外轉、
外翻內轉的歪讀，不但可以觀照到BL小說中複雜的性別展演，更
重要的是「男性慾望男性」到「女性慾望男性」再到「女性慾望女
性」的慾望流動模式，正點出慾望傾向本身是可以移花接木、移形
換位而不固定的。慾望傾向的流動特質，同時解釋了現實中為何女
性會慾望具有陰柔特質的男性、男性會慾望具有陽剛特質的女性，
然而，更進一步真正打破常規異性戀系統的，則是未曾被正視的異
性戀男性也可能慾望男性[76]、異性戀女性也可能慾望女性的事實。

同性密友期往往較男性更加親密，異性戀女性也許因此發生同性戀經驗，
而真正的女同性戀者也很可能有過異性戀經驗，使得她們皆成為模糊定
義下的雙性戀。尤其張茵惠表示她判定性傾向的方式為「必須有實際與
同性『交往』或『陷入單戀』、『產生情慾』的經驗才算入雙性戀或同性
戀」，而非當事人的性別／性傾向認同，這使得誤差更容易產生。關於張
茵惠的BL閱聽人性別分佈研究，詳見張茵惠，〈薔薇纏繞十字架：BL閱聽
人文化研究〉，頁八九～九四。

[76] 這說明異性戀男性的BL讀者儘管是更加極端的少數，但卻仍然存在的因
由。唯BL言情小說敘事手法與題材所致，這個極小眾的異性戀男性讀者可

快感的來源從來並不僵固而通向單一路線，也是由此，我們理應意識到，當情慾可以不斷移形換位之時，BL小說中的性別權力關係同樣不可能置身其外。

儘管台灣本土言情小說在文化工業機制下，仍無法徹底逃逸出父權／資本主義的主流意識形態收編，但如同筆者關注本土言情小說各種子類型的產生，如穿越小說、情色化浪潮小說，都展現意識形態「爭霸」（hegemony）的過程，BL小說在不斷自我延異過程中尋覓到新的逃逸出口，正充分顯示其中的性別權力關係亦不可能永遠停留於二元對立的僵硬位置。

根據本章對BL小說的文本分析結果，若將BL文本的結構分為表層的「男性慾望男性」、深層的「女性慾望男性」、轉化的「女性慾望女性」三個層次，在「男性慾望男性」的第一個層次，BL小說在文本層面即透過「女性消失」直接取消了女性的性別競爭危機感，表層意義上讓女性掙脫現實社會裡主流性別意識形態的束縛；第二個層次「女性慾望男性」，女性明確地從「被凝視的客體」轉換為「凝視的主體」，促使女性可以光明正大地觀看男性／男體，成為當代女性罕見與難得的情慾抒發管道；第三個層次「女性慾望女性」，則提示我們異性戀霸權的縫隙中仍有戲耍的空間，足以打破異性戀的常規預設。

能更多地傾向閱讀BL漫畫或同人誌。

至此，我們終於明白，儘管這座BL架空之都無法以輕盈幻想強而有力的對抗堅固的異性戀霸權論述，卻得以透過慾望的外翻內轉來閃避相當程度的性別壓迫。而這也令BL這個子類型，一方面展現本土言情小說產業中的女性對性別權力與情慾管道的追求，以及追求過程中遭遇的困難與限制，另一方面則彰顯本土言情小說在性別意識形態「爭霸」的過程中，如何透過對外來文類的吸收與選用來展現它的能動性，以至於它能夠持續存在尋求抗拒與逃逸出口的能量。

第六章

結論：愛情童話作為女性主體建立的甬道

一九九○年代「台灣本土言情小說」真正完備成形，它與它的前身／前輩如瓊瑤或希代小說族、西洋羅曼史等相同，一方面是受到市場青睞、深具商業利益的暢銷大眾小說文類，另一方面卻始終在社會輿論與常民觀點中飽受爭議。本書毋寧是著眼於本土言情小說的這個特色，以它為何令人又「愛」又「恨」的疑問為起點，開始思索起這個產業茁壯背後的成因與意義，並將目光投向它二十年來的歷史，最終意識到本土言情小說的子類型將是最理想的觀察角度。

二十年來台灣社會的變遷與言情小說子類型的產生，無疑是密切相關的。可以這麼說，每一個子類型的誕生，以及每個子類型日後進行的自我內部改寫，都呈現了本土言情小說的「與時俱進」，顯示它從來沒有脫離台灣當代社會所關注的種種政治議題。所謂「政治議題」當然是廣義的，但在這個性別化產業中最為攸關者，莫過於性／別政治。

當先行研究者多著墨本土言情小說「不切實際」的公式化情節，並分析其中所傳達的意識形態如何影響讀者愛情、慾望、性別認同的建構時，往往一面倒地傾向批判立場，彷彿「本土言情小說」是一個內部沒有差異的、僵固平板的文類。其中比較特別的是許秀珮，她以社會學的觀察意識到、並援引菲斯克（John Fiske）的論點表示她無意採取基進的立場批判本土言情小說，因「流行文本具有進步性（progressive）但卻不一定具有基進性（radical）」，言情小說作為市場商品，目的便不可能是性

別革命，所以她是「毋寧以更同情的、理解的方式來說明研究發現」[1]。然而，儘管書寫與論述本身就是充滿政治意識形態的，研究者仍並非只能選擇批判或同情的單一立場。不需要「選邊站」，同樣可以在關懷研究主題的同時對其進行批判，相反的，在批判的同時亦能保持關懷態度，而其中關鍵就在於親近研究對象，亦即對言情小說文本進行細讀。

當前台灣真正分析言情小說文本的研究極少，或許正肇因於研究者對言情小說文本的缺乏細讀，也是因此，本土言情小說中性別意識形態的擺盪與角力情形，幾乎沒有研究者關注，而這正是筆者揀選言情小說子類型進行研究時，尤其所企圖彰顯的核心議題。本書以兩個子類型「穿越小說」、「BL小說」及一個現象「情色化浪潮」為考察對象，觀察大眾文學場域如何展演台灣當代女性的愛慾想像以及主體意識建構過程中的變化，亦因此覺察其中存在著主流意識形態的收編、也同時存在著相對邊緣的抗拒力道。

正是在本土言情小說始終存在著收編、協商、抗拒收編的多音交響，儘管本土言情小說仍然存在許多缺失，它仍然為當代女性提供了能量，開啟一條女性主體建立的路徑。誠然，它不會立刻走向坦途，如陶淵明《桃花源記》所述，進入桃花源之前所遭遇的路徑，也是「初極狹，纔通人」，言情小說作為愛情童話，所能開闢的理當將僅僅是一條「初極狹，纔通人」的甬道，它想必永遠不會

---

[1] 許秀珮，〈羅曼史小說：女人寫給女人的書〉（新竹：國立清華大學社會學研究所碩士論文，二〇〇二），頁一〇〇～一〇一。

迎來「復行數十步，豁然開朗」的結局；但言情小說作為大眾文學，卻融入到讀者的生活之中，使她們無需發動基進的性別革命，也能在最為日常的閱讀與消費行為中，展現她們對當代性別文化政治議題的思辯。

　　本書的研究成果中，〈第二章　台灣本土言情小說生成〉梳理「台灣本土言情小說」的發展與定義。本土言情小說產業的完備成形，首先深受瓊瑤等一類言情小說及西洋翻譯羅曼史兩個文脈的影響，隨後吸收當代各種流行文化文本而終至有如今的面貌，而非前述二者任何一方的一脈相承。可以這麼說，本章明確地回應「什麼是台灣本土言情小說？」「誰在閱讀？」「二十年來本土言情小說有什麼變化？」三個根本問題，成為後續章節的礎石。

　　〈第三章　「穿越小說」中的性別權力關係〉以目前台灣到中國兩岸三地皆相當風行的「穿越小說」為研究主題，為學術領域首先以此題目開展的文學論述。在此同時，筆者毋寧是企圖為當代從小說文類到影視作品的「穿越風潮」進行嘗試性的解釋，而關鍵正在於當代社會性別觀點仍然十分保守且「前現代」的事實，方促使許多女性們透過穿越時空的想像尋求逃逸的空間。

　　〈第四章　情色化浪潮中情慾與權力的辯證〉關注「情色化浪潮」現象而非在情色化浪潮之後明確成形的「情慾小說」子類型，主因在於情色化浪潮論戰的過程尤其展現了二〇〇〇年前後台灣社會如何看待當代女性的情慾需求。過往，言情小說的情色化浪潮

現象（或稱情色化轉向）已有部分研究者留意，但卻無人關注其中女性情慾與性別權力的辯證如何因此上升到可以公開討論的高度，也極少人發現情色化浪潮時期的小說具備正面能量，如今女性閱讀「情慾小說」不再受到當年那樣嚴苛的抨擊，情色化浪潮小說可謂提供了相當程度的推動力。

〈第五章　BL（Boy's Love）作為女性情慾的變形出口〉討論「BL小說」如何在「女性消失」的情況下「曲折」、「變形」地演繹女性的愛慾想像。當BL小說的曲折與變形突顯出情慾與權力皆是不斷流動且移形換位的時候，不但彰顯言情小說這個文類即使存在高度幻想性質，卻仍然能夠尋找到霸權論述的縫隙，藉此來閃避與逃逸主流意識形態。此外，當本土言情小說透過主動揀選與吸收外來元素如來自日本原生的BL文化來形成新的子類型時，也呈現了它持續尋求抗拒與逃逸出口時的能動性。

總結本書，架構上可說是聚焦於本土言情小說的子類型研究。即使「情色化浪潮」主要談論的是整個現象，事實上在情色化浪潮過後，它也成為「情慾小說」這樣的子類型，若要將「情色化浪潮」時期的小說一併歸類為情慾小說子類型，或許也未嘗不可，因議題性的考量，最終筆者並沒有如此處理。同樣的，在本書中仍有許多關於子類型研究未盡的延伸議題尚未觸及，卻都是筆者同樣關心、或許也能提供未來研究發展空間的議題，譬如以下幾點：

一、「古代小說」子類型中的國族議題。在本土言情小說中，若要粗略進行分類，經常有「古代小說」與「現代小說」之分，尤其言情小說二十年來的發展，古代小說幾乎未曾缺席。作為一個很大的子類型，古代小說其實具備豐沛的學術議題能量。古代小說子類型，背景彷彿理所當然般地總是古代中國，相反的，在第五章所引昕語《沉淪》一書，時空置放於台灣戒嚴時期，已屬極為罕見的作品，而迄今筆者從未閱讀或聽聞任何一本「古代台灣」——可能是荷西、明鄭、清領、日治——的言情小說。

　　「古代中國」／「現代台灣」的弔詭，尤其展現在「穿越小說」之中：席絹《喜言是非》女主角范喜言從唐朝到現代台北，一度再返回唐朝，只好尋向大唐司天監暨預言大師袁天綱求助，此時袁天綱所關心的問題之一為：「妳說掉落之地方乃一塊狀似地薯的小土地上，而不在中原，老夫很是訝異」[2]，不啻已經點出問題核心。許多穿越小說直接無視這個地理座標的不合理，與當代台灣的「古代想像」有何關聯？要在什麼樣的情況下才會出現日治時代台灣的「古代小說」？這些問題雖雜蕪地在此拋出，其實應可出現更具結構性的討論。

二、「現代小說」子類型中的「台灣性」。這個文類既然作為「台灣本土」言情小說，台灣性的展現是合理且無須懷疑的——以

2　席絹，《喜言是非》（台北：萬盛，二〇〇二），頁二五七。

直觀想像來說，確實很容易這麼認為，但從上述古代小說子類型中提及的「古代中國」想像，便可知道這個台灣本土性至少不在古代小說的表層結構中展現，就此而言，「現代小說」的台灣性或許也可與前述的國族議題進行對話。而筆者更感好奇的，是關於本土言情小說幾乎全面遭到中國網站盜版作為契機，且台灣本土言情小說產業幾乎人人皆知的情況下，究竟有多少台灣作家是有意識地在現代小說中偷渡或彰顯作品中的「台灣性」？

筆者在二〇〇三年至二〇〇六年間書寫言情小說，作品皆為現代小說。當筆者出版第一本小說並得知中國網站盜版後，第二本作品開始即刻意加入語言、制度、族群、地方感等各種元素來突顯台灣特色，動機至今難以說明，一個可能的解釋是當代台灣社會整體本土意識的提升。倘若當年不到二十歲的筆者會做出這樣的書寫實踐，其他言情小說作家的狀況又如何呢？而當台灣性書寫透過言情小說輸入中國時，對於整個華文圈言情小說的發展如何產生影響？又展現在何處？因議題太過超出筆者所能處理的範圍，但仍應是可供考察的方向。

三、「女扮男裝小說」子類型中的性別議題。這個子類型一度考慮在本書中嘗試處理，因結構考量而放棄。女扮男裝小說子類型出現極早，也迄今仍有許多作者回返書寫，頗具玩味之處。女扮男裝的基本公式是：女主角身懷才華，各種原因使她必須喬裝為男性，卻因此闖出一番名號，而在此同時她以男裝之姿

與男主角邂逅，相戀時最大的障礙總是「同性相戀」的違背倫常。此時男主角經常以「愛的不是男人或女人，而是『你』」為由突破女主角心防，或者也常見男主角因巧合終於揭穿女主角的真實身分等橋段，當女主角終於得以恢復女裝時，兩人的愛情便走向圓滿結局。據此而言，女扮男裝小說便存在著性別權力、性別本質化及同性情慾展演等種種面向可供討論。

　　綜合以上所述，論文架構以及主題的選擇，導致筆者必然存在的研究限制與缺失。尤其在企圖同時關注言情小說文本與當代文化現象時，筆者仍有無從顧及的許多細節；而當筆者的論文重心放在子類型的研究上，一旦檢選某些子類型，必也將相對忽略其他子類型，或許招來偏頗的觀感，是本書無可避免的限制。然而，筆者透過兩個子類型及情色化浪潮為題目，亦已完成本土言情小說研究中較少為人所關注的一個區塊。在本書寫下最後一個句點之時，筆者但願此處拋出的任何一個議題將會成為下一個研究的起點。

參考文獻

（以姓名筆劃排序）

一、文本

1. 于晴，《沒心沒妒》（台北：萬盛，二〇〇二）。
2. 于晴，《追月》（台北：飛田，二〇〇四）。
3. 月凌情，《在皇朝談戀愛》（高雄：耕林，二〇〇四）。
4. 古靈，《天使之翼》（台北：龍吟，二〇〇一）。
5. 古靈，《鐵漢追密碼（上）》（台北：龍吟，二〇〇一）。
6. 古靈，《鐵漢追密碼（下）》（台北：龍吟，二〇〇一）。
7. 古靈，《上天下海守著妳》（台北：龍吟，二〇〇三）。
8. 古靈，《征服者的饗宴》（台北：龍吟，二〇〇四）。
9. 古靈，《替身》（台北：龍吟，二〇〇五）。
10. 古靈，《沙漠蒼鷹的慾望》（台北：龍吟，二〇〇五）。
11. 左晴雯，《斷袖問情》（台北：希代，一九九五）。
12. 左晴雯，《將軍令》（台中：飛象，一九九九）。
13. 左晴雯，《烈火青春part15》（台中：飛象，二〇〇三）。
14. 夙雲，《酷女的情婦》（台北：林白，一九九八）。
15. 朱蕾，《錯墜時空的星子》（台北：禾馬，一九九五）。
16. 朱蕾，《尋荷小築》（台北：禾馬，一九九六）。
17. 冷玥，《欲加之罪》（台北：萬盛，二〇〇二）。
18. 冷玥，《今生約定》（台北：飛田，二〇〇七）。
19. 李葳，《王的俘虜》（台北：狗屋，二〇〇八）。
20. 李葳，《藥王之妾》（台北：狗屋，二〇一一）。
21. 沈亞，《俠龍戲鳳》（台北：萬盛，一九九七）。
22. 典心，《傾國》（台北：狗屋，二〇〇九）。

23.拓人，《絕愛》（台中：飛象，二〇〇一）。

24.易小虹，《古董霸主現代妻》（台北：浪漫星球，二〇〇四）。

25.昕語，《沉淪》（台北：狗屋，二〇〇三）。

26.林月色，《到清朝尋真愛》（高雄：耕林，二〇〇四）。

27.林宛俞，《撒旦情人》（台北：禾馬，二〇〇〇）。

28.林芷薇，《穿越時空妙女郎》（台北：希代，一九九五）。

29.林芷薇，《古墓生死戀》（台北：希代，一九九六）。

30.星葶，《情誘冷酷郎君》（台中：飛象，二〇〇〇）。

31.星葶，《心陷風流郎君》（台中：飛象，二〇〇〇）。

32.星葶，《代嫁暴戾郎君》（台中：飛象，二〇〇〇）。

33.星葶，《獨傾無情郎君》（台中：飛象，二〇〇〇）。

34.洛煒，《焚夢》（台北：狗屋，二〇〇一）。

35.洛煒，《毒香》（台北：狗屋，二〇〇二）。

36.若慈，《愛情大混戰》（台北：萬盛，二〇〇三）。

37.若慈，《我要的幸福》（台北：萬盛，二〇〇四）。

38.凌飛揚，《大滿皇朝金格格》（台北：萬盛：一九九五）。

39.凌飛揚，《百分之百星格格》（台北：萬盛：一九九六）。

40.凌飛揚，《超時空保鏢》（台北：萬盛：一九九六）。

41.凌飛揚，《二一〇〇古靈精怪》（台北：萬盛：一九九六）。

42.凌豹姿，《不能說的愛戀》（台中：紅豆，二〇一一）。

43.凌淑芬，《好學生》（台北：禾馬，二〇〇九）。

44.凌淑芬，《陰同學》（台北：禾馬，二〇一〇）。

45.夏夜，《到秦朝找老公》（高雄：耕林，二〇〇四）。

46.席絹，《交錯時光的愛戀》（台北：萬盛，一九九三）。

47.席絹，《戲點鴛鴦》（台北：萬盛，一九九四）。

48.席絹，《紅袖招》（台北：萬盛，一九九九）。

49.席絹，《喜言是非》（台北：萬盛，二〇〇二）。

50.席絹，《墨蓮》（台北：飛田，二〇〇六）。

51.席絹，《大齡宮女》（台北：飛田，二〇一〇）。

52.郝迷，《錯亂姻緣》（台北：禾馬，一九九八）。

53.寄秋，《敗犬想婚頭》（台北：花園，二〇一一）。

54.惜之，《大周寵妃傳一、清沂公主》（高雄：耕林，二〇一〇）。

55.惜之，《大周寵妃傳二、和親之路》（高雄：耕林，二〇一〇）。
56.惜之，《大周寵妃傳三、逆轉光陰》（高雄：耕林，二〇一〇）。
57.黑潔明，《我愛你，最重要！》（台北：禾揚，一九九八）。
58.黑潔明，《溫柔大甜心》（台北：禾馬，二〇〇七）。
59.黑潔明，《美麗大浪子》（台北：禾馬，二〇一〇）。
60.黑潔明，《壞心大野狼》（台北：禾馬，二〇一〇）。
61.綠痕，《南風之諭》（台北：禾馬，二〇〇四）。
62.緩緩，《在大遼撞冤家》（高雄：耕林，二〇〇四）。
63.蓮花席，《惡質老公》（台北：禾馬，二〇〇〇）。
64.蔡小雀，《浪漫比佛利》（台北：禾馬，一九九六）。
65.蔡小雀，《情挑姻緣》（台北：禾馬，一九九八）。
66.鄭媛，《殘酷情郎》（台北：狗屋，一九九八）。
67.鄭媛，《格格吉祥》（台北：松菓屋，二〇〇二）。
68.貓子，《惡劣學長》（台中：映象，二〇〇〇）。
69.韓月，《可怕的情人節》（台北：松菓屋，二〇〇一）。
70.鏡水，《玻璃心》（台北：飛田，二〇〇四）。

二、專書

（一）中文部份

1.王德威，《如何現代，怎樣文學？》（台北：麥田，二〇〇七）。
2.何春蕤，《豪爽女人》（台北：皇冠，一九九四）。
3.林芳玫，《色情研究》（台北：台灣商務，二〇〇六）。
4.林芳玫，《解讀瓊瑤愛情王國》（台北：台灣商務，二〇〇六）。
5.范銘如，《眾裏尋她──台灣女性小說縱論》（台北：麥田，二〇〇二）。
6.陳仲偉，《台灣漫畫文化史》（台北：杜葳，二〇〇六）。
7.陶東風編，《粉絲文化讀本》（北京：北京大學出版社，二〇〇九）。
8.傻呼嚕同盟，《動漫二〇〇〇》（台北：藍鯨，二〇〇〇）。
9.傻呼嚕同盟，《少女魔鏡中的世界》（台北：大塊，二〇〇三）。
10.楊小濱，《否定的美學：法蘭克福學派的文藝理論與文化批評》（台北：麥田，二〇一〇）。

11.楊照，《霧與畫──戰後台灣文學史散論》（台北：麥田，二〇一〇）。
12.鄭明娳，《通俗文學》（台北：揚智，一九九三）。

（二）其他

1.Dominic Strinati著，袁千雯、張茵惠、林育如、陳宗盈譯，《通俗文化理論》（台北：韋伯，二〇〇五）。
2.三浦紫苑著，黃盈琪譯，《腐興趣：不只是興趣》（台北：尖端，二〇一〇）。
3.艾莉斯・馬利雍・楊（Iris Marion Young）著，何定照譯，《像女孩那樣丟球：論女性身體經驗》（台北：商周，二〇〇七）。
4.亞倫・強森（Allan G. Johnson）著，成令方、王秀雲、游美惠、邱大昕、吳嘉苓譯，《性別打結：拆除父權違建》（台北：群學，二〇〇八）。
5.約翰・史都瑞（John Storey）著，李根芳、周素鳳譯，《文化理論與通俗文化導論》（台北：巨流，二〇〇五）。
6.約翰・菲斯克（John Fiske）著，陳正國譯，《瞭解庶民文化》（台北：萬象圖書，一九九三）。
7.愛德華・薩依德（Edward W. Said）著，王志弘、王淑燕、郭菀玲、莊雅仲、游美惠、游常山譯，《東方主義》（台北：立緒，一九九九）。
8.德勒茲（Gilles Deleuze）著，《德勒茲論傅柯》（台北：麥田，二〇〇〇）。
9.羅莎琳・邁爾斯（Rosalind Miles）著，刁筱華譯，《女人的世界史》（台北：麥田，二〇〇六）。
10.塔姆辛・斯巴格（Tamsin Spargo）著，趙玉蘭譯，《傅柯與酷兒理論》（北京：北京大學，二〇〇五）。

三、期刊論文

1.邱佳心、張玉佩，〈想像與創作：同人誌的情慾文化探索〉，《玄奘資訊傳播學報》第六期（二〇〇九年七月）。
2.陳音頤，〈共謀、抵抗或是幻想：快感和通俗浪漫小說〉，《中外文學》第三十二卷第十二期（二〇〇四年五月），頁一四九～一七四。

3.奧菊・羅德（Audre Lorde）著，孫瑞穗譯寫，〈情慾的利用：情慾作為一種力量而言〉，《婦女新知》一五九期（一九九五年八月），頁二四～二八。

4.羅燦煐，〈性（別）規範的論述抗爭：A片事件的新聞論述分析〉，《臺灣社會研究》，第二十五期（一九九七年三月），頁一九一～二三九。

四、學位論文

1.李韶翎，〈我們讀，我們寫，我們迷：當代商業羅曼史與線上社群研究〉（嘉義：國立中正大學電訊傳播研究所碩士論文，二〇〇七）。

2.周代玲，〈愛情的海市蜃樓——羅曼史小說對國中女學生影響之研究〉（台北：國立政治大學學校行政碩士班碩士論文，二〇〇四）。

3.林佳樺，〈性與真實：本土言情小說讀者之閱讀論述〉（台北：世新大學傳播研究所碩士論文，二〇〇一）。

4.林欣儀，〈台灣戰後通俗言情小說之研究——以瓊瑤六〇～九〇年代作品為例〉（台中：中興大學中國文學系碩士論文，二〇〇二）。

5.林英杰，〈製造浪漫 消費愛情——台灣羅曼史小說的產銷與閱讀文化〉（台北：國立台灣大學新聞研究所碩士論文，一九九八）。

6.張茵惠，〈薔薇纏繞十字架：BL閱聽人文化研究〉（台北：國立台灣大學新聞研究所碩士論文，二〇〇七）。

7.張凱育，〈青少女閱讀羅曼史小說之研究——以台中市三位高中女學生為例〉（台北：國立台灣大學國家發展研究所碩士論文，二〇〇五）。

8.莊雅惠，〈性別圖像與迷群思維——以霹靂布袋戲為研究對象（二〇〇〇～二〇〇九）〉（台中：國立中興大學台灣文學與跨國文化研究所碩士論文，二〇一一）。

9.許秀珮，〈羅曼史小說：女人寫給女人的書〉（新竹：國立清華大學社會學研究所碩士論文，二〇〇二）。

10.許哲銘，〈言情小說中的女性身體政治——瓊瑤小說與九〇年代後言情小說之比較〉（嘉義：南華大學教育社會學研究所碩士論文，二〇〇三）。

11.楊秀梅，〈台灣通俗言情小說的性愛觀分析〉（高雄：樹德科技大學人類性學研究所碩士論文，二〇〇五）。

12.楊曉菁，〈台灣BL衍生「迷」探索〉（台北：國立政治大學廣告研究所碩士論文，二〇〇五）。

13.溫子欣,〈青少女學生閱讀愛情小說之研究:以兩班高職女學生讀者為例〉(台北:國立台灣師範大學教育研究所碩士論文,二〇〇二)。

14.劉薰禧,〈台灣本土九〇年代言情小說封面插畫之探究與創作〉(台北:國立台灣師範大學設計研究所碩士論文,二〇〇七)。

15.蔡芝蘭,〈女性幻想國度中的純粹愛情—論臺灣BL小說〉(台北:國立台灣師範大學國文所碩士論文,二〇一一)。

16.賴育琴,〈台灣九〇年代言情小說研究〉(台北:淡江大學中國文學系碩士班碩士論文,二〇〇一)。

五、研討會論文

1.林芳玫,〈百年言情小說中的國族書寫:斷裂與轉折〉,「第七屆台灣文化國際學術研討會暨第一屆東亞流行文化學會年會」會議論文(台北:台灣師範大學,二〇一一年九月六日)。

六、報紙文章

1.王岫,〈美國羅曼史小說與麗塔獎〉,《出版界》五十七期(一九九九年九月),頁二四~二五。

2.王蘭芬,〈烈火青春暢銷榜首 羅曼史席捲青少女〉,民生報,二〇〇三年二月十八日,A10版。

3.民生報,〈色情書刊 防不勝防〉,一九七八年九月二十一日,第五版。

4.李慶安,〈書刊分級制度 刻不容緩〉,《聯合報》,二〇〇一年三月十二日,第十五版。

5.阮本美,〈愛情機器:禾林出版公司〉,《精湛》二十三期(一九九四年九月),頁八九~一〇二。

6.林柳君,〈禾林小說整合傳播戰略〉,《動腦》二一三期(一九九四年一月),頁三四~三七。

7.張錦弘,〈李慶安:色情小說汙染女學生〉,《聯合報》,二〇〇一年三月八日,第六版。

8.梅瓊安,〈色情書刊改頭換面 當作言情小說出售〉,《聯合報》,一九七七年三月十日,第六版。

9.許文彬，〈假言情　真色情〉，《聯合晚報》，二〇〇一年三月八日，第二版。

10.黃福其，〈言情小說變色　新學友趕它下架〉，《聯合晚報》，二〇〇一年三月八日，第四版。

11.黃福其，〈性愛露骨　言情小說逾九成真色情〉，《聯合晚報》，二〇〇一年三月七日，第四版。

12.盧玉文，〈專訪禾林小說總經理林柳君〉，《統領雜誌》九十七期（一九九三年八月），頁四六～四八。

七、電子媒體

1.〈黃色言情小說專題〉，（來源： http://intermargins.net/Forum/2001%20Jan-June/Erotic%20Romance%20Novels/index.htm，瀏覽日期：二〇一四年四月十日）。

2.少年覺醒夜，〈[周邊]Fate/zero——《言峰綺禮＋迪爾姆德美臀滑鼠墊》〉，（來源：http://shokaku.blogbus.com/logs/195644433.html，瀏覽日期：二〇一四年四月十日）。

3.禾馬出版社，〈徵稿園地・限制級小說〉，（來源：http://homerpublishing.com.tw/invite_adult_stories.php，瀏覽日期：二〇一四年四月十日）。

4.李葳，〈言情小說　文字工作者聯合聲明〉，（來源：http://anti-censorship.twfriend.org/liwei.htm，瀏覽日期二〇一四年四月十日）。

5.沉默的力量，（來源：http://www.tovery.net/guestbook.asp?user=silence&page=1，瀏覽日期：二〇一四年四月十日）

6.狗屋／果樹天地，〈我要投稿〉，（來源：http://love.doghouse.com.tw/html/feedback.asp#hi1，瀏覽日期：二〇一四年四月十日）。

7.珊，〈從滾滾樂看市場趨勢〉，（來源：http://memory3.my-life02.com/romances/talks/sex_market.html，二〇〇七年一月二十二日，瀏覽日期：二〇一四年四月十日）。

8.飛田文化，〈徵文特區〉，（來源：http://www.fineteam888.com/writing，瀏覽日期：二〇一四年四月十日）。

9.特麗莎，〈言情小說的必殺原則～～！〉，（來源：http://blog.udn.com/a90932/1606300，二〇〇八年二月十日，瀏覽日期：二〇一四年四月十日）。

10.維基百科，〈同人誌〉條目，（來源：http://zh.wikipedia.org/zh-tw/%E5% 90%8C%E4%BA%BA%E8%AA%8C，瀏覽日期：二〇一四年四月十日）

11.維基百科，〈色情小說〉條目，（來源：http://zh.wikipedia.org/wiki/%E8% 89%B2%E6%83%85%E5%B0%8F%E8%AA%AA，瀏覽日期：二〇一四年 四月十日）

12.維基百科，〈穿越小說〉，（來源：http://zh.wikipedia.org/wiki/%E7%A9% BF%E8%B6%8A%E5%B0%8F%E8%AF%B4，瀏覽日期：二〇一四年四月 十日）。

13.龍吟甜蜜屋，〈龍吟強力徵文〉，（來源：http://longyin.com.tw/billboard/ recruit/article.html，瀏覽日期：二〇一四年四月十日）。

14.饅頭，網路轉載，〈言情小說七大不可思議〉，（來源：http://sadtown. pixnet.net/blog/post/6658901-%E8%A8%80%E6%83%85%E5%B0%8F%E8% AA%AA%E4%B8%83%E5%A4%A7%E4%B8%8D%E6%80%9D%E8%AD% B0，二〇〇七年七月二十四日，瀏覽日期：二〇一四年四月十日）。

附錄一　二〇〇〇年至二〇一〇年
十年間出書量統計表

排名	出版社名稱	書系名稱	出版時間	總數（本）
1	禾馬集團： 禾馬、桃子熊、禾揚	珍愛小說、真情小說、珍愛晶鑽、眾小說、紅櫻桃、水叮噹、愛·御守、口袋甜心、甜蜜口袋、典藏珍愛	2000~ 2010	4560
2	新月集團： 新月、邀月、花園	花園、新月春天、甜檸檬、花園春天、浪漫情懷、纏綿、璀璨風情、私小說、月光之城	2000~ 2010	3917
3	狗屋集團（前身林白）： 狗屋、果樹	花蝶、Puppy、采花、典心典藏本、橘子說、薔薇情話	2000~ 2010	3327
4	松果屋集團： 松果屋、誠果屋、純愛書坊、鄭媛書房	純愛、耽美館、花裙子、愛表現、Pocket love、迷妳裙	2000~ 2010	2809
5	核心集團： 耕林、毅霖	迷小說、宮、Mini小小說、魔鏡、緋愛、星語情話、草莓、貪歡、貪歡限情、棉花糖、時尚	2000~ 2010	2569
6	紅豆（前身飛象）： 紅豆、飛象、映象	迷戀系列、非限定情話、紫藤集、花間集、名家系列、風月書	2000~ 2010	2557

7	希代集團：龍吟、滿天星、金字塔、亮晶晶、夢工廠（上崎國際）	玫瑰吻、天使魚、ROSE小小説、紅唇情、紅唇情話、想愛、親親物語、花嫁、龍吟PINK、銀子家族、咪咪、麻辣SHOP、蜜桃GIRL	2000~2010	2450
8	飛田（前身萬盛）：飛田、萬盛	當紅羅曼史、彩蝶、荳蔻、揚舞、動情精靈	2000~2010	1820
9	威向	H心書系、H心書系（套書）、S黑桃書系（架空之都）、D方塊書系、L黑梅書系、A珍藏書系、G琅嬛書系、E典藏書系	2002~2010	1295
10	藍襪子出版社（喵喵屋工作坊）	臉紅紅、點點愛、女兒紅、野蘋果、貓尾巴、花弄吟	2006~2010	417
11	龍馬文化	花語、迴夢、藏英集、萌戀	2003~2010	378
12	東佑文化	戀戀情深	2007~2010	212
13	荷鳴	琴瑟、青鳥集、泡泡貓	2002~2010	208
14	浪漫星球出版事業部（城邦文化事業股份有限公司）	旋轉木馬、幸福餅	2003~2010	131
總計				26650

Viewpoint 24　PF0155

那些年，我們愛的步步驚心
——台灣言情小說浪潮中的性別政治

作　　　者 / 楊若慈
責任編輯 / 黃姣潔
圖文排版 / 楊家齊
封面設計 / 王嵩賀

發　行　人 / 宋政坤
法律顧問 / 毛國樑　律師
出版發行 / 秀威資訊科技股份有限公司
　　　　　114台北市內湖區瑞光路76巷65號1樓
　　　　　電話：+886-2-2796-3638　傳真：+886-2-2796-1377
　　　　　http://www.showwe.com.tw
劃撥帳號 / 19563868　戶名：秀威資訊科技股份有限公司
　　　　　讀者服務信箱：service@showwe.com.tw
展售門市 / 國家書店（松江門市）
　　　　　104台北市中山區松江路209號1樓
　　　　　電話：+886-2-2518-0207　傳真：+886-2-2518-0778
網路訂購 / 秀威網路書店：http://www.bodbooks.com.tw
　　　　　國家網路書店：http://www.govbooks.com.tw

2015年2月　BOD一版
定價：320元
版權所有　翻印必究
本書如有缺頁、破損或裝訂錯誤，請寄回更換

國家圖書館出版品預行編目

那些年，我們愛的步步驚心：台灣言情小說浪潮中的性別政
治 / 楊若慈著. -- 一版. -- 臺北市：秀威資訊科技，
  2015.02
    面； 公分. -- (Viewpoint ; PF0155)
  BOD版
  ISBN 978-986-326-311-1 (平裝)

  1. 臺灣小說 2. 言情小說 3. 文學評論

863.57   103027415

讀 者 回 函 卡

感謝您購買本書，為提升服務品質，請填妥以下資料，將讀者回函卡直接寄回或傳真本公司，收到您的寶貴意見後，我們會收藏記錄及檢討，謝謝！如您需要了解本公司最新出版書目、購書優惠或企劃活動，歡迎您上網查詢或下載相關資料：http:// www.showwe.com.tw

您購買的書名：＿＿＿＿＿＿＿＿＿＿＿＿＿＿＿＿＿＿＿＿＿＿

出生日期：＿＿＿＿＿年＿＿＿＿＿月＿＿＿＿＿日

學歷：□高中 (含) 以下　　□大專　　□研究所 (含) 以上

職業：□製造業　□金融業　□資訊業　□軍警　□傳播業　□自由業
　　　□服務業　□公務員　□教職　　□學生　□家管　　□其它＿＿＿＿

購書地點：□網路書店　□實體書店　□書展　□郵購　□贈閱　□其他

您從何得知本書的消息？

　　□網路書店　□實體書店　□網路搜尋　□電子報　□書訊　□雜誌

　　□傳播媒體　□親友推薦　□網站推薦　□部落格　□其他＿＿＿＿＿＿

您對本書的評價：(請填代號　1.非常滿意　2.滿意　3.尚可　4.再改進)

　　封面設計＿＿＿　版面編排＿＿＿　內容＿＿＿　文／譯筆＿＿＿　價格＿＿＿

讀完書後您覺得：

　　□很有收穫　□有收穫　□收穫不多　□沒收穫

對我們的建議：＿＿＿＿＿＿＿＿＿＿＿＿＿＿＿＿＿＿＿＿＿＿

＿＿＿＿＿＿＿＿＿＿＿＿＿＿＿＿＿＿＿＿＿＿＿＿＿＿＿＿＿＿＿

＿＿＿＿＿＿＿＿＿＿＿＿＿＿＿＿＿＿＿＿＿＿＿＿＿＿＿＿＿＿＿

＿＿＿＿＿＿＿＿＿＿＿＿＿＿＿＿＿＿＿＿＿＿＿＿＿＿＿＿＿＿＿

11466

台北市內湖區瑞光路 76 巷 65 號 1 樓

秀威資訊科技股份有限公司　　　收

BOD 數位出版事業部

⋯⋯⋯⋯⋯⋯⋯⋯⋯⋯⋯⋯⋯⋯⋯⋯⋯⋯⋯⋯⋯⋯⋯⋯⋯⋯⋯⋯⋯⋯⋯⋯⋯⋯⋯⋯

（請沿線對折寄回，謝謝！）

姓　　名：＿＿＿＿＿＿＿＿＿　年齡：＿＿＿＿　性別：□女　□男

郵遞區號：□□□□□

地　　址：＿＿＿＿＿＿＿＿＿＿＿＿＿＿＿＿＿＿＿＿＿＿＿＿＿＿＿

聯絡電話：(日) ＿＿＿＿＿＿＿＿＿＿＿　(夜) ＿＿＿＿＿＿＿＿＿＿＿

E-mail：＿＿＿＿＿＿＿＿＿＿＿＿＿＿＿＿＿＿＿＿＿＿＿＿＿＿＿